「ん。お館様。よろしく」
儂は、目の前に起きた現象に驚愕する。
配下が……鬼が……日本語を喋りおったじゃと!?
儂は震える手で、スマートフォンを操作して
配下の情報を確認する。
DUNGEON
BATTLE ROYALE
Story by Gachasora
Illustration pekoe
ダンジョンバトルロワイヤル vol.3
〜魔王になったので世界統一を目指します〜

褐色のエルフが手に持つ杖から
炎の爆風が吹き荒れた。
遠距離での打ち合いは
分が悪すぎる。
「いきなり攻撃とか……マジ卍！」

――カンッ！　カンッ！
と、金属を打つ音が響き渡る。
アキラは真剣な表情で、ハンマーを打ち下ろし、
鏨で切り込みを入れたり、刃の部分を研磨機で削ったりして、
鉄の塊であった【鉄のインゴット】を剣の形へと
造り替えてゆく。
「……ん。わるくない」

DUNGEON
BATTLE ROYALE

Story by Gachasora
illustration pekoe

ダンジョンバトルロワイヤル vol.3

～魔王になったので世界統一を目指します～

ガチャ空
illustration ペコー

口絵・本文イラスト　ペコー

DUNGEON
BATTLE ROYALE

CONTENTS

Story by Gachasora

第一話

episode
001

俺《おれ》の選んだ進化する種族は――決められねー！

無理……マジ無理！　進学する大学を選ぶときでも最大で3年間。もしくは、高校三年生になってから意識したとしても1年間はあった。就職先もアレだろ？　職種くらいは1年以上吟《ぎん》味《み》してから選択《せんたく》するんだろ？

魔王《まおう》にとって進化する種族を選択することは、今後の未来を左右する大切な岐路《きろ》だ。

ふぅ……。落ち着け、俺。時間は有限だ。悩《なや》んでいる暇《ひま》は無い。

まずは、選択肢《せんたくし》を減らそうか。つまりは、消去法を用いるとしよう。

選択肢は5つ――肉体特化の『ヴァンパイア・ロード』、上位種の『ヴァンパイア・ノーブル』、魔力《まりょく》特化の『ヴァンパイア・エルダー』、日光の下でも活動可能になる『デイライト・ヴァンパイア』、闇《やみ》の中で力が増す『ナイトメア・ヴァンパイア』。

最初に消去すべき選択肢は――『ヴァンパイア・エルダー』

理由は、俺が魔王アリサに備えて割《わ》り振《ふ》ってしまったBPだ。俺は肉体に多くのBPを割り振ってしまった。今更《いまさら》魔力特化にしても、器用貧乏《きようびんぼう》に近い存在になってしまう。よって、選択肢から消去。

次いで消去すべき選択肢は――『デイライト・ヴァンパイア』

理由は、推測となるが日光の下でも活動出来る以上、何らかのペナルティが付与《ふよ》されると考えられる。下手したら、それって人間でいいのでは？　と言う、最悪の結果も予想される。この推測は外れるかも知れないが、一生を左右しかねない選択肢で危険は冒《おか》せない。よって、選択肢から消去。

ここから先の選択肢は難しい……。

悩んだ末に消去すべき選択肢は――『ナイトメア・ヴァンパイア』

闇の中では力が増大するのであれば、洞窟《どうくつ》タイプの支配領域にいる限り、無条件で強化される最適な種族と言えよう。但《ただ》し、これから先はどうなるか、わからない。レベルが10に到達《とうたつ》したので、俺は支配領域の外へと出られる可能性が大きい。そして、先程戦闘《さきほどせんとう》した魔王アリサの強さ……。今後も魔王を倒《たお》す為《ため》に、俺が最前線に立つ可能性は十二分に考えられる。専守防衛ならば、『ナイトメア・ヴァンパイア』一択《たく》だったが、攻勢《こうせい》に出るのであれば？

例えば、今でも日光を浴びると大幅《おおはば》に弱体化される。『ナイトメア・ヴァンパイア』の特徴《とくちょう》は推測となるが特性強化だ。つまり、日光の下では、今以上に弱くなる可能性が高い。そうなると、まともに外に出るのは不可能になるのではないのだろうか？　よって、選択肢から消去。

残された選択肢は二つ――肉体特化の『ヴァンパイア・ロード』と、上位種の『ヴァンパイア・ノーブル』だ。

上位種の『ヴァンパイア・ノーブル』。悪く言えば、器用貧乏。しかし、良く言えば万能型《ばんのうがた》だ。

万能型であれば様々なシチュエーションに対応出来る可能性は高い。

対して、肉体特化の『ヴァンパイア・ロード』。こちらは、先に振った肉体のＢＰが生かされる進化先となる。あわよくば、肉体がＡになる可能性もある。

どっちだ？　どっちの選択肢が正解だ？

ゲームであれば、特化型が正解だ。そうなると、『ヴァンパイア・ロード』となる。

現実世界では？　仮に、運動神経と頭脳と言う項目《こうもく》がある。共に平均点と、片方が優《すぐ》れている。どちらの人生が正解だ？

運動神経が優れていたら、スポーツ選手として大成するかも知れない。頭脳が優れていたら科学者として大成するかも知れない。

しかし、運動神経は優れているが、頭脳が低かったら学者の道は閉ざされる。つまり、特化型は未来の選択肢を閉ざす可能性はあるが……得意分野で大成する可能性もある。

どちらの選択肢の方が未来は明るい？　特化型じゃないか？　別にスポーツ選手と学者を兼《けん》業《ぎょう》することはない。ならば、一つの分野で成功した方が、人生の勝ち組じゃないか？　と言うことは、現実世界であっても――『ヴァンパイア・ロード』となる。

あれ？　って事は、正しい選択肢は『ヴァンパイア・ロード』？

より深く考えたら、今の考えに盲点《もうてん》は多々あるかも知れない。しかし、そんなことを言えば、全《すべ》ての選択肢に成功と失敗の要素が含《ふく》まれている。

ならば、今は自分の出した結論に従おう。どうせ責任を負うのは自分自身だ。

俺は覚悟《かくご》を決めてスマートフォンを操作し、進化先の種族として『魔王（ヴァンパイア・ロード）』を選択した。

──!?

すると、俺の足下《あしもと》に五芒星《ごぼうせい》が出現し、眩《まばゆ》い光が俺を包み込む。

グアァァアアア!?

やっぱり痛い……体中が熱くて……焼け死にそうだ……。進化する度《たび》にこの痛みを味わうのかよ……。

細胞《さいぼう》の一つ一つが焼き尽《つ》くされるような激しい痛みが、全身に走る。

……なげーよ。……早く……終われよ。

時間にしてほんの60秒。体感的には永遠とも言える、苦しみが終わる。

ハァハァ……。

足下の五芒星が消え去ると、先程《さきほど》の痛みが嘘《うそ》のように消失。俺は肩《かた》で大きく息をしながら、スマートフォンの画面へと視線を落とす。

スマートフォンには、見慣れたいつもの項目が表記されている。

俺は震《ふる》える手で【ステータス】の項目をタップした。

──!?

『名前：シオン　適性：カオス　種族：魔王（ヴァンパイア・ロード）

LV：10　CP：4700

肉体：B（B）　魔力：B（C）　知識：E　創造：B　錬成《れんせい》：B　BP：7
特殊《とくしゅ》能力：魔王　吸血鬼公主《きゅうけつき》　槍技《やりわざ》（B）　剣技（E）　盾技《たてわざ》（E）　支配領域創造
分割《ぶんかつ》　統治　転移（B）　配下創造　乱数創造　アイテム錬成　闇の帳《とばり》
ダークインダクション　ミストセパレーション　威圧《いあつ》
吸収（レイラ）　言語（人種）　鞭技《むちわざ》（C）　スネークバインド
氷魔法《まほう》（中級）　闇魔法（中級）　血の杯《さかずき》　契約《コントラクト》』

は？　ステータス変わってないんですけど？

体感的には肉体に精気が溢《あふ》れている。進化前よりも肉体は強化されている気がする。しかし、視覚で確認出来るステータス画面のランクに変化は無い。

肉体特化と言う推測は外れたのか？　しかし、肉体は強化されている気がする。

まぁ、いい。悩んでいても、どうせ答えは得られない。

俺はスマートフォンを操作して、各種項目を確認することにした。

『魔王（ヴァンパイア・ロード）：闇に生きる適性を有した威厳《いげん》に満ちた魔王。他者を圧倒《あっとう》する頑強《がんきょう》な肉体を有し、闇の中でその真価を発揮する。血族を眷属《けんぞく》として従えることが出来る。魔王でありながら支配領域の外へと進出することが可能となった』

ふむ。『魔王（ヴァンパイア・ロード）』は肉体特化で合っているようだ。

続いて、新たに習得した特殊能力を確認する。

『吸血鬼公主：闇の空間であれば肉体が大きく強化され、魔力も僅《わず》かながら強化される。闇以外の空間であれば肉体と魔力が弱体化される。物理、闇属性に対して大きな耐性《たいせい》を得られる。光属性、火属性、水属性の耐性が大きく低下する。銀製品のアイテムに対して耐性が僅かに低下する。剣《けん》、槍《やり》、盾《たて》の技《わざ》の熟練度が上昇《じょうしょう》する』

お⁉ 銀製品のアイテムに対しての耐性が低下から僅かに低下と多少改善されている。とは言え、弱点は相変わらず多い。槍技のランクが上がった原因は【吸血鬼公主】の特殊能力の影響《えいきょう》か？

槍技が上がったことにより新たな技も習得したことを感じる。

『偃月斬《えんげつざん》：力の限り槍を振り下《お》ろす。振り下ろされた槍の刃先《はさき》からは衝撃波《しょうげきは》が発生する』

他に習得した特殊能力としては、

『威圧：名乗りを上げることにより対象を威圧する。対象は、威圧した者以外が視界に入らなくなる。威圧した対象との力の差が大きい場合、対象は萎縮《いしゅく》することがある』

偃月斬は強力な特殊能力のようだ。後で試《ため》し打《う》ちだな。

威圧はリビングメイルの使用する《カースヘイトレッド》と似た効果のある特殊能力のようだ。死んだら終了《しゅうりょう》となる魔王の俺がタンク役？　あり得ないな。威圧は、ヴァンパイア・ロードが習得出来る固有の特殊能力なのだろう。

そして、最後に確認するのが――《統治》

『統治：真核《しんかく》を創造し設置することにより、周囲1500メートルの領土を自身の支配領域として統治する。効果範囲《はんいない》内に屈服《くつぷく》する者が存在すれば新たな配下として迎《むか》え入《い》れることが可能となる。但し、効果範囲内に敵対する意思を持つ者が存在すると統治は失敗となる』

　これが人類の土地を支配領域化する特殊能力なのか？

　周囲１５００メートルと言うことは、自分を中心に半径１５００メートル圏内《けんない》と言う意味だろうか？　そうなると、１．５km×１．５km×３．１４＝約７km²。従来の支配領域よりも広い範囲になるのか？

　試してみたい気持ちはあるが、条件が厳しい。考察は後回しだ。

　レベルアップの状態確認。最後の確認となるのが――【配下創造】だ。

　前回、魔王（吸血種）へと進化したときには、ジャイアントバット、グール、ライカンスロープの３種族が追加された。果たして、今回は……？

　――!?

　俺は新たに創造が可能となった配下を確認し、驚愕《きょうがく》する。

　新たに創造が可能となった配下は１種族――ヴァンパイア・バロンのみであった。驚《おどろ》いた理由はヴァンパイア・バロンと言う種族を確認したからではなく……種族の説明だった。

『ヴァンパイア・バロン――ランクＢ。眷属として生み出された吸血鬼《きゅうけつき》。始祖である創造主に絶対的な忠誠心を抱く。創造時に創造主の意向が反映される。創造ＣＰ１０００（創造に消費されるＣＰは最大値から減算される）』

　おいおいおい！　ツッコみどころが多いぞ！

　ツッコみその１。創造ＣＰ１０００。消費するＣＰ多過ぎじゃないか？　現在、最強の配下のダンピールでも１２０だぞ？

ツッコみその２。ＣＰ１０００も消費するのにランクはＢ？　ダンピールのランクと同じとか……あり得なくないか？

そして最大のツッコみ――『創造に消費されるＣＰは最大値から減算される』。これって、どういう意味よ……？　今の俺の最大ＣＰは４７００だ。最大ＣＰはレベルが１上がると１００上昇し、支配領域を一つ増やしても１００上昇する。つまり、こいつを創造するには……レベル10成長で得られる最大ＣＰ、もしくは支配領域10個分の最大ＣＰを捧《ささ》げろと言うことなのか？　そこまで捧げてランクＢなのか⁉

今の俺の最大ＣＰは４７００だ。つまり、４体のヴァンパイア・バロンを創造出来る。魔王シオン側近のヴァンパイア四天王の完成だ。そして、俺の最大ＣＰは７００となり、様々なアイテムが錬成不可能となる。……うん。あり得ないな。

最大ＣＰ１０００は、１時間にＣＰ１００を創出させる素とも言える。ＣＰが１００もあればブルーの大好きな上質な肉を何個錬成出来ると……？　まぁ、そんな無駄《むだ》なことにＣＰは消費しないが……。

さて、どうするべきか？　現実的に考えれば、創造しても２体までだな。ゲームに基《もと》づいた経験論によるが、こういう要素は早めに取り入れた方が、後々有利にことが運ぶことは多い。とは言え、いきなり２体も創造するのはリスクが大きすぎるか？　まずは１体創造して……様子を見てから追加するべきか考えるのが妥当《だとう》か？

今までゲームに基づいた経験論で大きな失敗はない……ならば、今回もその指針に従うべきだろう。

俺はスマートフォンを操作して、ヴァンパイア・バロンの配下創造を実施《じっし》する。

『創造するヴァンパイア・バロンの特性を下記より選択して下さい。
・ヴァンパイア・ノーブル
・ヴァンパイア・エルダー
・デイフイト・ヴァンパイア
・ナイトメア・ヴァンパイア』

むむ？　『創造主の意向が反映される』とは、これを指していたのか。そして、俺の選択したヴァンパイア・ロードは選べないと……。黒幕もなかなか楽しい趣向《しゅこう》を凝《こ》らすな。

配下として迎えるのであれば——選択肢は二つだな。

俺の足りない能力を補うであろうヴァンパイア・エルダーか、専守防衛に特化するであろうナイトメア・ヴァンパイアだな。いっその事、ヴァンパイア・バロンを2体創造して……って、ダメだ。流石《さすが》に、それは早計だ。

今後の行動を考えると専守防衛に特化したナイトメア・ヴァンパイアがベストか？

俺はヴァンパイア・バロンの特性としてナイトメア・ヴァンパイアを選択。

『眷属として迎えるヴァンパイア・バロンの名称《めいしょう》をお決め下さい』

む？　最初から眷属だから、名前が必要なのか？

ナイトメア……イメージとしては闇？　英語にするとダーク。ダークでいいんじゃないか？

「ダークよ！　《ダークアロー》を放て！」……とか言う指示を出すことを考えたら、少し間《ま》抜《ぬ》けだな。

闇……夜……十六夜《いざよい》……イザヨイ！　イザヨイ！　俺にしては素敵《すてき》なネーミングじゃないだろうか？　色関係はカノンにバカにされるし、ヴァンバロとか略した名前はリナにバカにされる。イザヨイ……これなら、名前の由来的にも完璧《かんぺき》じゃないか！

イザヨイ……っと。俺はスマートフォンを操作して、創造されるヴァンパイア・バロンの名前を入力。そして、最後に【創造】のコマンドを選択する。

――!?

な!?　……こ、これは……。

全身から生気が抜《ぬ》ける感覚に襲《おそ》われると同時に、目の前に血のように紅《あか》い光の五芒星が出現。光の収束と共に、人影《ひとかげ》が姿を現した。

現れた人影は、病的なまでに色白な長身の男性。モデルのように整った体型をしており、左目の下には星の形をしたペイントが施《ほどこ》されていた。

「始祖にして、絶対なる創造主――シオン様。我《わ》が名はイザヨイ＝シオン。我が生涯《しょうがい》の全てをシオン様に捧げることを誓《ちか》います」

イザヨイは片膝《かたひざ》を突いてひれ伏《ふ》し、俺へと誓いを立てる。

「イザヨイ。面を上げよ。汝《なんじ》の働き期待しているぞ」

俺もイザヨイの雰囲気《ふんいき》に応《こた》える形で、主としての威厳を振るった。

まぁ、働きを期待しているのは本音だ。最大ＣＰ１０００も捧げて、無能だったら目も当てられない。

「ハッ！　ありがたきお言葉、感謝します！」

イザヨイは顔を上げることなく、力強い返事を返した。

「ところで、イザヨイ」

「ハッ！　シオン様、何用でございますか？」

「得意とする武器は何だ？」

「恐《おそ》れながら、槍でございます」

槍か……。ユニークアイテムは俺が使っているな。

俺はスマートフォンを操作して、高ランクの槍を見繕《みつくろ》う。

カースドスピア——ランクＢで錬成に必要なＣＰは８００。闇属性が強化されるから丁度いいか？

俺はカースドスピアを錬成し、適当に見繕った防具と共にイザヨイへ手渡《てわた》す。

「このアイテムにて励《はげ》め」

「ハッ！　シオン様からの下賜《かし》。ありがたく頂戴致《ちょうだいいた》します」

これで、しばらくはＣＰが溢れる心配から解放される。ヴァンパイア・ロードへと進化した全ての状態を確認し終えた俺は、次なる構想へと進むことにした。

【擬似的平和《ぎじてき》】の残り時間は21時間か。

束《つか》の間《ま》の平和な時間を有効活用すべく、やるべきことは残り2つ。
1．支配領域の防衛を考慮《こうりょ》した再構築。
2．今後の戦略方針の考案。
その他に、【擬似的平和】が終了後、新たに習得した特殊能力の確認、そして期待の新戦力――イザヨイの戦力確認。と、こんな感じだろうか。

まずは、早急《さっきゅう》に取りかかるのは支配領域の防衛を考慮した再構築だろう。

現状、俺の支配している支配領域の数は37。その内18の支配領域は全てが自身の支配領域に囲まれている……つまりは、敵に攻《せ》められることのない安全な支配領域だ。

俺は支配領域の情報が落とし込まれた地図に目を落とす。

野々市市と隣接《りんせつ》している支配領域の周辺には、強力な人類及《およ》び魔王の情報は確認されていない。金沢市《かなざわし》と隣接している支配領域の周辺には高レベルの人類が生息しているが、奴《やつ》らは白山市の支配領域攻略《こうりゃく》へと移行しているとの情報がある。小松市には、20を超《こ》える支配領域を支配する魔王の情報はあるが、俺の支配領域と衝突《しょうとつ》するのはまだ先だろう。富山県と隣接する支配領域の周辺には、高レベルの人類の情報は少なからず存在するが、バックが富山市役所なので、こちらからちょっかいを掛《か》けない限りは、県外の支配領域を好き好んで侵略《しんりゃく》してくる猛者《もさ》は少ないだろう。かほく市――県北の情勢は3～5つの支配領域を支配する魔王が点在しており、人類と一進一退の攻防《こうぼう》を繰《く》り広《ひろ》げているらしい。

これらの情報を踏《ふ》まえて、支配領域を再構築する必要がある。
最も警戒《けいかい》すべきは南方面——金沢市の人類だ。現在は、リナたち勇者様御一行全滅《ぜんめつ》のトラウマから、俺の支配領域はハザードランクが最高となり敬遠されているが、少しでも攻略が可能と判断されれば、全勢力で押《お》し寄《よ》せてくる可能性がある。金沢市と隣接する支配領域には一階層から罠《わな》をふんだんに仕《し》掛《か》け、高ランクの配下を配置。旨味《うまみ》がないと知らしめるのが得策だろう。
逆に危険度が少ない西方面——野々市市と隣接している支配領域は初心者向けの『稼《かせ》ぎ場』として開放して、配下のレベルアップの支配領域として構成するのが得策だろう。
東方面——富山県西部の南砺市《なんとし》と隣接している支配領域は、中ランク以上の人類及び一部の魔王からの侵略が予想される。こちらは、イザヨイを中心とした高ランクの配下が稼げるように、程《ほど》よい旨味を与《あた》えつつ……中ランク向けの『稼ぎ場』として構築するのが得策だろうか。
北方面——かほく市と隣接している支配領域は、東方面と同等の考え方でも構わないだろうか？　脅威度《きょういど》としては、こちらのほうが高いので罠の量を増やしておくか。
守るべき支配領域は19カ所。全てを俺の監視《かんし》下に置き、指示を出すのは困難とも言える状《じょう》況《きょう》だ。予定としては、魔王アリサを配下として隷属《れいぞく》させ、方面指揮官として運用するつもりだったのだが……過ぎたことは仕方がない。
後は、安全な支配領域を居住区として充実《じゅうじつ》させるか。
俺はスマートフォンを操作して、支配領域を自分の定めた方針に則《のっと》って再構築した。

【擬似的平和】残り12時間。

支配領域の再構築を終えた俺は、今後の戦略方針を考案する。

俺の中でのプランはある程度固まっていたが、一応他者の意見を聞くのも必要だろう。柔軟《じゅうなん》な意見を進言出来る二人の配下を呼び寄せる。

「カノン！　リナ！」

「はぁい」

「何だ」

カノンとリナが俺の元へと駆《か》け寄ってきた。俺は、二人の間に地図を展開する。

「これより、今後の戦略方針を考案する」

「お!?　参謀《さんぼう》としては腕《うで》が鳴りますねぇ」

「了解《りょうかい》した」

二人は興味《きょうみ》津々《しんしん》に目の前に展開された地図へと視線を落とす。

「まずは、俺から3つのプランを提案する」

俺は指を3本立てる。自由討論では、時間がかかり過ぎる。最初からある程度の選択肢を用意しておいた方が、スムーズに話し合いが進むはずだ。

「1つ目は、北方面へと勢力を拡大させる。このプランの最終目標は能登半島の制圧だ。

2つ目は、南方面へと勢力を拡大させる。このプランの最終目標は金沢市の制圧だ。

３つ目は、西方面へと勢力を拡大させる。このプランの最終目標は野々市市及び能美郡の制圧となる」

俺は北方面へ①、南方面へ②、西方面に③と地図に記載《きさい》をする。

「なるほどぉ。私は北方面へと勢力を拡大させるプランを支持しますぅ」

「――!? 北方面……。わ、私は西方面へと勢力を拡大させるプランを支持する」

カノンはドヤ顔を浮《う》かべながら地図に記載されたかほく市を指差し、リナは表情を曇《くも》らせながらも地図に記載された野々市市を指差す。

「なるほど。二人の意見は順当な意見だ。プラン２――金沢市の制圧は見栄《みば》え重視の自己満足的なプランだ。リスクに対してのリターンも少ないから却下《きやっか》する」

俺は地図に書き込んだ②の文字の上に×と記載する。

「まずは、カノン。①を選んだ理由を述べてくれ」

「はぁい。この支配領域の状況を見てもわかる通り、海に面している箇所《かしょ》からは支配領域が侵略されません」

カノンは海に面した支配領域を指差しながら、考えを述べ始める。

「なので、北方面――ゆくゆくは能登半島を制圧することは多くの安全な支配領域を確保することへと繋《つな》がりますぅ。将来的に考えても、かほく市、七尾《ななお》市《し》、珠洲《すず》市《し》と――県北を支配領域として治めることが最善であると、参謀として進言しますぅ」

カノンは、よほど自分の意見に自信があるのだろう。言葉には自信が漲《みなぎ》っている。

「参謀として認めてはいないが……カノンの意見に穴はないな」

「――な!?　普通《ふつう》に褒《ほ》めてくれても、いいのですよぉ?」

「リナ。③を選んだ理由を述べてくれ」

俺は頬《ほお》を膨《ふく》らませるカノンを無視して、リナへと話を振る。

「そ、そうだな。私の考えもカノンと一緒《いっしょ》で、海に面している支配領域を拡大させる。野々市市と能美郡には強大な魔王及《まおうおよ》び人類の存在は確認されていない。難易度を考慮すると、西方面から進めるのが――」

「異議あり!」

リナが不安そうに説明をしている途中《とちゅう》に、カノンが大声で異議を唱える。俺はリナを指差した状態でドヤ顔を浮かべているカノンに発言を許可する。

「フッフッフ。リナさん、甘《あま》いですねぇ。一手、二手と先の展開を読んでこそ、真の参謀と――」

「カノン。御託《ごたく》はいいから、要点だけ述べろ」

「はぁい。えっとですね……リナさんの意見――正確にはシオンさんが提示したプラン③には2つの落とし穴があるのですぅ。1つは、野々市市と能美郡を刺激《しげき》すると、白山市の支配領域を侵略しようとしている人類を刺激してしまいますぅ。もう1つは、能美郡は小松市と隣接しています。小松市には強力な魔王が存在しているので、場合によっては、かほく市、富山県、小松市からの3点攻《ぜ》めをされる危険性が生じてしまうのですぅ」

カノンは指を1本ずつ立てながら、ドヤ顔で説明をする。

「カノンの態度には苛《いら》つくが、正論だな」

「だから、一言多いと――キャー⁉」

スカートを捲《まく》し上《あ》げながら、騒《さわ》ぐカノンを尻目《しりめ》にリナの様子を確認する。

カノンの口調と態度には一切《いっさい》賛同できないが、俺もカノンと同じ考えであった。俺の中では最初からプラン①を決め打ちしており、この話し合いは言わば答え合わせだった。

とは言え、気になるのはリナの表情だ。

「リナ。俺もカノンの考えに賛成だが……何か引っかかることでもあるのか？」

「そ、そういう訳では……」

俺はリナへと問いただす。

「ん？　何かあるのか？　野々市市の侵略を優先する理由が……もしくは――県北への侵略を躊躇《ためら》う理由があるのか？」

県北への侵略と言う言葉を口に出したとき、リナの表情は曇っていた。

「い、いや。そうではない。シオンもカノンと同じ考えならば、私から言うことは何もない。私はシオンの配下だ……。シオンの命令に従う」

最初は下を向きながら返事をするリナであったが、最後には俺の目を見て力強く答えた。

「そうか。ならば、俺たちの今後の目標は県北――能登半島の制圧を目標とする」

「はぁい」

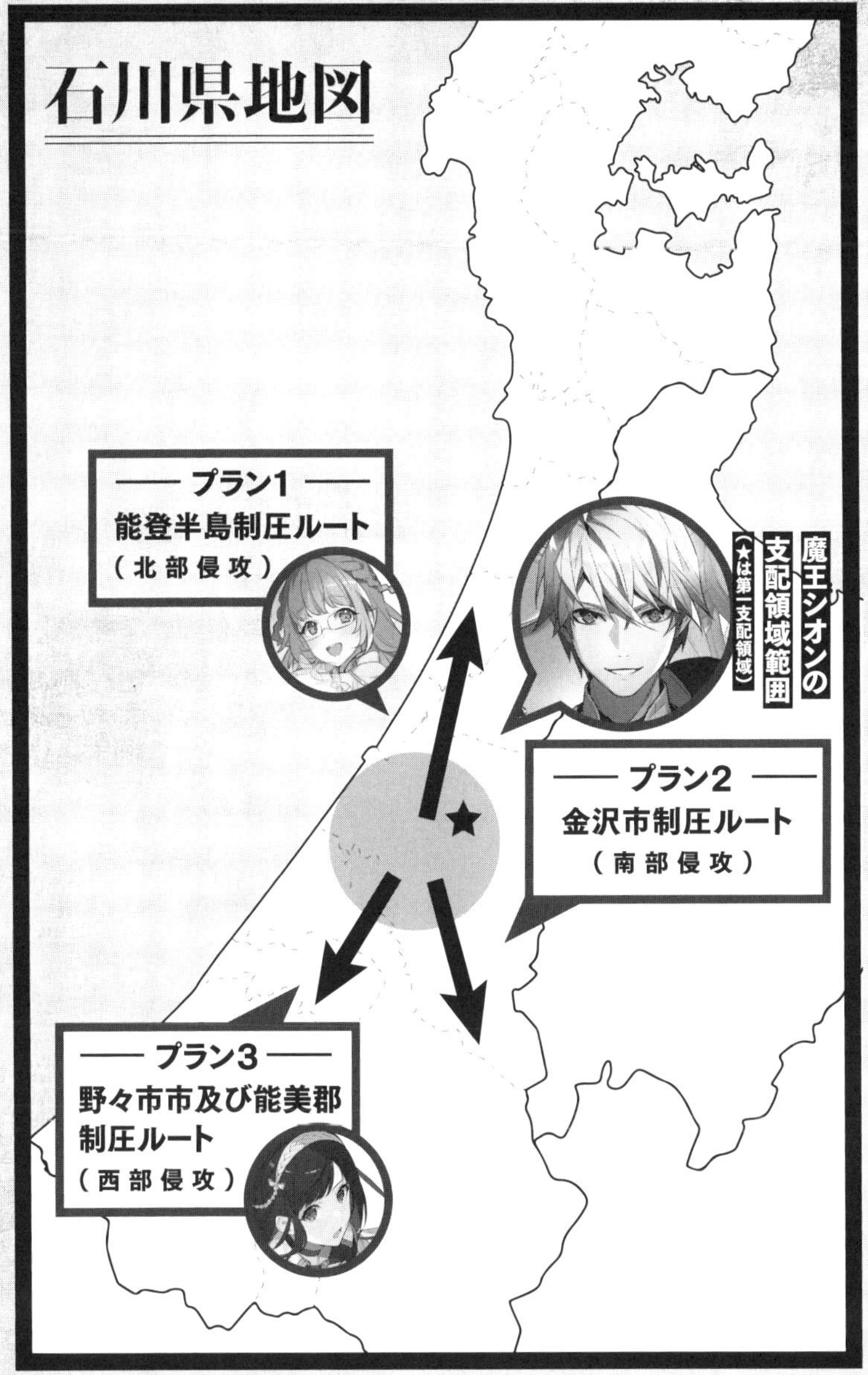

魔王シオンによる戦略方針プラン

「了解だ」

俺は確認の意味を込めて、今後の戦略方針を宣言する。

「さて、今後の戦略方針は決まった訳だが、二人にはもう一つ頼《たの》みたいことがある」

「はい？」

「何だ？」

「とある条件を満たす魔王を探して欲《ほ》しい」

俺は首を傾《かし》げるカノンとリナに、今後を左右するであろう大切な指示を出した。

「その、とある条件は何ですかぁ？」

「防衛に特化した魔王。例えば、支配領域の数は少ないが、難攻不落《なんこうふらく》と噂《うわさ》される支配領域の魔王。罠の扱《あつか》いが巧《たく》みで、配下の運用が上手《うま》いと噂される魔王を探してくれ」

俺は求める条件を二人に提示する。

敵に侵略される可能性がある19の支配領域全てを俺一人で管理するのには限界を感じていた。更《さら》に言えば、魔王アリサとの戦闘《せんとう》を経験した結果、俺自身もレベル上げの為に侵略に乗り出すことも視野に入れていた。防衛を配下に任せてもいいが、創造した配下は柔軟性《じゅうなんせい》が乏《とぼ》しい。柔軟性の高い人材——元魔王に防衛を任せたかった。

「えっとぉ……私はネットで探せばいいのでしょうかぁ？」

「カノンはそうなるな。ちなみに、近場の魔王を探せよ」

「はぁい」

カノンが返事をする。

「私もネットで情報を集めればいいのか?」

リナは困惑《こんわく》しながら答える。

「いや、リナは俺やカノンが収集した情報を元に現地で確認してくれ。当然、暇なときは自分のスマホで情報収集を頼む」

「了解した」

俺からの指示を受けたカノンとリナは、早速《さっそく》スマートフォンを操作して情報収集を始めた。

俺自身も、同様にスマートフォンを操作して優秀《ゆうしゅう》な魔王を発掘《はっくつ》すべく、情報収集を行うのであった。


【擬似的平和】残り6時間。

「シオンさん! この支配領域の魔王はどうですかぁ?」

「どんな魔王だ?」

俺は、笑《え》みを浮かべながら近寄って来たカノンに視線を向ける。

「えっとですね……野々市市の魔王ですが、ハザードランクBの支配領域の魔王ですぅ。推測されるレベルは7ですねぇ。支配している支配領域の数は2つで、種族はスライム種ですよぉ。配下にクリムゾンスライムが存在することから創造のランクはBですねぇ。ネチネチとした落とし穴が多くて、人類から嫌《きら》われている支配領域の魔王なのですぅ」

俺はカノンが差し向けたスマートフォンの画面に視線を落とす。

「徘徊《はいかい》していたオークを倒したら……ミスリルの剣をドロップした？　ってことは、錬成もBか？」

「そうなりますねぇ。創造と錬成特化なら、防衛に長《た》けてそうじゃないですかぁ？」

「うーん……却下」

「えっ⁉　な、何故《なぜ》ですかぁ……」

「創造と錬成特化ってことは、肉体と魔力のステータス低いだろ？」

「恐らく？」

「降伏《こうふく》したら、創造も錬成も出来ないんだろ？　なら、ゴミじゃないか？」

「――な⁉　その意見は酷《ひど》いと思うのですよぉ」

創造と錬成に特化した点は褒めたい。但し、魔王は配下になると創造も錬成も出来なくなってしまう。出来れば、肉体と魔力も高い方が戦力として望ましい。

とは言え、肉体、魔力特化している時点で、罠や配下の運用は下手だよな？

インターネットを駆使《くし》して情報を収集するが、ピンとくる魔王は簡単には見つからない。

魔王アリサ――罠の嫌《いや》らしさ、自身の強さ、後半のしぶとさ……あのクラスの魔王はそう簡単には存在しないか……。性格がクソだったから、仲間にしていたら、それはそれで苦労しそうだったが……。

その後も、周辺の魔王の情報を収集しながら、めぼしい魔王の情報をメモに控《ひか》える作業を続けた。

「シオン。シオンの希望に添《そ》うか不明だが……興味深い魔王がいるぞ？」

リナが初めて声を掛けてきた。

「興味深い魔王？　どんな魔王だ？」

「私はカノンと違《ちが》うので、創造や錬成のランクは推測出来ないが……ネットに投稿《とうこう》されている情報によると、その支配領域には二人の魔王が存在するらしい」

「は？　二人の魔王？　詳《くわ》しく聞かせろ」

俺はリナに教えられたＵＲＬを打ち込み、人類が多用していると言う掲示板《けいじばん》を閲覧《えつらん》する。

二人の魔王。単純に考えれば、カノンのように降伏をした元魔王を配下として加えている魔王の情報だろうか？　しかし、カノンと遭遇《そうぐう》したとしても、魔王と錯覚《さっかく》するか？

リナが発見した魔王は内灘町《うちなだまち》（金沢市北側）を中心に、７つの支配領域を支配する魔王だった。カノンが言うには、その魔王の種族は魔王（魔族種）。推定されるレベルは８。推測されるステータスは、創造Ｂ、錬成Ｃ。そして、掲示板に書き込まれた情報によると、魔力に特化していると思われる老人の魔王と、肉体に特化していると思われる少女の魔王が存在していた。

老人の魔王は背中に漆黒《しっこく》の翼《つばさ》を生やし、少女の魔王は額に小さな角が生えているらしい。

「カノン。魔王はどっちだと思う？」

「多分ですけど、魔力特化の老人ですね……外見の特徴も魔族種と一致《いっち》しますぅ」

「ってことは、少女のほうは降伏した鬼《おに》種の元魔王か？」

「うーん……そこが疑問なんですよぉ。恐らく、外見の特徴から鬼種だと思うのですが……この情報が気になるのですぅ」

カノンが指差した投稿された情報に視線を落とす。

投稿者　タイセイ@彼女募集中《かのじょぼしゅう》
内灘町役場近くのダンジョンやベーよ！　魔王がやベー！　いきなり消えたと思ったら、背後から現れやがった！　仲間が3人殺された！　あいつ出て来たらマジで背後に注意な!!

投稿者　イナミ
私もそいつに会いました。後ろから見ていたのですが……あいつは仲間の影《かげ》から現れました。何なのアイツ!!　私のヒロユキを返してよ!!

カノンが指差した情報に目を通し、俺は首を傾げる。

確かに、姿を消して影から現れるとか反則にも等しい特殊能力だが……。

「えっとですねぇ……この能力を有する鬼種って、シオンさんで言うとデイライト・ヴァンパイアで、私で言うとデュラハンですぅ」

「は？」

俺はカノンの言葉を聞いて、二つの疑問が頭に浮かんだ。

「何で、鬼種の進化先の情報知っているんだよっ！」

「え、えっと、正確には詳細《しょうさい》はわからないんですぅ……。私が知っているのは、鬼種と魔族種とエルフ種とドワーフ種の一部の進化先の情報で――」

「まぁいい……」

あの場で鬼種と魔族種とエルフ種とドワーフ種の進化先の一部だけを聞いたところで、有効活用は出来なかった。

それよりも問題なのは……その少女はなぜ魔王がレベル10に至って初めて進化出来る種族の特性を有しているのか、と言うことだ。

「カノン。ちなみに、降伏した魔王はレベルを重ねれば進化出来るのか？」

「はい。私だと、レベル50になれば進化出来ますよぉ」

「ちなみに、二人のレベルは？」

「28ですぅ」

「41だな」

戦闘に参加することがないカノンのレベルが低いのは承知している。しかし、リナは常に最前線で戦闘を繰り広げてきた。その手で葬《ほうむ》り去《さ》った魔王の数も二桁《けた》を超えている。そして、石川県内に生息する魔王の中に俺以上に支配領域の数を有する魔王は存在しない。

つまり、リナは石川県内においてはトップランカーとも言うべき存在だった。

ならば、少女のレベルが50を超えているとは考えづらい。とは言え、レベル10を超えた魔王が推定レベル８の魔王に降伏したというのも考えづらい。

「カノン、魔族種の魔王は姿を消して、他人の影から現れる魔物《まもの》を創造出来ないのか？」

「私の知る限り無理ですぅ。そもそも目撃《もくげき》情報によると、その魔物は鬼種の『影鬼《かげおに》』なのですよぉ。魔族種は鬼種を創造出来ないのですよぉ」

カノンは困り果てた表情を浮かべる。

「配下の創造と言えば、この支配領域では魔族種以外にも多種多様な魔物の姿が確認されているらしいが？」

掲示板を見ながら報告するリナの言葉は、謎《なぞ》を更に深める。

「多種多様な魔物の姿？」

「遭遇した魔物の情報を掲示板に報告し、情報の共有化を図《はか》るのは解放者の務めなのだが……この掲示板を見る限り、魔族種のレッサーデーモン以外にもオーガ、ピクシー、ドワーフ、エルフ、ワーキャット、更にはグールの姿も確認されている」

「は？　カノン、魔族種って創造に優れている種族なのか？」

俺はリナの報告を受けて、思わず口を大きく開ける。

「ち、違いますよぉ。魔族種は魔力に優れた種族で、創造特化の種族ではないはずですよぉ」

「と言うことは、今までに支配した支配領域の魔物を配下にした？」

「うーん……可能性としては高いですねぇ」

２人の魔王に、多種多様な魔物か……。調べれば調べるほど興味深い支配領域だ。

ここで議論を交《か》わしていても答えは出ないだろう。強く興味を惹《ひ》かれた俺は、二人の魔王が存在すると言われる内灘町の支配領域の情報を徹底的《てっていてき》に収集した。

調べれば調べるほど、内灘町の支配領域を支配する魔王に興味が湧《わ》いてくる。

――！

お、これは決まりだな！

「リナ、カノン。まずは内灘方面へと勢力を拡大する。目標は、内灘町の支配領域を支配する二人の魔王の服従だ！」

「はぁい！」

「了解した」

短期的戦略方針として、内灘町の支配領域の魔王の服従。中期的戦略方針として、県北の制圧。そして、一気に石川県全域を支配する！

新たに定めた戦略を達成すべく、思考を張《は》り巡《めぐ》らせるのであった。

第二話

episode 002

魔王《まおう》アリサの支配領域を支配してから48時間後。

リナとクロエは眷属と配下を引き連れ、内灘町の支配領域へと至る道中に存在する支配領域に侵攻《しんこう》を開始した。調べた限り、道中に高レベルの魔王は存在していない。1ヶ月《かげつ》にも満たない期間で、内灘の支配領域への道は切り拓《ひら》かれるだろう。

レベルが10へと成長した俺《おれ》も侵攻に参加したかったが、現在侵略中の支配領域は共に屋外タイプ。俺との相性《あいしょう》は最悪なので、支配領域の防衛に専念することにした。

現状、南方面と北方面から侵略してくる人類は漏《も》れなく殲滅《せんめつ》。ハザードランクSの支配領域と呼ばれるに相応《ふさわ》しい仕様へと仕上げてある。西方面から攻めて来る人類は、3割殺し、7割帰す。配置する配下も低ランクを揃《そろ》えることにより、初心者に優《やさ》しい仕様へと仕上げてある。東方面から侵略してくる人類は、5割殺し、5割帰す。適時高ランクの配下を配置し、中級の冒険者《ぼうけんしゃ》が夢見る仕様へと仕上げてある。

しばらくはこの仕様を維持《いじ》し、人類が活用している情報掲示板に積極的な情報操作を仕掛けることにより、侵略者《しんりゃくしゃ》の棲《す》み分《わ》けが完成することを期待している。

目標の殲滅率に近付けるためには、多少の微調整《びちょうせい》は必要となるが、それは今後の経過観察を行った後だ。

疲《つか》れたな。魔王は睡眠《すいみん》も食事も必要ないとは言え……業務過多だ。まぁ、それを解消するために《分割》が存在するのだろうが、安心して任せられる配下はまだ存在していない。

いつの日か過労で倒《たお》れる魔王も……って、ソレを防ぐために魔王を不眠不休《ふみんふきゅう》で動ける仕様にしたのか？

と、冗談《じょうだん》はここまでにして。

「イザヨイ。行けるか？」

「そのお言葉、お待ちしておりました」

俺は隣《となり》に控えたイザヨイに声を掛けると、イザヨイは恭《うやうや》しく頭を垂れる。

「デビュー戦だな。期待を裏切るなよ？」

「ハッ！　この命を賭《と》して！」

冗談っぽく激励《げきれい》する俺の言葉に、イザヨイは真剣《しんけん》な声音《こわね》で答えるのであった。

◆

今回の侵略者は、北側から侵入《しんにゅう》してきた12名の人類。レベルは推定20前後。

ネットで調べる限り、支配領域の侵略を生業としている人類の平均レベルは20。世界規模で見れば、確認出来る最高レベルの人類は63。国内規模で見れば、確認出来る最高レベルの人類は52。県内規模で見れば、確認出来る最高レベルの人類は39。

魔物に置《お》き換《か》えると、ランクE（ラットなど）はレベル1～2相当。ランクD（ゴブリンなど）はレベル3～5相当。ランクC（コボルトなど）はレベル6～20相当。ランクB（ダンピールなど）はレベル21～50相当。と言われている。但《ただ》し、装備するアイテムによって強さは大きく変動するし、魔物も成長するので、あくまで創造したばかりの魔物に限るという当てにならない目安だ。

イザヨイのランクはB。創造したばかりの配下なので、人類のレベルに当てはめればレベル21～50相当。装備させたアイテムも加味すれば、1対1であれば侵入者《しんにゅうしゃ》に遅《おく》れを取ることは無いだろう。

デビュー戦としては、手頃《てごろ》な相手を選択《せんたく》したつもりであったが……。

「お前とイザヨイ……どっちが強い？」

俺は同行させたランクBの配下であるダンピールに声を掛ける。

「恐れながら、イザヨイ様かと」

だよな……。ランクのみで判断すればイザヨイはダンピールと同等だ。但し、目の前で繰り広げられている一方的な蹂躙《じゅうりん》を見ると、ダンピールと同格とは思えない。

イザヨイの強さは底が見えなかった。

「ヒ……ヒィ……な、なんでこんな低層で魔王が出現するんだよ……」

一瞬《いっしゅん》にして4人の仲間を失った人類が、恐怖《きょうふ》に顔を引《ひ》き攣《つ》らせる。

「私が魔王……？　貴様！　私如《ごと》き脆弱《ぜいじゃく》な存在をシオン様と見間違《みまちが》うとは……死して、その罪を悔《く》い改《あらた》めよ！」

激昂《げきこう》したイザヨイは手にした槍で腰《こし》が引けた人類の胴体《どうたい》を貫《つらぬ》いた。

誰《だれ》が脆弱な存在だよ……。俺はイザヨイの言葉に思わず苦笑《くしょう》する。

ナイトメア・ヴァンパイア――闇《やみ》の中で真価を発揮する恐るべき吸血鬼。戦闘開始と同時に、圧倒的《あっとうてき》な殺意の籠《こ》もった闇の矢で２人の人類を葬り、流れる水のような滑《なめ》らかな動きで次々と人類を葬り去っていた。

一応バックアッパーとして、10体のダンピールとリビングメイルを控えさせておいたが、その配慮《はいりょ》は杞憂《きゆう》となった。

侵入者たちは、完全にイザヨイの強さに呑《の》み込まれている。言わば、恐慌《きょうこう》状態だ。平常心を保って、数の利を活《い》かせば、イザヨイを倒せないまでも……善戦は出来たであろう。

今回の戦いは、最初の一手――開戦と同時にイザヨイが放った《ダークアロー》の恐怖に呑み込まれた時点で決していた。

イザヨイは強いな。最大ＣＰを消費するのは痛いが、もう1人ヴァンパイア・バロンを創造するのもありなのか？

最大ＣＰが減少するデメリットと、ヴァンパイア・バロンを創造するメリットを天秤《てんびん》に掛けながら、様々なシミュレーションを頭の中で繰り返《かえ》す。

最大ＣＰ減少の最大のデメリットって、時間経過で回復するＣＰの減少なんだよな……。１

時間で回復するCPが100も下がるデメリットはやはり大きいか……？　今は魔王アリサとの戦いで消耗《しょうもう》した配下やアイテムを復旧する必要もあるからなぁ……。

と、思考の海に溺《おぼ》れている間に、生存する人類は1人となっていた。

――イザヨイ、控えよ！

「ハッ！」

慌《あわ》ててイザヨイに命令を下すと、イザヨイは俺の側へと移動して恭しく頭を下げる。

「後は俺の手で処分する」

「畏《かしこ》まりました」

今回の戦闘の目的は、イザヨイの強さの確認《かくにん》と、新たに習得した特殊《とくしゅ》能力《偃月斬》の試し斬《ぎ》りであった。

残り1人なら、安全だし《威圧《いあつ》》の確認もしてみるか。

俺は手にしたゲイボルグの柄を地面に突《つ》き立《た》て、口上を述べる。

「我が名はシオン！　我が領土を侵《おか》す不敬なる者よ！　我が名を土産《みやげ》に死地へと旅立つがよい！」

《威圧》の発動には口上が不可欠であった。文言は多少変更《へんこう》可能だが……こればかりは仕様なので仕方がない。

《威圧》を受けた侵入者は、その場で尻餅《しりもち》をつき震《ふる》え上がる。

「ん？　どうした？　来ないのか？　ならば……」

「うわぁぁあああ！」

侵入者は涙《なみだ》を浮かべながら、手にした剣《けん》を振《ふ》り上げて俺へと一目散に突っ込んでくる。

俺以外の存在が認識《にんしき》出来なくなるか……。

俺はゲイボルグの柄を両手で握《にぎ》り締《し》め、力を込めて振り下《お》ろす。

──《偃月斬》！

凄《すさ》まじき勢いで振り下ろされたゲイボルグは、その刃先《はさき》に衝撃波《しょうげきは》を纏《まと》い……突っ込んできた侵入者を両断した。

ふむ。動作は大きいが、威力《いりょく》はかなり高いな。

俺は新たな特殊能力──《偃月斬》の威力に満足し、笑《え》みを浮かべる。

「さてと、お前たちは侵入者の身包《みぐる》みを剥いでおけ」

俺は同行した配下に命令を下し、一足先に住処《すみか》へと戻《もど》るのであった。

◆

魔王アリサを倒してから10日後。

リナとクロエによる支配領域の侵略は順調に進められていた。

「例の2人の魔王がいる支配領域と隣接する為《ため》には、残り5つの支配領域を支配すればいいのか」

「魔王アリサ以降は、特に強い魔王はいないですねぇ」

俺は、リナとクロエの様子をスマートフォンで確認しながらカノンと呑気《のんき》な会話を交わしていた。

「リナの部隊が次に侵略する支配領域は、エルフ種の魔王が支配する森林タイプの支配領域か。クロエの部隊が次に侵略する支配領域は、吸血種の魔王が支配する洞窟《どうくつ》タイプの支配領域か……丁度いいな」

俺はクロエが侵略する予定の支配領域の情報を確認し、ほくそ笑む。

「つ、遂《つい》に!? シオンさんは引き籠もりから脱却《だっきゃく》するのですかぁ？」

「誰が引き籠もりだよ！ ってか、魔王は全員強制的に引き籠もりだろうが！」

「イヒ!?」

無礼な発言をしたカノンは乾《かわ》いた笑い声のような悲鳴を上げる。

「俺は出掛《でか》けるが……カノン、支配領域の防衛は大丈夫《だいじょうぶ》だろうな？」

「《分割《ぶんかつ》》して支配者としての権限を頂くことは可能ですかぁ？」

「暴走はするなよ？」

「大丈夫ですよぉ！」

支配領域を分割して支配者の権限を渡《わた》すと、仮の支配者は脳内に委任された支配領域の状況が浮かぶようになるらしい。真の支配者たる魔王はスマートフォンで地道に確認する必要があるのに……この差は酷いと思う。

「まぁ、支配者権限がないと防衛は難しいだろうから、仕方ないか」

「ふっふっふ……大船に乗ったつもりでお任せなのですよぉ」

「その大船……泥《どろ》で出来てないよな？」

「――な⁉」

今のところ防衛を任せられる人選は、悲しいことにカノンのみだ。カノンは長い時間俺に付き従っているので、俺の考え方も理解しているはず。カノンの生殺与奪《せいさつよだつ》権は俺にあるから、裏切る心配もない。

《分割》を実行したらCPは一時的に枯渇《こかつ》する。配下の数は問題ないな？」

「はい！　イザヨイさんもいるので、大丈夫ですよぉ」

「配下の食料の備蓄《びちく》も問題ないな？」

「はい！　最近は食料の生産体制も整っているので、心配無用ですよぉ」

「アイテムの備蓄は問題ないな？」

「はい！　侵入者から奪《うば》い取《と》ったアイテムもあるので問題ないですよぉ」

「何かあったらすぐに連絡《れんらく》しろよ？」

「はい！　お任せ下さい！」

「連絡先として俺の電話番号は――」

「大丈夫ですってば！　シオンさんは私の保護者なのですかぁ⁉」

俺からの小言にカノンは癇癪《かんしゃく》を起こし、

「保護者じゃねーよ……支配者だよ」

俺はそれに笑って答える。

「最後に――死ぬなよ」

「はい！」

俺はカノンに命令を下し、支配領域《分割》を実行した。

支配領域の《分割》はあっさりと完了《かんりょう》。カノンは支配者権限の使い勝手を確認している。

周辺に強い魔王は存在していない。人類が俺の支配領域をターゲットとした大規模掃討《そうとう》作戦でも実行しない限り、問題は起きないだろう。

「では、行ってくる」

「いってらっしゃい」

「シオン様、ご武運を！」

――《転移》！

カノンとイザヨイに見送られ、俺はクロエがいる位置から一番近い支配領域の出口へと転移。

俺は外へと続く支配領域の出口を目の前にして身を震わせた。

ははっ……支配領域の外に出るのはいつ以来だ？

俺の支配領域内には居住区、生産区と呼ばれる屋外タイプの階層も存在はしている。

太陽の下に出るのは怖《こわ》くない……と言うか、今は夜だ。外に出ても俺が弱体化する心配はない。

なのに……この体中に走る震えは何だ？　外の世界に怯《おび》えている？　俺が？　金沢市で最強の魔王と名高い俺が……外の世界に怯えている？

カノンたちに出口まで見送りに来させなくて、正解だった。こんな姿……とてもじゃないが、配下には見せられない。

俺は震える足でゆっくりと、外の世界へと続く地面へと歩を進める。

ほら……怖くない。

一歩、また一歩と外の世界の地面を踏みしめる。

穏《おだ》やかな夜風が俺の頬を撫《な》で、どこか懐《なつ》かしい外の空気が俺の鼻腔《びこう》を刺激する。

いつの間にか、足の震えも止まっていた。

俺は両手を天へと大きく掲《かか》げ、外の新鮮《しんせん》な空気を大きく吸い込む。

目に見えぬ恐怖は消え去った。

ふぅ……。少し遅れたな。土産でも持参するか。

俺は食《く》いしん坊《ぼう》のブルーを想像しながら、質の良い肉を錬成《れんせい》しようとするが……。

——？

スマートフォンを操作し、慣れた手付きで《アイテム錬成》を実行しようとするが、一向に成功しない。

——まさか⁉

一つの可能性に気付いた俺は、様々なアイテムの錬成、配下の創造、果ては——《血の杯《さかずき》》

の創造を行うが、結果は全《すべ》て失敗。

支配領域の外に出ると創造、錬成は出来ない……？

配下を倒されたら、その場で創造して配下を補充《ほじゅう》。毒に侵されたら、毒消し薬を錬成。そして、魔王を眷属《けんぞく》にする為の《血の杯》を創造する。

俺の想定していた戦略は全て無に帰した。

本番前にわかっただけでも……良しとするか。

っと、あいつらを待たせすぎたな。

よし、行くか！

俺はクロエの部隊が待つ場所へと、足早に外の世界を駆けるのであった。

◆

「待たせたな」

俺は侵略する支配領域のすぐ近く、朽《く》ち果《は》てた公園にて待機していたクロエの部隊と合流を果たした。

「滅相《めっそう》もございません」

「お土産の肉は――ギャッ⁉」

片膝《かたひざ》を突いて深く頭を下げるクロエと、クロエからの裏拳《うらけん》を食らって身悶《みもだ》えするブルー。クロエ同様に深く頭を下げているのは、新たに眷属となったダークハイエルフ――クレハ。軽く頭を下げる2人の巨躯《きょく》を誇る鬼《ほこ》――ノワールとルージュ。その他にクロエたち眷属の配下として、リビングメイルが3体。ダークエルフが2体。ダンピールが2体。

これらが侵略《しんりゃく》部隊として活動しているクロエの部隊に編成された配下であった。

「早速ではあるが、支配領域の侵略を開始する」

「ハッ！　此度《こたび》の方針は？」

意気込む俺にクロエが方針を問《と》い掛《か》ける。

俺は、クロエとリナに対して侵略する支配領域ごとに方針を伝えていた。

方針は大きく2つ。

1つは、殲滅。

1つは、敵の被害《ひがい》を抑《おさ》えて素早《すばや》く支配領域を支配する。この方針は、俺の創造出来ない魔物を配下とするのが目的だ。

ならば、今回の侵略で伝えるべき方針は――

「殲滅だ」

今回侵略する支配領域の魔王は吸血種。確認されている魔物は大多数がグール。つまりは、創造のランクはC。苦労してまで手に入れたい魔物は皆無《かいむ》。ならば、レベルアップの糧《かて》とするのが最善だ。

「「畏まりました！」」

士気が最高潮の配下と共に、俺自身は初となる敵の支配領域の侵略へと繰《く》り出《だ》した。

3体のリビングメイルを先頭に支配領域の中へと足を踏《ふ》み入《い》れる。

「ほぉ……」

「マスター、如何《いかが》いたしましたか？」

整然と立つ白い大理石の壁《かべ》で囲まれた通路。初めて見る他者の支配領域に感嘆《かんたん》し漏れ出《で》た俺の声にクロエが反応する。

「何でもない。気にするな」

「ハッ！　失礼しました」

俺の言葉に応じ、素早くあるべき隊列へと戻る。

クロエやリナの視点を通じ、スマートフォンを介《かい》して多くの支配領域を見てきた。しかし、画面越《ご》しに見る景色と実際に自分の目で見る景色は全くの別ものであった。

白の大理石で統一された壁に通路。目を凝《こ》らせば、壁には絵画や調度品が飾《かざ》られていた。

あの絵画……正確には壁に埋《う》め込まれた調度品は、不壊《ふえ》にして、取り外し不可。見栄えのみを重視した、オブジェクトだ。創造ＣＰは10枚で1だったか？　俺から見ればＣＰの無駄遣《むだづか》い以外の何ものでも無いのだが……これも魔王の個性の一つなのだろうか。

俺は自身の支配領域――岩肌《いわはだ》が剥《む》き出しで、申し訳程度に設置されているオブジェクトは岩のみという、シンプル構造を思《おも》い浮かべる。

この支配領域はダンジョンと言うより、遺跡《いせき》だな。

まぁ、真似《まね》しようとは思わない。ここの魔王は、暇人《ひまじん》なのだろうか。

初めての他者の創造した支配領域を観察していると――

「「「＃＄％＆!!」」」

前方から見知った魔物――グールの集団が現れた。

相変わらずの間抜《まぬ》け面だな。と言うか、俺に襲《おそ》いかかってくるグールか。ある意味、新鮮な体験だ。

俺は微笑《びしょう》を浮かべながら、戦闘態勢へと移行する。

現在、俺が《吸収》している能力はダンピールのレイラではなく、隣に並ぶダークハイエルフであるクロエの能力だ。

「クロエ、クレハ！」

「「ハッ！」」

名前を呼ばれた2人のダークハイエルフは、俺が指示を与《あた》えるまでもなく、俺の意図を汲《く》み取る。

「「「――《ファイヤーアロー》！」」」

俺はクロエ、クレハと共に、グールの弱点である炎《ほのお》属性の矢を無数に放つ。

――見敵必殺！

放たれた無数の炎の矢は両手を振り上げて突進《とっしん》してくる数多《あまた》のグールを葬り去る。

「「「グォォォオオオ！」」」

しかし、後列から次々と知性を感じさせない瞳《ひとみ》で、雄叫《おたけ》びを上げながらグールの群れが湧き出てくる。

「どこのグールもアホには変わりないか。ノワール！　ルージュ！」

「「あいよ！」」

「間抜けなグールを蹴散《けち》らすぞ！」

「「おう！」」

俺は愛槍――ゲイボルグを手にして、２人の鬼と共にグールの群れへと突っ込んだ。

――《偃月斬》！

力強く振り下ろしたゲイボルグは、目の前のグールを両断しただけに止《とど》まらず、刃先から発生した衝撃波が後方にいる無数のグールも纏めて薙《な》ぎ払《はら》う。前方に目を向ければ、凶暴《きょうぼう》な笑みを浮《う》かべる男女の鬼が、鈍器《どんき》を振り回《まわ》しながら、次々とグールの頭を吹《ふ》き飛《と》ばしていた。俺もゲイボルグを振り回し、迫《せま》り来るグールを倒し続ける。

――!?

僅《わず》かな耳鳴りが鼓膜《こまく》に響《ひび》いた。

ジャイアントバットか……。あいつの超音波《ちょうおんぱ》を受けると、こんな感じになるのか。

「クロエ！　クレハ！　ブルー！　蝙蝠《こうもり》を全て撃《う》ち落《お》とせ！」

「「ハッ！」」

「了解《りょうかい》っす！」

クロエとクレハと放った矢が巨大《きょだい》な蝙蝠を射貫き、ブルーは軽快な身のこなしから、大きく跳躍《ちょうやく》。手にした斧《おの》で巨大な蝙蝠の頭を打《う》ち砕《くだ》く。

いつもはスマートフォンの画面越しに見ていたクロエたちの中に俺がいるのか。俺は不思議な高揚《こうよう》感に包まれながら、ゲイボルグを振るい続けるのであった。

1時間後。

目の前に広がるのは整然とした大理石の通路に横たわる、無数のグールとジャイアントバットの亡骸《なきがら》。

配下のランク、練度、装備したアイテム……全てが上回っている俺たちに負ける要素は何一つなかったことが、証明された。

多少は疲れたが、こんなものか。一定以上の力を持った強者の前に中途半端《ちゅうとはんぱ》な雑魚《ざこ》を差し向けても、得られる成果は侵略者の体力を僅かに奪う程度だな。せめて、ここの支配領域の魔王が創造Bであったなら……リリムやダンピールを創造して、グールの近距離《きんきょり》に合わせて遠距離《えんきょり》攻撃《こうげき》による防衛体制も築けただろう。

グールはコスパに優《すぐ》れている。しかし、俺だったらグール一辺倒《いっぺんとう》ではなく、ゴブリンを配備して弓矢で……って、つい癖《くせ》で支配領域の防衛を分析《ぶんせき》してしまうな。この世界でたられば は通用しない。弱い者は滅《ほろ》び、強い者だけが生き残る。

今のコワレタ世界は、シンプルにして、無慈悲《むじひ》な世界と再認識《さいにんしき》した。

その後も、俺たちは慢心《まんしん》せずに支配領域の侵略を進めた。

支配領域侵略開始から24時間。

二回の食事休憩《きゅうけい》と3時間の仮眠《かみん》を挟《はさ》みながらも、俺たちは3階層へと辿《たど》り着《つ》いた。道中で出現した魔物はグールとジャイアントバットのみ。

グールとジャイアントバットはコスパに優れているとは言え、もう少し応用を利《き》かせるべきだろ？　よく、今まで生き残れたなと感心すら覚える。

調度品に気遣《きづか》う余裕《よゆう》があるなら、罠《わな》とか、魔物の運用にもう少し気を遣《つか》えよな……。

最初は、新鮮さと緊張《きんちょう》感を持って挑《いど》んだ初の支配領域の侵略であったが、今ではかなりリラックスした状態だ。今後、経験値を稼《かせ》ぐ意味でも定期的に支配領域の侵略に参加するべきだな。

将来の行動方針を頭に思い描《えが》きながら、侵略を進めていると――

「クックックック。不敬なる侵略者よ。貴様たちは我《わ》が輩《はい》の眷属の血を流しすぎた。よって、判決を下す――死刑《しけい》だ！」

4階層へと続く階段の前に、数多のグールを引き連れた黒のタキシードにマントを羽織った男が姿を現した。

「眷属……？　ひょっとして、今までに倒したグールの中に眷属が混ざっていたのか？」

「ハッハッハ！　言葉の綾《あや》だ！　正確には配下だ！」

男は、なぜかドヤ顔で先程《さきほど》の言葉を訂正《ていせい》する。その表情と口調は特殊能力を用いているのだろうか？　俺のヘイトを大きく高める。

「ってか、お前、誰だよ？」

「ハッ！　人様の支配領域――『白亜宮殿《チャークパレス》』に勝手に侵入しておきながら、戯《ざ》れ言《ごと》を。まぁ、よい……。我が輩こそは、『白亜宮殿』の主にして、絶対強者！　全ての闇を統《す》べる帝王《ていおう》にして、至高なる存在――ダークネス・ドラクル三世で――」

――《ファイヤーランス》！

俺は冗長《じょうちょう》にして不快な口上に、思わず炎の槍を放ってしまった。

「――ぬぉ!?　き、貴様ぁぁぁああ！　貴様から名前を聞いておきながら……名乗りの最中に攻撃《こうげき》をするとは……貴様は矜持《きょうじ》を持ち合わせておらぬのかっ！」

「すまん……暴発した」

激昂するダーク某《なにがし》に、俺は軽く頭を下げて謝罪する。

「嘘《うそ》を吐《つ》くなぁぁぁああ！」

――!?

俺は激昂するダーク某に驚愕《きょうがく》する。

「む？　貴様……何を驚《おどろ》いておる？」

「いや、何で嘘とバレたのだろうと……」

目の前のダーク某は間違《まちが》いなく、知能Gランクだ。気付く余地などないと高を括《くく》っていた。

「わからいでかっ！」

激昂するダーク某に俺は拍手《はくしゅ》を送る。

「えっと……ダーク……ねす？　ど、ど……三世だったか？　ひょっとして、お前は眷属のダンピールか？」

魔王の名前は人間だった頃《ころ》の名前がそのまま継承《けいしょう》される。流石《さすが》に、現代日本。しかも、石川県の内灘町にダーク某三世なんて珍妙《ちんみょう》な名前の人物は存在しないだろう。ってか、ここの魔王はダンピール創造出来るのか？　と言うより、あんなにも個性的なダンピールが創造されるのか……？

「き、貴様ぁぁああ！　我が輩の話を聞いておったのか！　我が輩は『白亜宮殿』の主にして、闇を統べる帝王にして、至高の存在――魔王ダークネス・ドラクル三世ぞ！」

「さっきは魔王とか肩書《かたが》きは――」

「黙《だま》らっしゃい！」

ダーク某は顔を赤面させながら激昂する。

「まぁ、細かいことはいいか。ダーク某。降伏するなら、命だけは助けてやる。どうするか、即《そく》決めろ」

俺はダーク某に勧告《かんこく》する。今まで、目の前のダーク某のアホな会話に付き合っていたのも、全てはこの為だ。腐《くさ》っても魔王。腐っても吸血種。ある程度は強いだろう。しかし、同時に魔王は倒したときの恩恵《おんけい》――経験値は大きい。断るようであれば、俺の成長の糧になってもらうとしよう。

「ハッハッハッ！　我が輩の眷属を倒した程度で調子付いたか！　愚《おろ》か！　愚かの極《きわ》みなり！　我こそは『白亜宮殿』の主にして、最強の存在！　今までも眷属を倒して調子に乗った数多の愚か者《もの》を葬り去った。貴様も死して、愚行《ぐこう》を悔いるがよい！」

ダーク某は大声で笑い苛《いら》つくドヤ顔を披露《ひろう》する。要は、この支配領域が今まで無事だったのは、この目の前のアホが肉体か魔力《まりょく》、或《ある》いは両方にBPを振り分け、自らが防衛をしていたと言うことなのだろう。

「降伏《こうふく》はしない……と、言うことでいいな？」

「ハッ！　無論！　今宵《こよい》も我が輩の『サウザンドニードル』は血に飢《う》えておる！　不敬なる劣《れっ》等《とう》種よ、死ぬが――」

「は？　俺が劣等種ならお前は劣等種の下等種だぞ？」

「は？」

ダーク某は間抜け面を浮かべる。ちなみに、血に飢えている『サウザンドニードル』はランクCのアイテム『レイピア』にしか見えない。

「気付いていないのか？　俺も吸血種の魔王だぞ？」

「――!?　な、な、何を言っておる!?」

「は？　お前は俺を何だと思っていたんだ？」

「人間」

「こいつは？」

俺はクロエを指差して尋《たず》ねる。

「にんげ……ダ、ダークエルフかっ⁉」

「正解」

何故《なぜ》か大袈裟《おおげさ》に驚くダーク某に、俺は冷静に答える。

「こいつは？」

ダンピールを指して尋ねる。

「に、人間……？」

「ハズレ。こいつは？」

リビングメイルを指して尋ねる。

「フルプレートを装備した人間」

「ハズレ。この2人は？」

ノワールとルージュを指差して尋ねる。

「大柄《おおがら》な外人？　……鬼か⁉」

「お⁉　正解。最後にこいつは？」

ブルーを指差して尋ねる。

「ペットのゴブリン」

「正解」

「違《ちが》うっす！　オイラはゴブリンチェイサーっす！　そしてペットじゃなくて眷属っす！」

ダーク某の答えにブルーが異論を唱える。

「と言う訳で、俺は魔王シオンだ」

「――!? バ、バカな……!? あり得ない！ 魔王は支配領域の外には出られぬ！」

ダーク某は俺の答えを聞いて狼狽《うろた》える。

「その疑問を解消する答えは持ち合わせているが……説明する義理はないか」

「き、貴様は何者だ!?」

「人の話を聞いていたか？ 俺の名前は魔王シオン――お前が死ぬ前に最後に会話を交わした存在だ」

「――!? そ、その言い回し……今度使わせてもらおう！」

俺の言葉を聞いて、ダーク某が驚愕する。

「どこに感心しているんだよ……。まぁ、いい。こいつは、俺が殺る。お前たちは邪魔《じゃま》をするなよ？」

「畏まりました」

俺の言葉にクロエが代表して答える。

――但し、いつでも攻撃が出来る準備だけはしておけ。

念話にて、伝えた指示にクロエたちは黙って首肯《しゅこう》する。

「それじゃ死合うか！ ――我が名は魔王シオン！ 我が名を土産に冥土《めいど》へ旅立つがよい！」

挨拶《あいさつ》代わりの《威圧》を放ち、ダーク某との死合いを開始した。

「クッ……⁉　こ、このプレッシャーは……！　貴様、只者《ただもの》ではないな⁉」

ダーク某は僅かに後退しながら、震える声で呟《つぶや》く。

「しかぁし！　我が輩も伊達《だて》に闇を統べし帝王と――」

――《ファイヤーランス》！

尚《なお》も喚《わめ》くダーク某に炎の槍を放つ。炎の槍はダーク某の肩《かた》を掠《かす》める。

「ぐぁ⁉　貴様！　今は我が輩のターンだろっ！　貴様に矜持は――」

「ねーよ」

――《一閃突《いっせんづ》き》！

俺はダーク某との距離《きょり》を詰《つ》め、素早い刺突を放つ。

矜持？　俺にあるのは、生き残りたいという意地汚《いじきたな》い欲望と、配下の前で強いところを見せたいというちっぽけな願望だけだ。

「クッ⁉　……矜持も知らぬ愚者《ぐしゃ》よ！　死ぬがよい！　――《ダブルスラスト》！」

ダーク某は素早くレイピアを二度突《つ》き出す。一突き目は上体を捻《ひね》って回避《かいひ》するが、二突き目が俺の脇腹《わきばら》を掠める。

――ッ⁉

こいつ、アホの癖して戦い慣れてやがる。

殺し合いの最中にお喋《しゃべ》りするのは愚行だが、ダーク某は戦闘《せんとう》慣れした強者の身のこなしを身に付けていた。

俺はバックステップでダーク某との間合いを計る。

「闇より生まれし混沌《こんとん》の槍よ。我に逆らいし愚か者に……」

――？

ダーク某は、何やらブツブツと呟き始める。

「死を与えん！　――《ダークランス》！」

俺は飛来してくる闇の槍を片手で弾《はじ》き飛ばす。

「――な⁉　わ、我が深淵《しんえん》の槍を……片手で⁉」

深淵の槍って……ただのダークランスだろ？　ってか、吸血種の魔王は闇属性に強い耐性《たいせい》があるのを知らないのか？　……知らない訳ないよな？

俺は目の前で驚愕の表情を浮かべるド級のアホに、呆《あき》れ果てる。

「魔法《まほう》は効かぬか……。ならば『サウザンドニードル』で葬《ほうむ》り去《さ》るのみ！」

「ハッ！　ただの『レイピア』に大層な名前を付けてんじゃねーよ！」

レイピアを構えて突っ込んでくるダーク某に、俺はゲイボルグを突き出す。ダーク某は突き出されたゲイボルグを打ち払った。

チッ⁉　力で押《お》し切《き》れないところを見ると……こいつはアホだが、肉体の値はBか？

「フッ！　槍使いの弱点は知っている。懐《ふところ》に入りさえすれば！」

ダーク某は地を蹴《け》り素早く距離を詰めようとするが、俺は素早くサイドステップを刻み、ショートレンジの間合いになるのを避《さ》ける。

「ハッ！　そんな戦略通用するのは、自分よりも肉体が劣《おと》った相手だけだ！」

俺はダーク某の行動を鼻で笑いながら、槍を薙ぎ払いダーク某の行動を牽制《けんせい》する。

「我が輩の妙技《みょうぎ》を前にしても、同じ態度が取れるかな？　我、疾風《しっぷう》とならん！　――《ファストスラスト》！」

――!?

ダーク某の姿が残像を残して消えたかと思えば、刹那《せつな》の瞬間《しゅんかん》で俺の懐へと入り込み腹部に刺突された。俺は腹部に僅かな痛みを感じながらも、ゲイボルグを横薙ぎし、懐に入ったダーク某を追《お》い払う。

「む？　硬《かた》いな。何だ……その服は!?　貴様を殺したら我が輩が愛用してやろう」

「俺はお前を殺したら、そのタキシードを燃やしてやるよ」

ねちっこい笑みを浮かべるダーク某に、俺は苛つきながら答える。

「戯れ言を。我が輩の神速の秘技の前にひれ伏《ふ》すがよい！　我、疾風となりて、汝《なんじ》を討《う》たん！

――《ファストスラスト》！」

ダーク某は、再び刹那の速度で俺の懐へと入り込み腹部を刺突する。

ダメージは小さい。致命傷《ちめいしょう》には至らないが、厄介《やっかい》な攻撃だ。

攻撃する前にいちいちアホな事を抜《ぬ》かしやがって……。

――！

俺はバックステップを刻み、ダーク某との距離を取る。

「ハッ！　無駄《むだ》な足掻《あが》きを！　貴様は我が輩の神速の秘技から逃《のが》れられぬ運命なのだ！」

ダーク某は、離《はな》れた俺《おれ》へと駆《か》け寄《よ》り、

「我、疾風となりて、汝を討たん！」

ダーク某は、いつものアホな言葉を宣言する。《ミストセパレーション》のタイミングを計るのはシビアだ。

しかし、ご丁寧《ていねい》に攻撃のタイミングを教えてくれるのならば――

「――《ファストスラスト》！」

――《ミストセパレーション》！

ダーク某の貫いた俺の残像は霧《きり》となり、霧散《むさん》する。

「――!?」

――《偃月斬》！

そして、ダーク某の背後にて具現化した俺は、力強くゲイボルグを振り下ろした。

「グアァァアアア!?」

ゲイボルグの刃先から発生した衝撃波と共に、ダーク某は大理石の壁へと吹き飛ばされる。

「き、貴様が……なぜ……その奥義《おうぎ》を――」

――《ファイヤーランス》！

呻《うめ》き声《ごえ》を上げるダーク某に追撃《ついげき》の炎の槍を放つと、俺は倒れ込むダーク某へと疾駆《しっく》する。

「う……うぅ……あ、熱い……」

――《五月雨突き《さみだれづ》》！

熱さに苦しむダーク某に、素早い連続した刺突を繰り出す。

「……う……うぅ……」

ほぉ……。流石は、肉体Bだな。まだ生きているのか。虫の息となったダーク某の姿を見て、俺は感心する。

トドメを刺《さ》すのは簡単だが……一応、確認するか。

「最後通告だ。死ぬか、降伏するか。３秒以内に答えろ」

「うぅ……こ……こう……ふ……く……しま……す……」

「ならば、降伏の意を示せ」

「な……な……にを……す……れ……ば？」

ダーク某は擦《かす》れる声で呟く。

ってか、聞き取りづらいな。少しだけ、体力を回復させるか。

「全員、集まれ！」

俺はクロエたち配下を呼び寄せ、念《ねん》の為に、落ちていたレイピアを取り上げる。

「このアホが少しでも動いたら、殺せ」

「「ハッ！」」

ダーク某の四方を武器を持った配下で囲み、粗悪品《そあくひん》の回復薬をダーク某の頭にぶっかける。

「配下に【真核《しんかく》】を持参するように命じろ」

「ここにですか？」

四方から武器を突きつけられたダーク某の震える声に、俺は首を縦に振って答える。

「急げよ？　10分遅《おく》れる度に、回復した体力を削《けず》るために、攻撃するからな？」

「は、はい！」


待つこと1時間。

ダーク某が俺の宣言通り、6回ほど焼かれた頃にジャイアントバットが【真核】を持って現れた。俺はジャイアントバットが持参した【真核】を受け取り、降伏の手順をダーク某に説明する。

「俺に対して服従する気持ちを強く抱き、今から俺の言う言葉を宣言しろ」

「は、はい……」

「私——魔王《まおう》ダーク……ど、ど……おい！　名前は？」

「ダークネス・ドラクル三世です……」

「私——魔王ダークネス・ドラクル三世は、魔王である生を捨て、汝——魔王シオンに『降伏』します。だ。覚えたか？」

「は、はい」

「ならば、宣言せよ！」

クソッ！　説明する為とは言え、恥《は》ずかしい名前だな。震える声で応えるダーク某に、俺は苛つきながら命令する。

「私――魔王ダークネス・ドラクル三世は、魔王である生を捨て、汝――魔王シオンに『降伏』します」

「――了承《りようしよう》する」

……………。

――？

いつまで経《た》っても変化は訪《おとず》れない。台詞《せりふ》を間違えたか？　俺は、カノンに聞いてメモ書きしていたので、スマートフォンのメモアプリを立ち上げて確かめる。

合っているよな？

と言うことは……

「なるほど……。お前は俺に服従する気持ちはない。つまりは、死にたいと？」

俺はゲイボルグを握る手に殺意を込める。

「ま、ま、待って下さい！　そ、そ、そんなことないです⁉　もう一度……もう一度だけ……チャンスを下さい……」

慌てて懇願《こんがん》するダーク某を見て、俺は無言で頷《うなず》く。次、失敗したら殺そう。

「わ、私――魔王……さ、サブロウは、魔王である生を捨て、汝――魔王シオンに『降伏』します」

――！

俺は、ダーク某――改め、サブロウの宣言に思わず吹き出し、殺意を霧散させる。

「――りょ、了承……する」

俺は笑いを堪《こら》えながらも、魔王サブロウを受け入れる言葉を宣言した。

すると、先程は何の反応も無かった【真核】が光《ひか》り輝《かがや》き、俺の手の中から消失。同時に、足《あ》下《もと》が、空間が、支配領域が激しく振動《しんどう》したのであった。

『>>>魔王サブロウの支配領域を支配しました。
>>>支配領域の統合に成功しました。これより24時間【擬似的平和《ぎじてき》】が付与《ふよ》されます』
俺はスマートフォンを操作して、サブロウの降伏が成功したことを確認《かくにん》。

こうして、俺は二人目となる元魔王の配下を迎《むか》え入れたのであった。

◆

「おかえりなさいですぅ。早かったですねぇ」

サブロウを配下に加えた俺は【転移装置】を創造して、カノンの元へと帰還《きかん》した。

「魔王が3階層で登場してくれたからな」

「あらあら……って、後ろの方はどなたですかぁ？」

カノンは目敏《めざと》く、背後に控《ひか》えたサブロウの存在に気付く。

「その登場した間抜けな魔王」

「まっ⁉　眷属にしたのですかぁ？」

「いいや、【降伏】させた」

「へぇ～。やっぱり、シオンさんが自ら出向けば勧告は成功し易《やす》いのですねぇ」

「そうだな」

俺はカノンと他愛《たあい》の無い会話を交《か》わしながら思考する。サブロウの今後の活躍次第《かつやくしだい》では、魔王の配下を増やすのも悪くはないかもしれない。贅沢《ぜいたく》を言えば、もう少し知性を感じる魔王を配下にしたいけどな。

「見たところ、シオンさんと同じ吸血種の魔王ですかぁ？」

「だな。えっと、名前は――」

俺の思考を遮《さえぎ》り、会話を続けるカノンの問い掛けに答えようとすると、

「お初にお目に掛かる！　麗《うるわ》しき妖精《ようせい》の姫《ひめ》よ……。我が輩はシオン様の同族にして、闇《やみ》を統べし帝王。ダーク――」

「サブロウだ」

俺は、カノンに対し名前を詐称《さしょう》するサブロウの口上を遮る。

「え、え、えっとぉ……ダークサブロウさん？」

「違いますぞ！　我が輩の名前はダー――」

「ただの『サブロウ』だ」

尚も詐称を続けようとするサブロウの口上を訂正する。

「シオンさん……ちょっといいですかぁ？」

――サブロウ、その場で待機！

俺はカノンに呼ばれて、少し離れた場所へと移動。サブロウにはその場での待機を命令する。

「あ、あの人は大丈夫《だいじょうぶ》なのでしょうかぁ？」

「頭か？　残念ながら出会った時には手遅《ておく》れだった」

「な、何でそんな魔王を配下に……」

「いや、頭は残念だけど【肉体】と【魔力】のランクはBだぞ」

「屋内限定ですよね？」

「【肉体】は素のステータスがBだったな。【魔力】はCだな」

「うぅ……有用な配下なのですね。ちょっと、あの人が私を見る目が怖いのですがぁ？」

「安心しろ。俺に害はない」

「――な⁉」

カノンとの小声での会話も早々に切り上げる。

「シオン様……少しよろしいでしょうか？」

カノンとの会話を切り上げると、次はサブロウに呼ばれる。

「何だ？」

「あの麗しき妖精――現世に舞《ま》い降《お》りたマイディスティニーは、創造のランクを上げたら我が輩も創造出来たのでしょうか？」

えっ？　何こいつ……。本気の嫌悪感《けんお》を覚えるのだが。

「無理だ。カノンはお前と一緒《いっしょ》で元魔王だ」

「――!?　わ、我が輩と同じ立場とは……やはりカノンたんと我が輩はディスティニーで結ばれて――」

――黙れ！

SAN値が限界突破《とっぱ》しそうだったので、強制的にサブロウの口を閉じさせた。

「カノンに手を出したら殺すぞ？」

「――!?　し、失礼致《いた》しました！　まさか、カノンたんはすでにシオン様と――」

――黙れ！

「カノン！　今からこいつを殺しても経験値を獲得《かくとく》出来るか？」

「――!?」

「え、えっとぉ……自分の配下を倒《たお》しても経験値は一切《いっさい》得られないので、無理ですぅ」

俺の本気の発言に驚愕の表情を浮かべるサブロウと、苦笑《くしょう》しながら答えるカノン。カノンの答えを聞いた俺は、盛大に舌打ちを鳴らす。

その後、サブロウには俺やカノンを始めとした眷属が住まう居住区とは別の階層に創造した掘《ほ》っ立《た》て小屋《ごや》を与え、その場は解散となった。

◆

サブロウを配下に加えてから十日後。

リナやクロエは順当に支配領域の拡大を進めていた。このまま進めば、目的地である2人の魔王が存在すると噂《うわさ》される支配領域への侵略は三日後になるだろう。

サブロウを配下にして以来3つの支配領域を支配したが、新たな魔王を配下として迎え入れるには至らなかった。理由としては、屋内タイプの支配領域でない限り、俺自らが出向くことが出来ないというのが最大の要因であった。

進化先をデイライト・ヴァンパイアにした方が良かったのか？

闇——屋内では、無類の強さを誇る吸血種であるが、屋外で戦えないことがここに来て大きな足枷《あしかせ》となっていた。

夜の時間だけで攻略《こうりゃく》するのは……無理難題だ。とは言え、昼の弱体化した状態でこの身を敵の前に晒《さら》すのはリスクが大きすぎる。

試《ため》しにサブロウに程《ほど》よいアイテムを与えて、侵略者《しんりやくしや》の撃退《げきたい》を命じたところ……予想以上の成果を発揮した。それだけに、魔王を配下に加える手段が乏《とぼ》しい現状に、俺は大きな不満を抱いていた。

「シオンさ～ん……って、ひっ⁉」

カノンが俺の名前を叫《さけ》びながら飛んでくる途中《とちゆう》で、偶々《たまたま》来ていたサブロウの姿を確認して小さな悲鳴を漏《も》らす。

「む？　カノンたん？　悩《なや》み事《ごと》でも抱《かか》えておるのか？　我が輩はこう見えても口が堅い。今はシオン様を支える同じ幹部として、何でも相談してくれていいのですぞ！」

「え、え、えっとぉ……」

行く手を遮るように両手を広げるサブロウの姿を見て、カノンが震《ふる》え出す。

「口が堅い？　俺に対して黙秘権《もくひけん》は存在しないぞ？　ついでに、お前は幹部じゃない」

「ハッハッハ！　シオン様はまだ我が輩の力を試すつもりか？　安心召《め》されよ。我が輩はシオン様から下賜《かし》されたアイテムにより更《さら》に力を増した。しかし、この力はシオン様……そしてカノンたん以外の為《ため》に使うつもりは――」

「サブロウ。第三十五支配領域に侵略者だ。ダンピールとリビングメイルを連れて、迎撃《げいげき》してこい。――《転移》」

長々と喋るサブロウに命令を下し、強制的に第三十五支配領域へと転移させる。

「ありがとうございますぅ！」

カノンは感情が込められた口調で俺へと感謝の言葉を告げる。

「ったく、カノンもいい加減にサブロウに慣れろよ」

「えっ!?　無理！」

カノンは俺の言葉に即答《そくとう》で答える。

「まぁいい。用件は？」

「あ!?　はい。気になる情報を見つけたのですよぉ」

「気になる情報？」

「はい。こちらをご覧下さい」

カノンはそう言うと、俺の肩に止まり、小さなスマートフォンの画面を差し出す。

『同族にして、仇敵《きゅうてき》なるM諸君に告げる。

私は同族によるネットワークの構築を願う。私が同族である証として、下記の文章を提示する。この文章を理解し、私を同族と認識《にんしき》した上で、協力し合えると感じたM諸君は、下記のメールアドレスまでメールの送付を願う。

H：S1、R2、B3、W3、G5
R：W1、K2
Laplace3298@free.com』

——？

「何だこれ？」

「えっとですねぇ……最近、色んな掲示板《けいじばん》に書き込まれている文章なのですが、シオンさんは意味がわかりましたぁ？」

「さっぱりわからん。ＳＭサイトでも覗《のぞ》いていたのか？」

「ち、違いますぅ！」

同族にして、仇敵なるＭ諸君——同族はそのままの意味だろう。仇敵は女王様を巡《めぐ》っての争いと推理したが……違うのか？

「この文章の意味は恐《おそ》らく――魔王に対してのメッセージです」

カノンがシリアスな表情で告げる。

「魔王に対してのメッセージ？」

俺はカノンの言葉にオウム返しで問《と》い掛《か》ける。

「同族にして、仇敵なるM諸君――この『M』と言うのは魔王を指しているものと思われます」

カノンは覚醒《かくせい》したのだろうか、いつもの舌足らずな口調が鳴りを潜《ひそ》めている。

「M＝魔王ね。その根拠《こんきょ》は？」

「はい。根拠はその後に続く暗号文です。『文章を理解し、私を同族と認識』と前書きがあり、暗号文には『H：S1、R2、B3、W3、G5　R：W1、K2』と、英数値の羅列《られつ》があります」

「確かに、書いてあるな」

「Hは何を指すのか？　私はこのHを『配下』と推測しました。すると、S＝スライム。R＝ラット。B＝バットとなります」

俺はカノンの言葉を聞いてから、再度暗号文に視線を落とす。

――！

すると、暗号文が先程とは違った意味に見えてくる。

「正確には《配下創造》かも知れないな」

「はい！　つまり、アルファベット――配下の種族の後ろに付けられた数値は創造に必要なC

Pとなります。同じ要領で、残りの英数値を読み解くと……」

「R＝『錬成《れんせい》』。Wは……Ｗｏｏｄｅｎ Ｓｗｏｒｄ、つまりは木刀か。Kは、Ｋｎｉｆｅか」

「ですです！　流石はシオンさんです！」

俺が正解を言い当てると、カノンは跳《は》ね回り喜びを表現する。

「つまり、この文章はどこかの魔王が書き込んだ、数多の魔王に宛《あ》てた文章？」

「ですねぇ。ネット上で創造を暴露《ばくろ》するアホな魔王は多いですが、創造CPまで暴露している魔王は、私がネットで探した限り皆無《かいむ》でしたぁ。と言うことは、配下を創造するのに必要なCPを知っている、この文章を書き込んだ主は……魔王で間違いないと言うことになりますぅ」

「そして、これを書いた者を魔王と理解し、協力し合えると感じた魔王は、ここに記載《きさい》されたメールアドレスにメールをしろと？」

「そうなりますね。どうしますかぁ？」

カノンが俺へと尋ねる。

「回りくどいことするな……」

「恐らくですが……この程度が読み解けない魔王は不要ということじゃないでしょうかぁ？」

この程度が読み解けないと言った瞬間に、鼻がプクッと膨《ふく》れたカノンを見て多少苛つく。

「そういえば、話は変わるがサブロウからカノンを《吸収》したいとの申し出を受けたが、受理してもいいか？」

「えっ……!?　話変わりすぎていませんかぁ？　……ごめんなさい。何をしたら許して貰《もら》えるでしょうか……。土下座でしょうかぁ……。あ⁉　でも、シオンさんになら別に吸しゅ――」

「んで、話を戻《もど》すが……こいつの目的は何だと思う？」

カノンは顔面を蒼白《そうはく》にし、小刻みに震える。その後、アホな提案をする予感がしたので、話を戻すことにした。

「――な⁉　今の会話に意味はあったのですかぁ⁉」

「ない」

強《し》いて言えば、ドヤ顔のカノンに苛ついただけだった。溜飲《りゅういん》の下がった俺は、掲示板に書き込んだ主の目的を推測する。

「可能性その１。友好関係を築きたい……もしくは、互《たが》いの不干渉《ふかんしょう》を目的とした条約？　もしくは、それ以上の同盟関係？　但《ただ》し、この文章は不特定多数の魔王に宛てられている。ならば、魔王の所在地も不明だ。仮に文章を書いた主が北海道の魔王なら……金沢《かなざわ》にいる俺と同盟を結ぶ必要性はあるのか？　……ないな」

俺は考えを纏《まと》める為、そしてカノンに伝えるために、敢《あ》えて思考を声に出す。

「う……シオンさんの独り言が始まったぁ。そして、１人で完結してるぅ」

「う……って、お前。一応、自称参謀《じしょうさんぼう》にも相談する可能性もあるから、聞《き》き逃すなよ？」

「あ⁉　はぁい！」

賢《かしこ》いのか、賢くないのか……恐らく賢くない自称参謀に呆れながら、考察を続ける。

「可能性その２。情報の共有。人類はインターネットを駆使《くし》して情報を共有している。支配領域のハザードランク、クラスの特性、クラスアップ先の情報……さながら対魔王《まおう》の攻略サイトだな。対して、魔王はその性質上情報の共有化は図りづらい。顔も、名前も、場所も、連絡先《れんらくさき》も知らないのであれば……情報を共有する手段はインターネットに限られる。しかし……ここで問題。カノン、インターネットによる情報共有のデメリットは？」

「えっ⁉　いきなりクイズ形式⁉　えっと、えっと……」

「残念時間切れ。正解は、人類にも情報が露呈《ろてい》し対策を練られてしまう。しかし、この問題を打開する方法は？」

「特定の者……魔王だけが閲覧《えつらん》出来るサイトの構築でしょうかぁ？」

「チッ！　正解」

「──な⁉　な、なぜに舌打ちなのですかぁ」

オーディエンスを飽《あ》きさせないために、クイズ形式を用いたが、あっさりと答えられると、それはそれで面白《おもしろ》くなかった。

「例えば……この文章を書き込んだ魔王は、魔王であることが露呈しないように工夫《くふう》をした。つまり、人類にバレないように情報を共有出来る魔王を集めている？　魔王しか閲覧出来ない情報サイトを閲覧出来るメリットは大きい。但し……カノンから得られる以上の有意義な知識があるのかが問題だな」

「えっ？　何て言いましたぁ？　最後の台詞をもう──」

「可能性その3。罠。他の魔王の情報を得ようとしている魔王の罠。魔王から聞き出した情報を元に人類が仕掛《しか》けた罠」

「基本的に人間……あ⁉　元人間の魔王も含《ふく》めて、全員救いがたい生き物ですからねぇ」

カノンから闇が溢《あふ》れる。

「俺の推測はこんな感じだな。可能性1は除外して、カノンはどう思う？」

「うーん……そう言われると難しいですねぇ」

カノンは首を捻って、答えに悩む。

「ちなみに、メールを送るだろ。そして招待されたとするだろ？　その時点で、こちらがデメリットを被《こうむ》る可能性ってあるか？」

「こちらから情報を提示しなければ……強いて言えば、ウィルスに感染《かんせん》するとかじゃないですかぁ？」

「カノン。人類から奪《うば》ったスマホで、使えるスマホ何台かあったよな？」

「初期化して使えるようにしたスマホは10台以上ありますよぉ」

「フリーメールを取得して、適当なスマホでメールを送ってみるか」

「了解《りょうかい》ですぅ」

方針の決まった俺とカノンは早速《さっそく》準備に取《と》り掛かった。

「メールアドレス出来ましたぁ！」

「どれどれ……――⁉」

カノンが取得したメールアドレスは『saburoushine114514@free.com』となっていた。

「カノン……このメルアドは……」

「え？　何ですかぁ？」

「いや、何でもない……空メール送ればいいのか？」

「送ってみますねぇ」

ドン引きする俺に対し、カノンは満面の笑《え》みを浮《う》かべながらスマートフォンを操作する。

――～♪

空メールを送ると、返信は即座《そくざ》に返ってきた。

『汝が同族Mたる証拠《しょうこ》を提示せよ』

「どう返信しますかぁ？」

「そうだな……『H：K＝10。D＝50』って返信すればいいんじゃね？」

「コボルトとダークエルフですね！　了解ですぅ」

すると、今度は返信がなかなか返ってこなかった。

「この文章って色んな掲示板に書き込まれていたんだよな？」

「ですぅ」

「イタズラメールや迷惑《めいわく》メールも多くて、精査するのに時間が掛かっているのかもな」

「その可能性はありますねぇ」

結局3日待っても返信が来ることはなく、リナとクロエの部隊は2人の魔王が存在する支配領域へと到着《とうちゃく》。俺も侵略《しんりゃく》に加わるべく、支配領域を後にするのであった。

外伝（ヤタロウ）

額に小さな角を生やした漆黒《しっこく》の鬼《おに》が、音も無く儂《わし》の目の前に現れる。

「カエデよ。ご苦労であった」

漆黒の鬼──カエデへ労《ねぎら》いの言葉をかける。

「ん。ありがと」

「して、状況《じょうきょう》は？」

「支配されるのは時間の問題かも」

「ふむ……」

儂は白髪と化した顎髭《あごひげ》を一撫《な》でしながら、思案する。

カエデに探《さぐ》らせていたのは、ここから20㎞ほど離れた先にある内灘町《うちなだまち》の支配領域の一つであった。その支配領域は、現在人類ではなく、魔物《まもの》の集団からの襲撃《しゅうげき》を受けていた。

「強さはどうじゃった？」

「ん。つおい」

「カエデ……主よりもか？」

「1対1なら、勝てる……かも？」

カエデは苦虫を噛《か》み潰《つぶ》したような表情を浮かべる。

1対1なら……か。しかし、相手は魔物の集団だ。1人ではない。

「奴《やつ》らの目的は、儂かのぉ?」

「たぶん」

困ったのぉ。奴ら――金沢市《かなざわし》の全《すべ》ての魔王を倒した魔王の狙《ねら》いは、儂の支配領域か。大人しく野々市市か、かほく市へ侵攻《しんこう》すればいいものを……。

奴らの首魁《しゅかい》の名前は何と言ったか……? 儂はスマートフォンを操作して、情報を確認する。

――魔王シオン。

ハザードランクSの支配領域の支配者にして、最凶と名高き吸血鬼《きゅうけつき》の魔王。

厄介な相手じゃ。

儂のセカンドライフ――魔王としての生を終わらせぬ為、足掻くとするかのぉ。

◇

20XX年。

儂――鞍馬《くらま》弥太郎《やたろう》は、海に面した故郷内灘町で慎《つつ》ましい年金生活を過ごしていた。

教員職を定年退職してから10年。儂を訪ねてくれる教え子などおらず、長年連れ添《そ》った妻には先立たれ、息子《むすこ》は東京に生活の基盤《きばん》を移し、儂はローンを完済した家で1人寂《さび》しく日々を過ごしておった。

唯一《ゆいいつ》の趣味《しゅみ》と言えば、ボケ防止の為に始めたスマートフォンのゲームじゃな。最初は何が楽しいのかわからなんだが、これがなかなかどうして……中毒性があった。一度、どうしても欲《ほ》しいキャラクターがおって、その月に支給された年金額以上の金額を課金に費やしたときは、息子に酷《ひど》く叱《しか》られたものじゃ。今では、ペアレンツ設定にて儂の課金額は息子に管理されていた。

ペアレンツ設定は、親が子供を管理するものであって、息子が親を管理するものではないと思うのじゃが……当時、息子からの金銭援助《えんじょ》を受けた儂は強く反論が出来なんだ。

まぁ、儂には時間が沢山《たくさん》ある。妻があの世から迎えに来る日まで……儂はこの子たち――ゲームのキャラクターに愛情を注ぎ、立派な子に育てるとするかのぉ。

そんな達観した人生を過ごしていたある日――全世界の人類が一通のメールを受信した。

――『世界救済プロジェクト』

そして、儂の魔王としてのセカンドライフが始まったのじゃ。

◆

魔王になってから120日目。

儂のセカンドライフの行く末を左右する転機が訪れた。

その転機とは――《乱数創造》。

《乱数創造》は、レベルが5へと成長したときに習得した特殊《とくしゅ》能力の一つじゃった。

《乱数創造》――『己《おのれ》の全てを捧《ささ》げ配下を創造。全てのCPを消費する必要がある。創造される配下は乱数の女神《めがみ》に委《ゆだ》ねられ、女神が微笑《ほほえ》めばユニーク配下が創造される』

小難しい説明がグダグダと書かれているが、要はガチャじゃ。

己《おの》が魂《たましい》の全てを指先に込め……SSRを祈《いの》る神の所業じゃな。

ふむ。最初はタワーディフェンス系をモデルとした世界かと思ったら、ガチャを導入するとは……運営め、中々やりよるわい。

儂は己が指先に魂を込め、《乱数創造》を実行した。

結果として創造されたのはランクCの配下『ピクシー』。

むむ？　これはハズレかのぉ？　CP600を費やして、創造出来た配下はランクC。これは、期待外れじゃな。

ぐぬぬ……。続けて《乱数創造》を実行したいが、《乱数創造》を実行するためには10時間待たなければ無理じゃった。まさかの、スタミナシステムを現世で味わうとは……。課金システムは無いのかのぉ？

儂はその日から狂《くる》ったように《乱数創造》を実行した。気付けば、無数に創造したはずの配下の数は二桁《けた》となり、窮地《きゅうち》へと陥《おちい》ってしまった。

このままではヤバいのぉ……。《乱数創造》は止《や》めるべきか？　しかし、あと一回、あと一回で……ＳＳＲが出る気がするのじゃ……。

儂はＢＰを魔力《まりょく》に振《ふ》り、自身が侵略者を倒すことにより……綱渡《つなわた》りのような支配領域の維持《いじ》に努めた。

ハァハァ……そろそろ限界じゃろうか……。

侵略してくる人類は日々強さを増していた。更には、近隣《きんりん》の支配領域から魔物までもが侵《しん》入《にゅう》してきた。

今回でラストじゃ……今回で《乱数創造》はラストにするのじゃ……。

儂は何度も唱えてきた言葉を繰《く》り返《かえ》し、魂を込めた指先で《乱数創造》を実行する。

む？　オーガか？

光り輝く五芒星《ごぼうせい》から出現する角の生えた小さな人影《ひとかげ》を見て、嘆息《たんそく》する。

オーガにしては、ちと線が細いのぉ……。

「ん。お館《やかた》様。よろしく」

――!?

儂は、目の前に起きた現象に驚愕《きょうがく》する。

配下が……鬼が……日本語を喋《しゃべ》りおったじゃと!?

『ギィギィ』と話すゴブリンや、『バウバウ』と鳴くコボルト、『＃＆％＄』と最早《もはや》意味不明な発音をするレッサーデーモンはおったが、日本語を話す配下は存在しなかった。

儂は震える手で、スマートフォンを操作して配下の情報を確認する。

『影鬼《かげおに》――ランクB。影に潜みし異形の鬼。潜伏《せんぷく》能力に優《すぐ》れており、音も立てずに相手を殺す生粋《きっすい》の暗殺者。創造CP：創造不可』

――！

こ、これは……SSRじゃ！　ランクがBと表示されるのは、不満じゃが……間違《まちが》いなくSSRの配下じゃ！

儂は遂《つい》に手にしたSSRの配下に狂喜乱舞《きょうきらんぶ》する。人間であった頃《ころ》なら、高血圧で倒れるまでに興奮する。

折角《せっかく》手にしたSSRを失う訳にはいかんのぉ。儂はこの日から《乱数創造》を2日に1回と己を律した。それは辛く、厳しい制約であったが……手に入れたSSRの配下の為、そして儂自身のセカンドライフを続けるために、必須《ひっす》の制約じゃった。

それは、《乱数創造》を習得してから40日目の出来事であった。

◆

魔王になってからおよそ1年。

儂は眷属《けんぞく》の影鬼――カエデの特性を活《い》かして、支配領域を広げていった。

攻《せ》め入《い》る支配領域は、隠密《おんみつ》性に優れたカエデが事前に調査。敵の構成を研究し、弱点を探り《乱数創造》にて創造した様々な種族の配下を編成。周辺の魔王は基本単一種族。鬼種も妖精種も獣《けもの》種もエルフ種も悪魔《あくま》種もドワーフ種も全て配下におる。研究するのは容易であった。力《ちから》業《わざ》でくる阿呆《あほう》もおったが、儂のカエデのほうが一枚上手じゃった。流石《さすが》はＳＳＲの頼《たよ》れる配下じゃ。

防衛に関しても、配下創造によるＣＰの消費を抑《おさ》えるために多くの罠《わな》を設置、配下の運用にも最大限の注意を払《はら》った。足場の悪い沼《ぬま》地《ち》を形成し浮遊《ふゆう》できる配下を配置したり、転がる岩で侵入者《しんにゅうしゃ》を誘導《ゆうどう》した先に、力自慢《ちからじまん》の配下たちを配置した。

強力なアイテムは侵入者や侵略先から奪い取り、配下の装備も充実《じゅうじつ》させた。

気付けば、内灘町という地域においては最大勢力になっていた。

儂の魔王としてのセカンドライフは充実していたと言えるじゃろう……。

——金沢市から奴らが侵略してくるまでは。

第三話

俺《おれ》は2人の魔王が存在すると言われる支配領域のすぐ側にある海岸にて、侵略メンバーを集めて作戦会議を実施《じっし》することにした。

「これより、2人の魔王が存在すると言われる内灘町の支配領域への侵攻を開始する。対象となる支配領域は、人類が設定したハザードランクによるとB。但し、2人の魔王の脅威度《きょういど》はAランクとなる」

ちなみに俺の支配領域は、南方面の支配領域はハザードランクがS——通称《つうしょう》『勇者の墓場』。西方面の支配領域はハザードランクがD——通称『稼《かせ》ぎ場』。東方面の支配領域はハザードランクがB。北方面の支配領域はハザードランクがAとランク付けられていた。俺自身の脅威度はSランク。このランクは俺の自称《じしょう》ではなく、リナを捨てて逃《に》げた元勇者様が格付けしていた。

人類の下馬評によれば全てにおいて俺が優勢となる。但し、あくまで選定したのは人類だ。油断は出来ない。

「今回の支配領域侵攻は今までの侵略とは違《ちが》い、皆に一つのミッションを課す。そのミッションとは——2人の魔王の生《い》け捕《ど》りだ。但し、このミッションの優先順位は眷属の命よりも低いものとする。ここまでで、何か質問がある者は？」

俺は立ち並ぶ配下の顔を見渡《みわた》す。

「お頭《かしら》……一ついいっすか？」

「――!? ブルー！ この愚者がっ！ 我らは黙《だま》ってマスターの御命に――」

「クロエ！」

「ハッ!? 出過ぎた真似《まね》を……」

手を上げて意気揚々《いきようよう》と質問をしようとするブルーをクロエが諫《いさ》め、そのクロエを俺が諫める。

「で、ブルー。質問とは？」

「生け捕りって、具体的にどうすればいいんすか？」

「そうだな。今回俺はリナの部隊を指揮する。ブルー――クロエたちの部隊は、2人の魔王のいずれかと遭遇《そうぐう》したら、周囲の雑魚《ざこ》を掃討《そうとう》し、追《お》い詰《つ》めろ。最終的には別の支配領域へと逃亡《とうぼう》させるのだ」

「簡単に言うっすけど……相手は魔王っすよ？ 魔王アリサと同格なら――」

「ブルー！ 魔王アリサと同格であろうと、私が必ず仕留める！ 貴様もその命を――」

「クロエ！ 仕留めるな。目的は生け捕りだ。そして、眷属の命は最優先だ」

「し、失礼しました……」

クロエは俺の話を聞いていたのだろうか？ 一抹《いちまつ》の不安が残る。

「まぁいい。クロエたちの部隊は魔王と遭遇し、命の危機を感じたら逃亡しろ。逃亡を成功させる為に、配下を犠牲《ぎせい》にすることは許す」

「マスターの慈悲《じひ》深《ぶか》き心遣《こころづか》い、感謝します」

「それと、少女の魔王《まおう》が現れたら……これを使え。使用するタイミングは姿を消した瞬間《しゅんかん》だ」

俺はこの日の為に錬成した『閃光弾《せんこうだん》』50個をクロエへと手渡《てわた》す。『閃光弾』は100個錬成したので、俺たちも同様の数の『閃光弾』を使用することが出来る。

「御下賜《ごかし》、感謝致します」

クロエは深々と頭を下げる。

「それと、ブルー。スマホの使い方は覚えたか？」

「大丈夫《だいじょうぶ》っす！　コレを押《お》したらお頭と話せるんすよね？」

ブルーは腰蓑《こしみの》の中から取りだしたスマホを自信満々に掲《かか》げる。ちなみに、ブルーの言うコレとは俺のスマートフォンへと繋《つな》がる短縮ダイヤルのアイコンだ。今までは常時スマートフォンのライブ映像で確認していたが、今回はそういう訳にはいかない。着信の方法も教えようかと思ったが、それは念話で事足りるので省略した。

「魔王と遭遇したら、即《そく》電話しろ」

「了解っす！」

意気揚々と返事をするブルーと、ブルーに嫉妬《しっと》の視線を送るクロエ。本来は後列で戦闘《せんとう》をするクロエにスマートフォンを渡《わた》したかったが、使いこなせなかったので仕方ない。ブルーは創造した配下の中では現代機器への適応力が一番高かった。

「それでは、これより支配領域への侵攻を開始する！」

「「ハッ！」」

簡易的ではあったが作戦会議は終了《しゅうりょう》。俺は支配領域侵攻を宣言した。

クロエたちの部隊と別れ、俺はリナの部隊と共に支配領域への侵略を開始。今回侵略する支配領域は、ダンジョンタイプの構造だ。周囲を覆《おお》う壁《かべ》は無骨な岩肌《いわはだ》が剝き出《むだ》しになっており、所々に苔《こけ》が生えていた。土と岩の混じった地面には、陥没《かんぼつ》した箇所《かしょ》に水溜《みずた》まりが出来ている。

ジメジメとした暗いダンジョン……。何て居心地《いごこち》がいいのだろう。月の光に照らされる澄《す》み渡った夜空も好きだが、こういうジメジメとしたダンジョンはなぜか心が落ち着く。

アイアンと4体のリビングメイルを先頭に支配領域の中を進んでいると――

突如《とつじょ》、『カンッ』と乾《かわ》いた音が鳴り響《ひび》き、アイアンの足下に1本の矢が落ちる。

「敵襲《てきしゅう》！　展開せよ！」

即座にリナが声を張り、配下たちはその声に合わせて戦闘態勢へと移行する。

「フローラとリリムは《マジックシールド》を展開！」

「レイラとダクエルはダンピールと共に遠距離《えんきょり》攻撃《こうげき》を！」

「「は〜い」」

「「言われなくても！」」

「アイアンたちはレイラとフローラたちを守れ」

（（是））

「ガイ！　レッド！　私と共に敵を叩《たた》くぞ！」

「フッ！　承知」

「おうよ！」

リナの素早《すば や》い号令に連動して配下たちが動き出す。

……俺は？

最初の一歩が遅《おく》れた俺は、ゲイボルグによる近接攻撃《こうげき》を諦《あきら》め、魔法《ま ほう》による攻撃の準備を始める。

――《ダーク……って、おい！

「――な⁉」

「フッ……不覚」

「だぁぁああ！　めんどくせー！」

駆《か》け出したリナたちはぬかるんだ地面に足を取られ、スピードを殺される。

そして、動きを止めたリナたちへ無数の矢と炎《ほのお》の球が降り注ぐ。

「しょうがないわね～。――《マジックシールド》！」

（――《カースヘイトレッド》）

フローラとアイアンは不測の事態にも動じることはなかった。フローラは耐性《たいせい》に乏しいガイの前方に魔法の障壁《しょうへき》を張り、アイアンは盾《たて》を打ち鳴らして矢の的を自身へと誘《さそ》う。リナたちも、果敢《か かん》に武器を振るい飛来する矢を打ち落とし、泥《どろ》の地面であろうと転倒《てんとう》しながら飛来してくる魔法の難を逃《のが》れる。

「あ……！」

ぬかるんだ地面の上で、豪快《ごうかい》に鈍器《どんき》を振り回《まわ》していたレッドの表情が固まる。この時、耳を澄ましていれば「カチッ」っという罠を踏《ふ》む音が聞こえていただろう。

――ゴゴゴゴゴゴッ!!

揺《ゆ》れ動《うご》く振動《しんどう》と共に、巨岩《きょがん》がレッドの側面から転がってくる。

遠距離攻撃をする魔物の前には、ぬかるんだ地面。ぬかるんだ地面の中には転がる岩の起動スイッチ。……序盤《じょばん》から殺意全開だな！　――《ダーククランス》！

俺は転がる巨岩目掛《めが》けて、闇《やみ》の槍《やり》を放つ。放たれた闇の槍は巨岩に命中。巨岩は四散し、石つぶてとなり、レッドは難を逃れた。

「だ、旦那《だんな》……。すまねぇ」

レッドは締《し》まらない表情で、俺へと視線を送る。

「謝辞は不要。こいつらを一掃《いっそう》する！　リナ、ガイ、レッド、散開せよ！」

「了解」

「承知」

「おうよ！」

――《ダークナイトテンペスト》！

吹《ふ》き荒《あ》れる闇の暴風が、弓を放っていたゴブリンを、魔法を放っていたインプを――纏めて呑《の》み込む。

闇の暴風から逃れられた幸運な敵も、レイラの無慈悲《むじひ》な氷の弾丸《だんがん》と、ぬかるみから抜《ぬ》け出したリナとガイに斬《き》り伏《ふ》せられた。

「ふぅ。序盤から歯ごたえのある連中だな」

「ええ。そうね」

俺はリナと視線を合わせて苦笑する。

「シオン様！　こちらを……！」

レイラの元へと近付くと、レイラは地面に落ちていた矢を指し示した。

――――！

地面に落ちていた矢は全て銀色に輝《かがや》いていた。

思い起こせば、先程《さきほど》リナたちに降り注いだ魔法は全て炎属性であった。そして、放たれた矢は全て銀製品。

これら二つに共通するのは――俺の弱点属性という点だった。

これは偶然《ぐうぜん》なのか……？　あり得ない。

ならば、答えは一つ。この支配領域の主は攻めて来る敵が――俺と知っていた。

そして、敵である俺に対して十分な対策を練ってきた。

「この支配領域を支配するのは一筋縄《ひとすじなわ》じゃいかないみたいだな」

俺はこの支配領域を支配する魔王の評価を一段階上げるのであった。

２人の魔王が支配する支配領域の侵略を開始して12時間。

現在は２階層を侵略中だった。

絶妙《ぜつみょう》な位置に仕掛けられた罠の数々、設置された罠の種類と迎撃の為に配置された魔物の相《あい》性《しょう》の良さ……同じ支配領域を支配する立場としては、感心することが多く、侵略する立場としては、ストレスが増大する――そんな支配領域であった。

「リナ。この支配領域の印象は？」

「難易度はかなり高い。ハザードランクはBではなくAが正当な評価だろう」

隣《となり》を歩くリナに尋《たず》ねると、リナは真剣《しんけん》な表情で答える。

「確かにそうだな。配置された魔物のランクは決して高くない。装備しているアイテムもせいぜいDランクだ。とは言え、難易度は高いな」

「そうね。遭遇する魔物は総じて練度が高い……と言うより、何かひとつのルールに従って動いているのだろう。動きに迷いが見られない」

「罠へ誘導するゴブリンに、攪乱《かくらん》目的のウルフの群れ、入り組んだ地域には必ず遠距離攻撃を仕掛けてくる魔物。ここの魔王は相当クレバーなようだな」

俺が注目している点は、CP効率の高さだ。どこぞの変態魔王《サブロウ》は、コスパ重視でグールとジャイアントバットのみを大量創造していた。変態魔王《サブロウ》をフォローするのであれば、多くの魔王は同様の運用方法を用いていた。しかし、この支配領域を支配する魔王は、低コストのウルフやゴブリンに魔族種特有の魔物――インプを上手《うま》く活用していた。

「私が気になるのは……遭遇する魔物の種類の多さだ。これは、今までに支配した支配領域から隷属《れいぞく》させた魔物なのだろうか？」

「どうだろうな？　普通《ふつう》に考えればそうだが……運用方法に慣れすぎているのが気になる」

インプの放った火球から発生した炎を《自然操作》で煽《あお》るピクシー。腕力《わんりょく》に優れるオーガを設置し、側面から攻撃を仕掛けようとすると狙ったように起動する地面に埋《う》め込まれた罠。耐《たい》久性《きゅうせい》に優れるドワーフを盾にして、遠距離攻撃を繰り出すエルフ。

そして、何より気になるのは魔族種が創造出来ない魔物はピンチになると即逃亡《そくとうぼう》する。

「エルフやピクシーはすぐに逃亡するだろ？」

「そうだな」

「理由は、創造出来ない唯一品のような配下だからだろうが……」

俺も同じ理由で、オーガやピクシーなど創造出来ない配下の命は大切にする。

「何か気になるのか？」

「ここの魔王が支配している支配領域って7つだろ？　そんなにも見事に多種多様な魔王が近隣に存在するか？」

「今までの経験から言えば、遭遇した魔王で多かったのは鬼種と妖精《ようせい》種だな。エルフ種の魔王は1人しか見たことがない。言われてみれば、不自然かも知れない」

「――っと、お喋りは中断だな」

道行く先には蒸気の立ちこめる紫色《むらさきいろ》の沼《ぬま》――毒沼が設置されており、毒沼の中には同色のスライムが蠢《うごめ》いている。毒沼の奥には弓を構えた複数のダークエルフと、巨大《きょだい》な斧《おの》を手にした褐《かっ》色《しょく》の悪魔――レッサーデーモン。更《さら》には――

「ジャイアントバットかよ」

レッサーデーモンの上空を飛《と》び交《か》う巨大な蝙蝠《こうもり》が3体。

「毒消しの常備は十分にある！　各自、毒は気にせず戦え！」

備えあれば憂《うれ》いなし。毒沼によるスリップダメージ。体感的に言えば、風邪《かぜ》の状態が近いだろうか。胸がムカムカして、吐《は》き気《け》が生じる。戦闘に支障をきたす程《ほど》ではないが、放置しておくと、疲労《ひろう》感が増幅《ぞうふく》する。毒沼とはそういう効果だった。

毒沼に入りたくない俺は、攻撃魔《こうげきま》法《ほう》の準備を進める。

「ダクエル！　目障《めざわ》りな蝙蝠を撃《う》ち落《お》とせ！」

「ハッ！」

ジャイアントバットの超音波《ちょうおんぱ》は、精神集中を阻害《そがい》する。弱点は弓による攻撃。俺はリナに先《さき》駆《が》けて、ダクエルに命令を下す。

残りの配下たちは各々《おのおの》行動を開始する。

アイアンが盾を打ち鳴らすと、レッドは怯《ひる》むことなく毒沼に突入《とつにゅう》し、紫色のスライム――ポイズンスライムを鈍器で叩き潰す。レイラは氷の弾丸をインプへと放ち、フローラもレイラの攻撃に続く。リナとガイは毒沼を駆け抜け、レッサーデーモンと対峙《たいじ》する。

――《ダークアロー》！

俺は無数の闇の矢を毒沼の向こう側にいる敵へ無差別に放ち続けた。

5分後。

リナの放った斬撃がレッサーデーモンの首を跳ね飛ばすと、敵の前線は崩壊《ほうかい》。後は個の力に物を言わせて、行く手を阻《はば》む敵を1体ずつ仕留めたのであった。

◆

2人の魔王が支配する支配領域の侵略を開始して5日目。

全部で9階層からなる支配領域の侵略が完了《かんりょう》。1つ目の支配領域の支配に成功した。

「ん？　どうかしたのか？」

支配領域の支配を終えた俺に、リナが声を掛けてくる。

「あぁ……。少し気になることがある」

「気になること？　確かに配下を2人失ってしまったが……眷属は全員無事だった。問題はなかっただろう？」

リナの言うとおり、今回の侵略で2体の配下――リビングメイルとウェアウルフを1体ずつ失った。育っていた配下だったので、惜《お》しい気持ちはあるが……必要な犠牲だったと割り切っている。

「リナ。今回侵略した支配領域は9階層だっただろ？」

「そうだな。９階層の支配領域は珍《めずら》しいが、何か不安要素があるのか？」

「９階層と言うことは……魔王のレベルは？」

「９だな」

俺の質問にリナは即答《そくとう》する。

「俺の支配している支配領域の数は知っているか？」

「確か……この支配領域を含めて45だったか？」

「正解。俺のレベルを知っているか？」

「10になったと、前にカノンが言っていたが……11になったのか？」

「いや、まだ10だ」

「つまり……シオンは強いと？」

リナは俺が何を言いたいのか分からずに、首を捻《ひね》る。

「俺がレベル９になったのは魔王カンタを倒《たお》した頃だ」

「魔王カンタ……懐《なつ》かしいな」

「あの頃、俺が支配していた支配領域の数は24だ」

「ふむ。あの頃から大分成長したのだ」

リナは的外れな意見を繰り返す。

「対して、ここの魔王が支配している支配領域の数は７だ」

「今は６になったな。クロエたちの侵略が終われば、残りは５か」

カノンならここら辺で俺の言いたいことを言い当てる。カノンが賢いのか、リナが鈍《にぶ》いのか。或《ある》いは、リナはカノンと違って魔王の経験がないから、考え方に相違《そうい》が生じるのか。

「回りくどかったな。支配領域が7つしか無いのに、レベルが9もある。つまり、この支配領域を支配していた魔王は、自らの手でかなりの数の侵入者を倒している。そうは思わないか？」

「魔王は、自分の手で敵を倒した方が成長は早い。そういえば、そういう生態だったな」

「生態と言われると……まぁ、そうだが。つまり、俺が言いたいのは、ここの魔王は自らも前線で戦えるタイプの魔王だ」

「なのに、今回は姿を現さなかった？　それが、懸念《けねん》材料か？」

リナがようやく俺の伝えたかった答えに辿《たど》り着《つ》く。

「そういうことだ。これだけ面倒《めんどう》な罠を仕掛け、魔物の運用に優れた魔王だ。挙げ句に前線で戦えるタイプの魔王。懸念材料にするには十分だろ」

「なるほど。シオンは前線に立っていても、常に思《おも》い悩《なや》むのだな……それが強さの秘訣《ひけつ》か」

「思考を止めたら淘汰《とうた》される時代だからな」

「ハッ。私の主は頼《たの》もしいな。これからも、私を……そして仲間を導いてくれ」

リナは俺の言葉を聞いて上機嫌《じょうきげん》に笑い声をあげるのであった。

◆

今ほど支配した支配領域の権限をカノンに移行。配下たちに仮眠《かみん》と食事の休養を与《あた》えた後、倒された配下と使用したアイテムを補充《ほじゅう》。俺は万全《ばんぜん》の準備を整えて、次なる支配領域の侵略へと乗り出すことにした。

「……おい」

次なる支配領域へと足を踏み入れた俺は、思わず感情を声に出してしまう。

澄み渡った夜空に、煌《きら》めく星の数々。行く先には大なり小なりの岩が散乱しており、地面に草木が1本も生えていない。

先日まで洞窟《どうくつ》の体を成していた支配領域は――荒野《こうや》へと変貌《へんぼう》を遂《と》げていた。

事前情報では、侵略目標である2人の魔王が支配する支配領域は、全てが洞窟タイプとなっていた。ここの魔王を配下に加えようと思った決め手の一つは、俺自身が直接出向ける屋内構造の支配領域だったと言う理由も大きかった。

「俺に対する嫌《いや》がらせか？」

「シオンに対する嫌がらせと言うより、対策だろうな」

苛立《いらだ》つ俺の言葉に、リナが冷静に答える。

今は夜だから問題はない。夜風が気持ちよくて、最高の環境《かんきょう》とも言える。しかし、夜が明ければ――照り付ける太陽が確実に俺の力を奪い去る。

吸血鬼が攻めて来たから、支配領域の日当たりを良くした。……正しい対応方法だ。

俺は侵略メンバーから外れるべきだろうか？　しかし、それでは魔王に勧告《かんこく》を促《うなが》せない。ここまで機転の利《き》く魔王ならば、是《ぜ》が非《ひ》でも配下に加えたい。

俺のステータスは、日中は【肉体】がB→Cへと弱体化し、【魔力】はB→Dへと弱体化する。

最高級のアイテムを装備しているので、そこら辺の雑魚に遅れを取るとは思わないが、不安は残る。

進化先はデイライト・ヴァンパイアを選択《せんたく》するべきだったか？

予期せぬ事態に陥ると、過去の自分を責めたくなる。

このまま侵略するのは危険だな。向こうがこちらの行動を読んでいるなら、今までにない行動を取るしかない。

「一旦《いったん》、支配領域へ戻《もど》るぞ」

「「「ハッ！」」」

俺は撤退《てったい》を選択するのであった。

◆

支配領域へと戻った俺は、侵略の為《ため》の策謀《さくぼう》を思考する。

敵はこちらの行動を熟知している可能性が高い。ならば、何をすれば敵の虚《きょ》を突《つ》ける？

今までにない行動。一つはすでに思い付いている。敵がどれだけ、こちらを熟知しているか知らないが、俺は今までの支配領域の侵略は常に2部隊編成――リナとクロエの部隊で同時に行っていた。理由は侵略速度の向上と敵の戦力の分散化だ。

しかし、今回は2人の魔王を配下に加えたい。ならば、敵の戦力を分散させるのは悪手とも言える。

だから、今回はリナとクロエの部隊を合併《がっぺい》させる。唯一の懸念はリナとクロエ、どちらに指揮権を与えるか……であったが、俺が指揮を執《と》れば何も問題は起きない。

更にもう一つ。サプライズを仕掛《しか》けよう。効果があるかは不明だが、虚を突くことは出来るかも知れない。

俺はミスリルヘビーアーマー、ミスリルシールド、ミスリルヘルムを錬成《れんせい》。錬成したミスリル製の重鎧を着込み、兜《かぶと》を被り、盾と槍を構える。

俺は何度か盾と槍を動かし、その場で飛び跳《は》ねて、感触《かんしょく》を確かめる。

動きづらいが、思ったよりも重くないな。これも肉体が強化された影響《えいきょう》か？

――カノン。来てくれ。

次に念話でカノンを呼び寄せる。

「はぁい。何ですかぁ？」

3分ほど待つと、カノンが姿を現した。

「あれれ？　シオンさん、どこですかぁ？」

カノンはリビングメイルが3体並んだ俺の部屋を見回し、飛び回る。

――カタカタカタッ！

俺はカノンの滑稽《こっけい》な姿に思わず身体が震《ふる》えてしまい、金属の擦れる音が漏《も》れる。

「——？　あ⁉　シオンさん！　何してるんですかぁ？」

カノンは俺の存在に気付き、俺の肩《かた》の上へと止まる。

「気付いたか……」

「まぁ、よく見たら貧相……す、すたいりっしゅですから」

カノンは慌《あわ》てて言葉を選び直す。

「スタイリッシュか……。戦闘中、もしくはスマートフォンのライブ映像だったら気付くと思うか？」

「なるほど……。そういうことですかぁ。そうですね、リビングメイルを見慣れている私たちなら気付く可能性はありますが、見慣れていなかったら気付かない可能性は高いと思いますよぉ」

カノンは俺の考えを読んで、的確な答えを返す。

「と言うかぁ……ソレ、重くないんですかぁ？」

「思ったよりも重くはないな。ただ、視界が悪いし、蒸《む》し暑《あつ》いな」

リビングメイルを筆頭に、フルプレートを装備している者が盾《たて》役しかしないのは、視界が狭《せま》く、動きづらいので盾を構えるのが精一杯《せいいっぱい》と言うのもあるのかも知れない。盾を構え、槍を刺突する程度の単純作業は出来るが、いつもの戦闘と同じ行動はとてもじゃないが出来そうになかった。

「カノン。配下やアイテムは十分か？」

「はい？　問題ないですよぉ」

問題はないか。現在の俺のＣＰは２４００。

――チャンスは20回。

失敗しても防衛に使えばいいか。

「少しＣＰの無駄遣《むだづか》いをするぞ」

「はい？」

キョトンとしたカノンを尻目《しりめ》に、俺はダンピールの配下創造を実施した。

創造されるダンピールの性別はランダムで決められる。♂のダンピールが創造される確率は50％。計算通りであれば、10体のダンピール（♂）が創造される予定であったが……。

「7体か……」

物欲センサー？　創造センサー？　想定よりも創造された♂のダンピールの数は少なかった。

創造されたダンピールは、顔立ちこそ似ているものの、よく見れば体格、髪《かみ》の長さは、それぞれが異なっていた。

「こいつでいいか……」

俺は目星を付けたダンピールを呼び寄せる。

「カノン。こいつを俺と同じ髪型《かみがた》にしてくれ」

目星を付けたダンピールは、長髪《ちょうはつ》で俺と似た体格をしていた。

「はぁい……。って、このダンピールをシオンさんに見立てるのは厳しくないです？」

「サングラスでも装着させれば、俺をよく知らない奴が見れば……いけるだろ」

俺の存在をよく知る者が見れば１００％バレるだろうが、知らない奴は、体格、年齢《ねんれい》、髪型、ある程度の顔立ち程度でしか個人を認識《にんしき》していないと思う。

カノンは文句を言いながらも、器用にダンピールの髪型を俺と同じように整髪《せいはつ》する。

リナと同じ『魔性《ましょう》の仮面』を装着させてもいいが、下手に悪目立ちするのも好ましくない。

サングラスなら、『吸血鬼だから日中はサングラス？』と誤魔化《ごまか》せるかも知れない。

俺と同じ髪型になったダンピールに、普段《ふだん》俺が着ているアイテムを装着させ、顔を覆い隠《かく》す程の大きめのサングラスを装着させた。

「……どうだ？」

「うーん……若干《じゃっかん》は似ていますが……私はシオンさんをよく知っているので……熱狂的《ねっきょうてき》なファンと言うか、コスプレにしか見えないですぅ」

「そうだ！　居住区にいる、あいつらに確認《かくにん》させよう」

「あいつらって、眷属にした人類ですかぁ？」

「あいつらなら、俺の顔をあまり覚えてないだろ？」

「そうですねぇ……シオンさんは、完全に無視していますからねぇ」

過去に眷属にした人類は戦力として使い物にならなかったので、居住区で放置していた。俺はそいつらが何をしているのか知らないが、カノンが言うには最近は農業に精を出しているとのことだった。

俺はフルプレート姿のまま、俺に似せたダンピールとカノンを連れて居住区へと移動した。

「あ⁉　シオン様⁉　ご無沙汰《ぶさた》しております！　イメチェンっすか？　そのサングラス、イケてますよ！」

「えっ⁉　シ、シオン様⁉　よ、よかったら……この大根を……。ゴブリンが毎回美味《おい》しそうに食べる自信作ですよ！」

「シ、シイン様……。お、お久しぶりです……。どうか……我々にはこのまま土いじりを……」

完全に牙《きば》の抜けた元侵略者《しんりゃくしゃ》である人類たちは、俺に扮《ふん》したダンピールに媚《こ》びへつらう。

「な？　人間の認識なんてこんなもんだよ」

「こんなもんなのですねぇ」

俺はカノンと共に苦笑《くしょう》を浮《う》かべるのであった。

◆

「これより攻め入る支配領域は手強《てごわ》い。よって部隊の再編成を行う！　名前を呼ばれた者は一歩前に出よ！」

大広間に集めた配下の前に立ち、俺は大声で告げる。

「リナ！　レイラ！　フローラ！　アイアン！　ガイ！　レッド！　ダクエル！」

名前を呼ばれた7人の眷属が一歩前へと進み出る。

「次いで、クロエ！　ブルー！　ノワール！　ルージュ！　クレハ！」

次いで名前を呼ばれた5人の眷属が一歩前へと進み出る。リナをライバル視しているクロエは、隣に並ぶリナへと鋭《するど》い視線を送る。

「後は、先程《さきほど》眷属にしたダンピール——シャドウ」

「ハッ！」

サングラスを装着したダンピール——シャドウが俺の背後から現れる。

「「「——!?」」」

「シ、シオン……流石に無理はないか？」

シャドウの姿を見て、俺の考えを悟《さと》ったリナが声を上げる。

「並ぶと、明らかに別人だけど……知らない奴《やつ》が見たらそうでもないらしいぞ？」

「そ、そうなのか……？」

「信じられないかも知れませんが、実験の結果……居住区の人類はシャドウさんをシオンさんと見間違《みまちが》いましたぁ」

「「「——!?」」」

苦笑するカノンの言葉に驚《おどろ》きを露《あら》わにする配下たち。

「つ、つまり……あの土いじりをしている無能な劣等種《れっとう》が、ダンピール風情《ふぜい》をマスターと見間違えたと？　……不敬」

「クロエのダンピール風情と言う言葉はさておき……そのような輩《やから》の目は不要ですね」

「直ちに排除《はいじょ》するとしよう」

物騒《ぶっそう》な発言をし始める狂信者《きょうしんしゃ》トリオ――クロエ、レイラ、イザヨイ。

「待て！」

俺は慌てて制止の声を上げると、三人の狂信者の視線が俺へと集まる。

「これは俺の考えだ。つまり、お前たちは俺の考えに異論があると？」

「い、いえ……そのようなことは……」

「し、失礼いたしました……かくなる上は我《わ》が命にて償《つぐな》いを……」

「いかなる裁きをも覚悟《かくご》しております……」

先程の憤怒《ふんど》した態度とは一変し、狂信者トリオはその場で跪《ひざまず》く。

「命を粗末《そまつ》にするな……何度言えばわかる？」

「「「ハッ！」」」

狂信者トリオは揃《そろ》って頭を地に着ける。

ったく、忠誠心が厚いのは嬉《うれ》しいが……度が過ぎているだろ。クロエ、レイラ、イザヨイ、三者共に掛け替えのない戦力だ。イザヨイに至っては、最大ＣＰを消費して創造した貴重な配下だ。クロエとレイラに至ってもかなり成長しており、同じ戦力を生み出すには途方《とほう》も無い時間が必要になる。もう少し自重して欲《ほ》しい。

「まぁいい。話を戻す。侵略中《しんりゃく》はシャドウを俺――魔王シオンとして接しろ」

「「畏《かしこ》まりました」」

「シオン、一ついいか？」

「何だ？」

質問を投げかけたリナに、俺は視線を向ける。

「今回は、私とクロエ……二つの部隊が初めて合同となって侵略する。リーダーはどうするのだ？」

リナの言葉に周囲の空気が変化する。

「リーダーは……俺だ」

「は？」

「「――!?」」

俺の言葉を受けて、配下たちは驚愕《きょうがく》に包まれる。

「ん？　リーダーが俺では不服か？」

「い、いや、そういう訳ではないが……」

「マ、マスター!?　危険です！　私たちにお任せ頂ければ、必ずや支配領域を献上《けんじょう》してみせます！」

「お頭。今度の支配領域は太陽の光がビンビンっすよ？」

「旦那はいつものようにドーンっと構えていてくれれば、俺たちがさくっと魔王をぶっ殺すぞ」

俺の言葉を受けて、配下たちは俺が侵略に参加するのを口々に反対する。

配下に反対されるのは新鮮《しんせん》だな。こいつらにも自我が芽生えてきたのか？　俺は必死に反対する配下たちを見て、逆に嬉しくなる。

「確かに、危険だな。だからこそ、お前たちに期待している。死ぬ気で守れよ？」

「了解《りょうかい》した」

「この命に替えてもお守りします」

微笑《びしょう》を浮かべ伝えた俺の軽い言葉に、配下たちは命を賭《と》すと答えた。

先程のメンバーにリビングメイル６体、ダンピール４体を加えた総勢24名で昨日撤退した支配領域への侵略を再開した。

侵略を開始した時間は午後２時。日没《にちぼつ》まではおよそ４時間。日没と共に侵略を開始するか悩んだが、夜明けと共に襲《おそ》われる方がリスクは高いと感じた結果、この時間から侵略を開始することにした。

「シオン様、大丈夫《だいじょうぶ》ですか～？」

俺の後ろを歩く、フローラに声を掛けられる。今回、俺はリビングメイルへと変装している。しかし、最前列でタンクをする気など毛頭ない。俺は最後尾《さいこうび》のフローラを守る体で、後列に控《ひか》えていた。

「暑いし、怠《だる》いし、気分は最悪だが……大丈夫だ」

日中は肉体のステータスが大幅《おおはば》にダウンする。その影響により、夜間よりも装備している鎧が重く感じ、コンディションは最悪だった。

「罠《わな》も敵の姿もないな……。これも何かしらの罠と思うか？」

リナが少し大きな声で、シャドウへと話しかける。この声を届けたい相手は、当然シャドウではなく、俺だ。

――どうだろうな？　相手は支配領域の構造を大きく変化させた。罠を仕込むのが間に合わなかった、と言う可能性もある。

俺は一方通行の念話で、リナへと返事をする。

「それならいいが……」

――まぁ、警戒《けいかい》を怠《おこた》るな。相手は油断ならない魔王だ。

「了解」

罠に警戒しながら、侵略すること6時間。

日は沈《しず》み、夜風を心地《ここち》よく感じ始めた頃《ころ》に、2階層へと到着《とうちゃく》した。

1階層は、罠も敵の襲撃《しゅうげき》もなく、ただただ太陽の光が照り付ける悪環境《あくかんきょう》の荒野が続くだけの構造であった。

わざわざ支配領域を荒野に変更《へんこう》したのに、罠も敵の襲撃もなし？

敵の狙《ねら》いは何だ？

俺《おれ》が敵の立場ならどうする？

強大な敵が侵略してきた。押し寄《よ》せてきた敵は高ランクの魔物《まもの》で構成されており、装備しているアイテムも高ランク品。正面からぶつかっても敗北は必至。防衛側が勝っている点は一度に投入出来る数。そして、侵略者の弱点は太陽の光。

魔王さえ倒せば、大逆転勝利。周囲を固める強大な魔物は二の次だ。

俺は頭の中で、敵の魔王になったつもりでシミュレーションを紡《つむ》ぐ。

中途半端《ちゅうとはんぱ》に戦力を投入しても、無意味。それは、先程の防衛――奪《うば》われた二つの支配領域の防衛戦で理解しているだろう。

ならば、どうする？　どのタイミングで全戦力を敵にぶつける？

――！

俺は一つの答えに至る。

――リナ、日の出時間を調べろ。

自分のスマートフォンで検索《けんさく》したかったが、今、この瞬間も敵が見ている可能性は高い。

「日の出の時間は５時42分か」

現在の時刻は20時10分。

――全員に告ぐ！　敵の襲撃は９時間30分後と予測される。これより、強行軍へと入り７時間後の３時10分を休憩《きゅうけい》とする。

俺が敵なら攻め入《い》るのは日の出と同時に攻める。逆に言えば、その時間までは攻められる可能性は限りなく低い。ならば、一気に侵略を進め……同時に守りやすい地形を確保すべきだろう。

敵の狙いに気付いた俺は迅速《じんそく》に行動すべく、命令を下すのであった。

◇（ヤタロウ視点）

某日《ぼうじつ》5時42分。日の出の刻。

「やれやれ、厄介《やっかい》な相手じゃのぉ」

儂《わし》は強大な侵入者《しんにゅうしゃ》の様子をスマートフォンで観察しながら、ため息を吐く。

金沢《かなざわ》を制した凶悪《きょうあく》な魔王――魔王シオンの軍勢は夜間に強行軍を決行。荒野へと姿を変えたばかりの支配領域には罠が仕掛けられていないことをあっさりと見破られ、こちらの動き――日の出と共に奇襲《きしゅう》を仕掛けるのも露呈《ろてい》したのか、今は4階層と5階層を繋ぐ階段の前で万全の陣《じん》を敷《し》いておった。

「相手は40を超《こ》える支配領域を支配する……金沢市の覇者《はしゃ》じゃろ？　かたや、儂はしがない7つ……いや2つ奪われて5つの支配領域しか持たぬ弱小勢力じゃ。もう少し、油断と言うか、王者としての戦い方があるじゃろ」

『ラプラス』によれば、魔王が支配領域の外に出るにはレベルが10必要らしい。つまり、魔王シオンのレベルは10以上じゃ。しかも、配下は一騎当千《いっきとうせん》。儂が苦労して引いたレアな配下を悉《ことごと》く倒しおった。装備しているアイテムも全《すべ》て初見……恐《おそ》らく、魔王《まおう》シオンの錬成はBランクと推測出来る。儂が勝てる要素は――SSRの配下カエデくらいかのぉ？

「ん。お館様《やかた》、大丈夫《だいじょうぶ》？」

「んー、ダメかもしれんのぉ」

「困った」

「困ったのぉ」

カエデが苦渋《くじゅう》の表情を浮かべる儂の身を案じる。

「さくっと、敵の首領を殺す？」

「可能か？」

「ん。100回試《ため》せば5回は成功する……と、思う」

成功率は5％か。ガチャの排出率《はいしゅつりつ》なら高い確率と言えるが……カエデの命と儂のセカンドライフをチップとして賭《か》けるには分が悪いのぉ。

「1日だけ様子を見るとするか……奴らが夜間しか動かないようであれば、明日仕掛ける」

「ん。了解」

日没までおよそ12時間。奴らは半日もの時間をあの場で待機するじゃろうか？　待機するのであれば……勝率は下がるが、明日仕掛けるしかあるまい。

儂は祈《いの》る気持ちで、スマートフォンに映し出された強大な侵略者を眺《なが》めるのであった。


翌日。日の出時刻。

奴らは日中一歩も動かなんだ。日没と共に行動を開始し、今は7階層と8階層を繋《つな》ぐ階段の前に陣取《じんど》っておる。

儂に残された選択肢《せんたくし》は2つ。

一つは、全戦力を投入しての全面対決。奴らの戦力24に対し、儂には1000近い配下がおる。勝率はどうじゃろう……？　儂とカエデの力も考えれば、五分五分？　いや、今回の戦いには勝てるじゃろうが、最終的な勝負では負けるかのぉ。なんせ、奴らには撤退と言う選択肢があり、それを示唆《しさ》する場所に陣取っておる。

最悪の結末は、適度に儂の配下が殺され……奴の主力は撤退。そして、再度攻《せ》めて来る。泥沼《どろぬま》のような持久戦となり、最後に個でも数でも劣《おと》る儂が負けるのは濃厚《のうこう》じゃ。

勝機があるとすれば、乱戦の最中カエデが相手の大将――魔王シオンを討《う》ち取《と》ることじゃな。

もう一つは、降伏《こうふく》。『ラプラス』によれば、【真核《しんかく》】を差し出し、服従の意思を伝えれば、儂は配下共々魔王シオンの傘下《さんか》に下ることが可能らしい。問題は、魔王シオンが降伏を受け入れるか？　そして、降伏すると儂は魔王という身分を剥奪《はくだつ》される。

それが意味することは――《乱数創造》が出来なくなる。

儂の日課にして、生き甲斐《がい》でもある《乱数創造》が出来なくなるのは……かなりの痛手じゃ。折角《せっかく》見つけたセカンドライフの生き甲斐を奪われ、今では儂の孫のように……可愛《かわい》がっておるSSR配下のカエデも奪われる。

考えただけでも地獄《じごく》じゃ。

しかし、考えようによっては、降伏すればカエデの命も助かるのか……。

カエデのようなSSR（すぺしゃるすぅぱぁれあ）な配下であれば、誰《だれ》もが欲《ほっ》するであろう。

それ程までにカエデの存在は……――!?

それじゃ!?　この作戦なら勝率はどうじゃ……？　かなり高い気がするのぉ。

儂がここまで生き長らえたのも、カエデの存在が大きい。ならば、儂の人生を左右する局面もカエデに託《たく》すのはありじゃな。

一計を思い付いた儂は配下を引き連れて、戦場へと出向くのであった。

◆

儂は《転移》にて主力の配下と共に、8階層と7階層を繋ぐ階段へと移動。《転移》に漏れた配下に対しても、8階層への移動を命じた。

集結するのに要した時間は3時間。

儂は1000の配下を引き連れて、魔王シオンと対峙した。

「たかだか24人の侵略者に対して、大層なお出迎《でむか》えだな」

太陽光対策じゃろうか？　サングラスを装着した魔王シオンが、どこか台詞《せりふ》染みた口調で声を上げる。

「フォッフォッフォ。相手は金沢を制した凶悪な魔王じゃ。これでも、まだ足りぬよ」

相手に気圧《けお》されたら、その時点で勝敗は決する。儂は精一杯の虚勢《きょせい》を張って答える。

魔王シオンの軍勢は1000の魔物に囲まれながらも、誰一人《だれひとり》臆《おく》することなく武器を構える。

「魔王シオンよ！　儂から一つ提案じゃ」

「……何だ」

少しの間を置き、魔王シオンが答える。

「主は《降伏》と言うのを知っておるか？」

「……知っているが、それがどうした？」

「フォッフォッフォ。主も《降伏》を知っておったとは、『ラプラス』の一員じゃったか」

「……」

「む？　どうしたのじゃ？　儂も『ラプラス』の一員よ。何にせよ《降伏》を知っておったのなら話は早い」

「……《降伏》を申し出たいのか？」

魔王シオンが不敵に答える。

と言うか、此奴《こやつ》頭の回転が早いと思っておったが、返答にいちいち時間を空けおる。熟考するタイプかのぉ？

「フォッフォッフォ。馬鹿《ばか》を申せ。儂からの提案は……互《たが》いの配下を一人ずつ選出し、勝負を執り行《おこな》う。敗者は勝者の魔王に《降伏》する。勝負する配下の命も大切じゃ。殺し合いまでいかなくとも、負けを認めるのもありとしよう」

「……」

魔王シオンが押《お》し黙《だま》る。

「どうじゃ？　これなら、勝者は普通に戦うよりも多くの戦力を得られる。儂が言うのも何じゃが……儂の配下はレア物揃《ぞろ》いぞ？」

これこそが儂の秘策じゃ。これで、奴はSSR配下のカエデを手中に収めるチャンスを手にしたのじゃ。断れまい。SSR配下であるカエデの誘惑《ゆうわく》に勝てる存在など――

「断る！」

――!?

「よく聞こえなんだが、今何と――」

「断る！」

「なぜじゃ！　主にとっても願ったり叶《かな》ったりの誘《さそ》いのはずじゃ！」

「は？　ふ・ざ・け・る・な！　そんなふざけた提案は強者が弱者に提示するものだ」

魔王シオンは芝居《しばい》染みた苛《いら》つく口調で答える。

「――!?　き、貴様はこの軍勢が見えぬのか！」

「何も、ここで殲滅《せんめつ》させる必要は無い。適度に殺して、撤退。体制を立て直し……それを繰《く》り返《かえ》す。そうすれば、確実にお前を滅《ほろ》ぼせる……とは言え、俺も鬼《おに》じゃない。貴様の命は助けてやるよ。そこの自慢《じまん》の影鬼《かげおに》とセットで『配下にして下さい』と言わせてやるよ」

「ぐぬぬ……カエデが欲しいのなら儂の提案を受けぬかっ！」

「だ・か・ら……そんな提案を受け入れる必要は無い。今すぐ《降伏》をするなら、それ相応の扱《あつか》いを約束するが？」

「巫山戯《ふざけ》るな！　誰が《降伏》なぞするものかっ！」

「交渉《こうしょう》は決裂《けつれつ》だな」

「いちいち、間延びした話し方をしおって……滅ぶがよい！」

こうして、儂の作戦は失敗。頭に血の上った儂は全面対決へと突入した。

――集中砲火《ほうか》じゃ！

遠距離《えんきょり》攻撃《こうげき》を扱える全ての配下に攻撃の命令を下す。

レッサーデーモンを筆頭に、無数の暴力的なエネルギー――攻撃魔法が侵略者たちへと降り注ぐ。

周囲には耳を劈《つんざ》く爆発音《ばくはつおん》が響《ひび》き渡《わた》り、視界の先は衝撃波《しょうげきは》により巻き上がった土煙《つちけむり》により遮《さえぎ》られる。

1体でも削《けず》れれば御《おん》の字《じ》じゃが……。

巻き上がった土煙の中から、お返しとばかりに氷の弾丸《だんがん》と矢の雨が飛来してきた。

その規模は、先程《さきほど》儂の配下たちが放った魔法の十分の一にも満たないが、一つ一つに殺意の込められた氷の弾丸は儂の配下を撃ち抜《ぬ》き、降り注ぐ矢の雨は配下を裂傷《れっしょう》させる。

そして、巻き上がった土煙が晴れると……、

――!?

生命を宿したフルプレートの鎧――リビングメイルの集団が背後の仲間を守るように盾《たて》を構え、一人も欠けることなく小憎《こにく》たらしい面構《つらがま》えを見せる。

リビングメイルは儂も配下に1体だけ所持しておる。確か、与えた防具によって耐久《たいきゅう》を筆頭に性能が大きく変化するのが特徴《とくちょう》の魔物じゃ。魔王シオンはどれほどのランクの防具をリビングメイルに与えておるのか……。金沢市を制した実力は本物じゃな。

このまま集中砲火を続けてもよいが……無駄《むだ》に時間を費やす可能性もあるのぉ。日没になれば、奴の戦力は増大する。ここは総力戦で行くのが得策かのぉ。乱戦になれば……勝機は儂らにありじゃ。

——総員、突撃《とつげき》するのじゃ！

デーモンジェネラル、グレーターデーモンを筆頭に、秘蔵っ子のオーガ、虎人、ハウンドドッグたちを前線へと突撃させる。

儂の知っておるタワーディフェンスゲームと、現実の戦いでの一番の相違点《そういてん》はフレンドリーファイヤーじゃ。前列が近接攻撃を仕掛け、後列は遠距離攻撃を仕掛ける。言《い》うは易《やす》く行うは難《かた》しじゃな。遠距離攻撃を得意とする配下は、儂と共に左右に広がり味方を巻き込まぬよう、位置取りを気にしながら攻撃に参加する。

1000 対 24。

常識的に考えたら、負ける道理などない戦いじゃ。

しかし、変わり果てたこの世界は個体差が激しい。本来ならばあり得ぬ一騎当千が存在するコワレタ世界じゃ。それでも、敵が一人であれば四方を囲めば、数で押し切《き》れるが……奴らは小癪《こしゃく》にも7階層へと続く階段を背にして、背後のリスクを遮断《しゃだん》。24体と言う少ない数ながら陣《じん》形《けい》を組んで、数の利に対抗《たいこう》した。

こちらが同時に攻撃《こうげき》出来るのは50体が関の山じゃろうか？　そうなると、個の力で勝《まさ》る侵略者を崩《くず》すのは困難なものとなる。

厄介じゃ……。実に厄介な状況《じょうきょう》だった。

グレーターデーモンの振《ふ》り下《お》ろした斧《おの》の一撃《いちげき》をリビングメイルが盾で受け止めて、横からすり抜けてきた仮面を被った少女が黒い剣《けん》でグレーターデーモンを切り裂《さ》く。赤い巨躯《きょく》を誇る鬼が鈍器《どんき》を振り回《まわ》し配下を吹《ふ》き飛《と》ばし、黒鬼と赤鬼が息の合った攻撃で、次々と配下を叩《たた》き潰《つぶ》す。

突出《とつしゅつ》した赤い鬼を攻撃しようとすると、いつの間にか飛び出たゴブリンが斧を振り回して赤い鬼をカバー。遠距離《えんきょり》から魔法で仕掛けようとすると、恐ろしく命中率の高い矢がその魔法を阻害《そがい》する。多少傷を負わせることには成功しても、すぐに敵は後ろへと下がり、背後に控えたリビングメイルとダンピールが回復薬を惜しげも無く使用して、すぐに傷を癒《い》やす。

回復薬が尽《つ》きれば……敵の前線は崩壊する。但《ただ》し、相手は47の支配領域を支配する魔王だ。ＣＰは無尽蔵《むじんぞう》にあるじゃろう。いくつ用意しているのかは不明じゃが、回復薬が尽きるよりも先に、配下が尽きてしまいそうじゃ。

あの仮面の少女は何者じゃ？　ま、まさか……カエデと同じＳＳＲ配下!?

人類に見えるが……あそこまで強い人類など存在するかの？　人類を配下にする方法は儂も知っておる。眷属《けんぞく》にすればいいのじゃが……それが中々困難じゃった。しかも、苦労して眷属にしても、往々にして使えない場合が多かった。

と、考えると……アレはやはりSSR配下になるのぉ。

欲しいのぉ……。儂も仮面の少女が欲しいのぉ……。

その為には、まずはこの状況を打破せんとな。

まずは1体。儂はターゲットを特定のリビングメイルに定め、攻撃魔法《こうげきまほう》を放ち続けた。

3時間後。

ようやく1体目となるリビングメイルの撃破《げきは》に成功。

5時間後。

2体目となるリビングメイルの撃破に成功。これで残るリビングメイルの数は6体。ついでに、赤い鬼を庇《かば》って飛び出したダンピールも1体仕留めた。敵は残り21体。日没までは残り4時間。相手の損害が10％に対し、こちらの損害は25％。

このままじゃと、負けは濃厚じゃが……日没までにリビングメイルを後2体倒せれば、敵の前線は崩れる。

そうすれば――カエデの刃が届く！

強大な侵略者とて、疲労《ひろう》もダメージも蓄積《ちくせき》はされておる。

活路は十分にある。

――総員、手を緩《ゆる》めるでない！　勝利は目前じゃ！

儂は、全ての配下に檄《げき》を飛ばした。

魔王シオンとの全面対決から11時間。

ようやく4体目となるリビングメイルの撃破に成功。2体目となるダンピールも仕留めたので、侵略者の数は残り18体となっておった。

対して、配下の損害率は40%まで膨《ふく》らんでいた。

侵略者は漆黒《しっこく》の鎧を纏《まと》った別次元の強さを誇るリビングメイルを中心に防衛の陣を敷いていた。

漆黒の鎧を纏ったリビングメイルを正面に、2体のリビングメイルがそれぞれ側面を受け持ち、残った1体のリビングメイルはなぜか槍《やり》での攻撃を優先しておった。

儂は敵の正面に配下を多く配置し、次いで左方向へ配下を多く配置。右方向には敢《あ》えて、配置する配下の数を減らしていた。侵略者も儂の布陣《ふじん》に対抗するように、正面に戦力を集中させ、次いで左方面に戦力を集中していた。

互いに戦力が薄《うす》い状態となった右方向へ、儂は温存していた最強の戦力を投入する。

――カエデ、任せたぞ。

右方向を守るリビングメイルへと斧を振り上《あ》げて迫《せま》るグレーターデーモンの背後に隠れるように、カエデは気配を消して敵へと接近する。

――散開！

儂は左方向から攻める配下へ命令を下し、儂から直線距離《きょり》に見えるリビングメイルへと魔法を放つ。

――《ファイヤーブラスト》！

放たれた炎《ほのお》は、リビングメイルの盾に着弾《ちゃくだん》すると、爆風《ばくふう》を巻き起こし土煙を立ち上げる。

――今じゃ!!

敵の意識は爆風を巻き起こした方向へと誘われる。

その隙《すき》を突いて、影《かげ》に沈んだカエデが敵の中央を陣取るサングラスを装着した男――魔王シオンの影から飛び出し、首筋に必殺の刃を突き立《た》てた。

魔王シオンは信じられないものを見るように振り返り、哀《あわ》れにも口をパクパクと動かすと、その場で膝《ひざ》から崩れ落《お》ちた。

――！

歓喜《かんき》の刻は訪《おとず》れた。

魔王シオンを討ち取り、勝利を確信したその時……。

――視界の先は白き光に覆《おお》われるのであった。

◇（シオン視点）

死闘《しとう》から11時間。

老齢《ろうれい》の魔王が放った炎が爆音《ばくおん》を響かせ、土煙を巻き起こし視界を遮る。

この局面で《ファイヤーブラスト》だと……？

敵の情報は事前に調査済みだ。リビングメイルには魔法耐性《まほうたいせい》の高いアイテム一式を装備させている。見た目は派手だが、被害《ひがい》は軽微《けいび》の……見た目が派手？

——レイラ！　ダンピールと共に《バインドウィップ》の準備を！

多くの敵を討ち倒《たお》し、少なくない鍛《きた》えられた配下を失った——11時間もの死闘。俺が常に気にしていたのは、敵の最大戦力の一人——影鬼の存在だった。

俺の予想が当たっているなら……

俺は視界の悪い土煙の中、1体の配下——シャドウの背後に意識を集中させる。

——！

シャドウの影から現れた漆黒の衣《ころも》に身を包んだ角の生えた少女は、流れるような動きでシャドウの首筋に短剣《たんけん》を突き立てた。

角の生えた少女へとゆっくりと振り向《む》いたシャドウは、そのまま崩れ落ちる。

——全員、閃光弾《せんこうだん》に備えよ！

少女が再び影へと身を沈めようとしたその時——俺は閃光弾を上空へと投擲《とうてき》した。

——《バインドウィップ》を放て！　レッド！　ミスリルチェーンの準備を！

俺は矢継《やつ》ぎ早《ばや》に命令を下し、配下は下された命令を忠実に実行する。

レイラの振り下ろした混沌《こんとん》の鞭《むち》は閃光弾により、影が消え去り怯《ひる》んだ少女の身体に巻き付く。

遅《おく》れて放たれたダンピールの鞭も同様に少女の身体に巻き付く。

——レッド！　捕縛《ほばく》しろ！

レッドがミスリル製のチェーンで、角の生えた少女を捕縛する。

閃光弾による眩《まばゆ》い光が霧散《むさん》すると、ハッキリとした視界の中に地に倒れたシャドウの傍《かたわ》らにチェーンで簀巻《すま》きにされた角の生えた少女の姿が映し出された。

「――!? カ、カエデ!? な、何をしておる! カエデを解き放て!」

老齢の魔王は狼狽《ろうばい》しながら、声を荒《あら》らげる。

「命令じゃ! カエデを解き放つのじゃ!!」

老齢の魔王は焦《あせ》りと苛立《いらだ》ちを含《ふく》んだ大声で捲《まく》し立てる。配下たちは、そのような言葉に耳を貸す道理はなく、静かに武器を構えて敵の襲撃に備える。

「な、なぜじゃ……!? なぜ、命令が効かぬ!? 魔王シオンは滅んだ……儂がお前たちの新たな主に――」

「勝手に人を滅ぼすな」

俺は視界の悪いミスリルヘルムを脱《ぬ》ぎ捨《す》てる。

「――!? き、貴様は……」

「初めまして、でいいのか? 魔王シオンだ」

俺は笑《え》みを浮かべ、名を告げる。

「――な!? では、そこに倒れているのは……」

「配下のダンピールだ。それより、俺からも一ついいか?」

「ダ、ダンピールじゃと……」

老齢の魔王は俺の言葉が聞こえないのか、呆然《ぼうぜん》と呟《つぶや》きを漏らす。

「ちなみに、この支配領域の主――魔王はお前でいいのか？　それとも、お前は眷属でこっちの少女が魔王か？」

俺は簀巻きにされた状態でジタバタと藻掻《もが》く少女を指差し、尋《たず》ねる。今までの行動から考えれば、老齢の魔族種の男が魔王だとは思うが……念《ねん》の為《ため》に確認をする。

「儂じゃ……。儂がこの支配領域の魔王。ヤタロウじゃ」

老齢の魔王――ヤタロウが力ない声で答える。

「魔王ヤタロウか。お前に3つの道を提示しよう。

一つは、このまま争いを続ける。但し、俺は土産《みやげ》（少女）も手に入れたから、一度撤退《てったい》させてもらうけどな。

一つは、《降伏》を受け入れろ。相応の衣食住は保障してやる。

一つは……喜べ。ビッグチャンスだ。お前の最初の提案を受け入れてやる。

さて、俺はお前に3つの道を提示した。魔王ヤタロウよ……好きな道を選ぶがいい」

俺は魔王ヤタロウに3つの選択肢を与《あた》えた。

「最後の提案……配下による1対1の勝負を選んだ場合、カエデは……」

「返す訳ないだろ？　これは、こちらの戦利品だ」

俺は簀巻きになった少女――カエデを一瞥《いちべつ》し、不敵な笑みを浮かべる。

「し、しかし……それでは!?　こちらが余りに不利じゃ！」

「不利？　当たり前だろ？　俺が不利になる条件を提示する訳ないだろ」

敵は勝利を確信した瞬間《しゅんかん》に、地獄へと叩き落とされた。精神的にもイニシアティブは確実に俺にあった。交渉のテーブルは完全に支配出来ている。恐らく、俺は望む答えを引き出せるはず。

魔王ヤタロウの下した決断は――

「ならば、儂は４つ目の道を選択《せんたく》する！」

「４つ目？　いいだろう、言ってみろ」

俺は魔王ヤタロウの言葉を受けて、内心ほくそ笑む。

「大将同士――魔王同士の一騎《いっき》打《う》ちじゃ！　この条件が呑めぬなら、儂は徹底抗戦《てっていこうせん》する！」

魔王ヤタロウは俺の予想通りの提案を口にする。ポイントは、この選択肢を魔王ヤタロウの口から言わせることだ。

「魔王同士の一騎打ち？　つまり、俺とお前で勝敗を決すると？」

「如何《いか》にも！」

俺は相手の提案に譲歩《じょうほ》する。ならば、相手も俺の条件に譲歩せざるを得ないだろう。

「いいだろう。譲歩してやる。但し、一つ条件がある」

「言ってみろ」

「勝負をするのは１時間後だ。この条件が呑めないなら、徹底抗戦を受け入れよう」

「……分かった」

魔王ヤタロウは不承不承ながら、返事をした。

俺は11時間も敵を観察する時間があった。敵の分析《ぶんせき》は大体終わっている。1時間後——日没後となれば、俺の勝ちは揺《ゆ》るぎ無いと確信するのであった。

◆

1時間後。

不快な太陽は地平線へと沈み、闇《やみ》が世界を支配する。

俺はシャドウの亡骸《なきがら》から、渡してあったアイテム——本来の俺の防具を返してもらい、万全《ばんぜん》の態勢を整える。

やっぱり、夜は最高だな。この鼻をくすぐる空気の香《かお》り。俺を包み込む闇。それは、世界が俺を祝福しているかのようであった。

「準備は出来た。いつでもいいぞ」

俺は身体をほぐしながら、魔王ヤタロウへと声を掛ける。

11時間の観察の結果、魔王ヤタロウは恐らく夜の俺よりも魔力《まりょく》は高い。肉体は、圧倒的《あっとうてき》に俺が勝っている。得意とする攻撃は炎魔法《ほのおまほう》。《ファイヤーアロー》、《ファイヤーランス》、《ファイヤーストーム》、《ファイヤーブラスト》。確認《かくにん》出来た魔法はこの4種だった。全ての条件がイーブンであれば、勝率は7割程度だったかも知れない。

但し、条件はイーブンではない。俺はある一点——装備しているアイテムのランクが魔王ヤタロウよりも遙《はる》かに優《すぐ》れていた。更《さら》には、炎耐性《ほのおたいせい》を高めるアクセサリーも複数装着済みだ。

アイテムによる補正も加えたなら、俺の勝率は9割。

更に、魔王ヤタロウは俺の戦闘《せんとう》スタイルを知らないが、俺は魔王ヤタロウの戦闘スタイルを散々観察していた。このことを加味すれば、俺の勝率は9割9分以上。

俺は程《ほど》よい緊張《きんちょう》感を抱きながら、戦闘の準備に入る。

「待たせたのぉ。それでは……死合うか！」

魔王ヤタロウはゆったりとしたローブを風になびかせながら、俺に対峙《たいじ》する。

「開始の合図はどうする？」

「お主が決めればいいじゃろ」

「なら、譲《ゆず》ってやるよ。タイミングを掴《つか》めた方がいいだろ？」

「ならば……開始じゃ！」

魔王ヤタロウの声と共に、俺は魔王ヤタロウへと疾駆《しっく》する。合図を譲ったのはハンディではない。声は発した分だけ戦闘に入るのが遅れるだけの足枷《あしかせ》だ。

「——ぬ⁉」

魔王ヤタロウは疾駆する俺の姿を見て、慌《あわ》てて杖《つえ》を振り上げる。

この動作は……。

動作により無詠唱《むえいしょう》で放たれた炎の槍——《ファイヤーランス》が大気を焦《こ》がしながら俺へと

迫る。

タイミングさえ知っていれば！　──《ミストセパレーション》！

炎の槍が俺を貫《つらぬ》く直前──俺は全身を霧《きり》と化し、炎の槍をすり抜ける。

──熱ッ⁉

すり抜けた炎の槍は、霧と化した俺の身体の一部を蒸発させるが、俺は構わず魔王ヤタロウへと肉迫《にくはく》した。

「チェックメイト」

霧の身体が具現化すると、俺は突《つ》き出《だ》したゲイボルグを魔王ヤタロウの喉元《のどもと》へと突きつける。

「──⁉」

喉元の刃《は》先《さき》を見て、魔王ヤタロウは驚愕する。

「降参するか？　それとも、続けるか？」

俺はゲイボルグを魔王ヤタロウの首へ僅《わず》かに押し込む。

「ま、参った……」

喉元から流れた一筋の赤い滴《しずく》が地面へ垂れ落ちると、魔王ヤタロウは苦渋の表情を浮《う》かべながら降参を口にした。

「それでは、約定に従い──《降伏》してもらうぞ」

俺はゲイボルグの先端《せんたん》を魔王ヤタロウの喉元に突きつけたまま、勧告《かんこく》する。

「わかっておる……。【真核】はすでに用意済みじゃ」

魔王ヤタロウは達観した声で答えると、1体のデーモンジェネラルが【真核】を俺へと差し出す。

周到《しゅうとう》だな。魔王ヤタロウは、最初からこの結末を予測していたのか？

「私――魔王ヤタロウは、魔王である生を捨て、汝《なんじ》――魔王シオンに『降伏』します」

魔王ヤタロウは真摯《しんし》な目で俺の目を見つめ、淀《よど》みない声で《降伏》の言葉を紡ぎ出す。

「――了承《りょうしょう》する」

俺は魔王ヤタロウの《降伏》を受け入れる言葉を宣言。

俺の宣言に呼応するように、手中の【真核】は光《ひか》り輝《かがや》き、俺の手の中から消失。同時に、足《あし》下《もと》が、空間が、支配領域が激しく振動《しんどう》した。

『>>魔王ヤタロウの支配領域を支配しました。
>>支配領域統合の為、異分子を排出《はいしゅつ》します。
>>異分子の排出に成功しました。支配領域の統合を行います。
>>支配領域の統合に成功しました。これより24時間【擬似的平和《ぎじてき》】が付与《ふよ》されます』
俺はスマートフォンを操作して、ヤタロウの降伏が成功したことを確認《かくにん》。

「人類に攻められていたのか……」

「左様。後3時間遅《おそ》ければ、支配領域を一つ失っておった」

魔王ヤタロウは淡々《たんたん》と事実を告げる。

魔王ヤタロウは俺たちとの争いの最中、人類にも襲撃されていることはおくびにも出さなかった。生き残る為に、取捨選択《しゆしやせんたく》をした結果……全戦力を俺との争いに投入したのだろう。

その選択は、悪くない判断だった。

こうして、俺は三人目となる元魔王の配下を迎《むか》え入れたのであった。

◆

侵略者《しんりやくしや》から邪魔《じやま》されずに、体制を整える時間は24時間。俺は《擬似的平和》が付与されている24時間のタイムスケジュールを組み立てることにした。

魔王ヤタロウを配下として迎え入れた。ヤタロウに期待している働きは——支配領域の防衛。ならば、支配領域の構築はヤタロウに託すのが効率的だろう。その為に必要な事は——情報の共有だ。

ヤタロウには、俺の考え方を伝えた上で防衛に必要となる戦力を組み立てさせる必要がある。

情報の共有に必要な時間は、1時間だな。

現在支配している支配領域の数は51。その内ヤタロウに任せたい支配領域は攻められる可能性のある27の支配領域。27の支配領域の内、22はベースが出来ている。0から構築するのは、新たに支配した5つの支配領域のみだ。

「ヤタロウ。5つの支配領域を再構築するのに、必要な時間は？」

「5つ……。つまり、今ほどシオン様が儂から奪い取った支配領域か？」

「そうなるな」

「ふむ。そうじゃのぉ……儂なら5時間じゃな。どうしてそのような質問をするのじゃ？」

「支配領域の権限をヤタロウに《分割《ぶんかつ》》する予定だ。今後のスケジュール調整の為だな」

「ふむ……。《分割》？　何じゃそれは？」

「――は？　《降伏》を知っているのに、《分割》を知らないのか？」

カノンから聞いた話になるが、《降伏》の知識を得るのに必要なランクはB。《分割》を知るのに必要なランクはCのはずだ。

「うむ。『ラプラス』に《分割》なんて情報は上がっていたかのぉ？　ひょっとして、シオン様は儂よりもランクが高いのか？」

俺の質問に、ヤタロウは訳の分からない返答をする。

『ラプラス』？　ランク？　そういえば、争いの最中にも『ラプラス』と口にしていたが……。

まぁ、いい。その事を聞くのは後回しだ。まずは、優先順位を付けて行動しよう。

「ヤタロウは現在魔王ではない」

「そうじゃな」

「支配領域創造も、配下創造もできない」

「……そうじゃな」

俺の言葉を受けて、ヤタロウは魔王の立場を奪われたことを再認識《さいにんしき》したのか、沈んだ口調で返答する。

「《分割》をすれば、ヤタロウに支配領域を支配する権限が委託《いたく》出来る。ヤタロウには、俺の支配領域の防衛を――」

「な、な、何と⁉　権限を委託じゃと⁉　すると……儂は《支配領域創造》や《配下創造》を実行することが出来るのか⁉」

俺の言葉を聞いて、ヤタロウは興奮した口調で捲し立てる。

「出来るのは支配領域の創造と、委託された支配領域の状況を知ることだ」

「――⁉　は、《配下創造》は⁉　《乱数創造》は⁉」

「無理だな。ちなみに、《錬成《れんせい》》も無理だ」

「そ、そうか……」

ヤタロウは俺の返答を聞いて、再び沈んだ声音《こわね》へと戻《もど》る。

俺は落ち込んだヤタロウを尻目《しりめ》に、タイムスケジュールの組み立てを再開する。

5つの支配領域を再構築するのに必要な時間は5時間か。他の《分割》する支配領域の再構築もするとなると……ベースは出来ているから10時間もあれば平気か？

これで、残る時間は13時間。

後はするべき事として……ヤタロウからの情報収集だな。影鬼の正体、謎《なぞ》の言葉――『ラプラス』の情報。後は、元ヤタロウの配下の能力確認。それが終われば、今後の行動方針の話し合い。余った時間で、ヤタロウたちの居住区を創造すればいいか。

頭の中で24時間……正確には23時間20分となってしまった《擬似的平和》が付与された時間

のタイムスケジュールは組み上がった。

まずは、自称参謀《じしようさんぼう》のカノンと合流して情報の共有から始めるか。

俺は、近くに【転移装置】を創造。ヤタロウや眷属と共にカノンの元へと帰還《きかん》するのであった。

◆

「おかえりなさいですぅ」

【転移装置】を用いて第一支配領域――俺に与えられた最初の支配領域の最奥《さいおう》へと転移すると、カノンが笑《え》みを浮かべながら飛んできた。

「ただいま。こっちが噂《うわさ》の二人の魔王――ヤタロウとカエデだ」

「初めましてぇ。シオンさんの参謀を務めるカノンですぅ」

カノンにヤタロウとカエデを紹介《しようかい》すると、カノンはさらっと立場を偽称《ぎしよう》しながら自己紹介をする。

「参謀じゃと？　つまり、シオン様のあの作戦も――」

「そこの虫は参謀じゃない。良くて参謀見習い、現状は検索ツールだ」

「――な⁉」

俺《おれ》は感心するヤタロウの言葉を遮り、真実を伝えた。カノンはなぜか驚愕《きようがく》しているが、俺としてはさらっと立場を偽称したカノンの口調に驚愕だ。

「参謀見習い……？　見た感じハイピクシーじゃが、ひょっとしてこの妖精《ようせい》もＳＳＲ配下か⁉」

俺の言葉を受けて、ヤタロウは驚愕する。

「……ＳＳＲ配下？　すまん、その言葉は意味不明だが、カノンはヤタロウと同じく元魔王だ」

「元魔王……なるほどのぉ」

「っと、時間は有限だ。そろそろ本題に入っていいか？」

「はぁい」

「うむ」

このまま雑談を続けていると、貴重な時間を浪費《ろうひ》してしまう。

「まずは、決定事項《じこう》から伝える。ヤタロウには支配領域の防衛を任せる。《分割》する支配領域は敵から攻《せ》められる可能性がある27の支配領域だ」

「――な⁉　わ、私は……」

カノンが大口を開けながら固まる。

「いつもの定位置だな」

「つまり、参ぼ――」

「検索《けんさく》ツール」

「せめて、正式に参謀としての役職を――」

「それが嫌《いや》なら、サブロウとパーティーを組んで――」

「検索ツールですね！　何でもお聞き下さい！」

カノンは、あれ程《ほど》嫌がっていた検索ツールの立場を受け入れる。サブロウすげーな……嫌《きら》われっぷりが。

「ったく、どこまで話した？」

「儂《わし》に27の支配領域を《分割》すると言うところじゃな」

「話を続けると、それを成すためにヤタロウには俺の考え方を共有してもらう」

「ふむ。教育理念……いや、経営理念か？　――魔王理念じゃな！」

「まぁ、それでいいか。その後、俺の創造出来る配下、保有する配下、錬成《れんせい》出来るアイテムを伝える。その上でヤタロウは必要なＣＰと配下、アイテムを申請《しんせい》してくれ」

「了解《りょうかい》じゃ」

その後、俺はカノンと共に俺の考え方、支配領域の地域別コンセプトなどを説明。続いて、創造出来る配下と配下の特色を説明。最後に、錬成出来るアイテムは種類が多いのでカノンに説明を丸投げした。

「なるほどですじゃ。つまり、シオン様は故意に人類を誘《おび》き寄《よ》せ、配下とシオン様自身の成長に繋げていたと……。儂には思い付かない思考じゃ。創造出来る配下と、錬成出来るアイテムも理解出来ました」

ヤタロウは何度も頷《うなず》き、感心する。

「ヤタロウ、防衛に必要なＣＰはいくつだ？」

「そうじゃな……。配下創造もアイテム錬成も不要となると、1000もあれば十分ですじゃ」

ヤタロウは暫《しば》し思考した後答える。

「分かった。後は必要な配下の種類と数を教えてくれ。補充《ほじゅう》に関しては、実際の運用後に随時《ずいじ》メールで報告してくれればいい」

「了解じゃ。ただ、儂はシオン様の考案された『稼《かせ》ぎ場』と言う支配領域の運用には慣れておらぬ。最初はシオン様の構造を引《ひ》き継《つ》いで、運用する予定じゃ」

「最後に、南方面と北方面を防衛する主力の配下を紹介する」

俺は念話でイザヨイとサブロウを呼び寄せる。

「参りました」

「シオン様。お呼びで……！　カノンたん……ハァハァ……」

イザヨイとサブロウが姿を現し、カノンが即座《そくざ》に俺の後ろへと避難《ひなん》する。

カノン……俺の後ろに行くなよ。変態《サブロウ》の視線が俺に向くだろ……。

「ヤタロウ。こいつはイザヨイ。屋内であれば、強さは俺と然《さ》ほど変わらぬ」

「お戯《たわむ》れを。私などシオン様の足下にも及《およ》びませぬ」

俺の紹介を受けて、イザヨイは微笑《びしょう》を浮かべながら深く頭を下げる。

「イザヨイ。こちらはヤタロウ。元魔王《まおう》だ。明日から支配領域の防衛統括《とうかつ》を任せる」

「――――！　新参者にいきなり統括を任せると⁉」

「そうだ。俺の考えだが、問題あるか？」

「……ございませぬ」

声を荒らげるイザヨイに対し冷たい視線を送ると、イザヨイは即座に態度を改める。最近気付いたが、イザヨイ、クロエ、レイラ――狂信者《きょうしんしゃ》トリオには、理論立てて説明するよりも、俺の考えと伝える方がスムーズに事が運ぶ。

「新参者じゃが、宜《よろ》しく頼《たの》むのぉ」

ヤタロウは、流石《さすが》は年の功と言うべきだろう。柔和《にゅうわ》な笑みを浮かべてイザヨイに手を差し出す。イザヨイは俺の顔をチラッと見た後に、差し出されたヤタロウの手を握《にぎ》り返す。

「こっちは……」

「我《わ》が輩《はい》の名前はダークネ――」

――黙れ！

「サブロウだ。知能、センス、性癖《せいへき》、趣味《しゅみ》……全《すべ》てが残念な仕上がりだが、実力は保証する。

ちなみに、元魔王だ」

「う、うむ……。よ、宜しく頼むのぉ……」

ヤタロウは引き攣《つ》った笑みを浮かべる。

「シオン様！　一つよろしいでしょうか！」

「よろしくない！　が、何だ？」

サブロウが声を大にする。

「ヤタロウ殿《どの》を防衛統括に任命するとの話ですが……その理由は？」

「ヤタロウは元魔王で支配領域の運用に慣れている。俺は今後侵略《しんりやく》に加わることが増える予定だから、作業の分担化だな」

「――！　な、ならば！　シオン様にはもう一人優秀《ゆうしゆう》な元魔王の――」

「カノンは俺の検索ツールだ」

「カ、カノンたんは天使です！　じゃなく、もう一人！　目の前に！　この――」

――《ソァイヤーランス》！

「すまん。魔法が暴発した。で、俺の考えに文句があるのか？」

「……ございませぬ」

プスプスとウェルダンな匂《にお》いを醸《かも》し出しながら、サブロウは震《ふる》える声で答えた。

「さてと、配下については以上だ。他に懸《け》念《ねん》事《じ》項《こう》はあるか？」

「恐《おそ》れながら……カエデは？」

「影鬼――カエデは防衛ではなく、別の用途《ようと》に使うつもりだ」

「調査……ですかな？」

「そうだな。ついでに、侵略部隊にも組み込んで積極的にレベル上げにも励《はげ》んでもらう」

「……畏《かしこ》まりましたじゃ」

ヤタロウとカエデの間には想像以上の絆《きずな》があるのだろうか。ヤタロウの顔はどこか寂《さび》し気《げ》だった。

「他に何かあるか？」

「一つ……一つだけ我《わ》が儘《まま》をよろしいでしょうか？」

「何だ？」

カエデの身の安全を……とか言うのだろうか？

「ガ……《乱数創造》を！　２日に一回でいいので《乱数創造》を！」

「は？」

「ですから、《乱数創造》をお願いしたいのですじゃ」

「ヤタロウは《乱数創造》出来ないだろ？」

「そうですじゃ。だから……自分で回すのではなく女神《めがみ》様にお願いするタイプと割り切って、２日に一度の《乱数創造》をシオン様にして欲《ほ》しいのですじゃ」

目の前のジジイが何を言っているのか理解出来ない。回す？　女神？　お願い？

「えっと、なんだ……俺に２日に一度《乱数創造》をしろと？」

「如何にも！」

「理由は？」

「儂の防衛には《乱数創造》が占《し》める要素が非常に大きいのですじゃ」

「確かにヤタロウの支配領域には多種多様な魔物《まもの》がいたが……必要な魔物がいるなら、言ってくれれば、全ては無理だが侵略部隊に調達を依頼《いらい》するぞ？」

「そうではなく、自分で！　乱数の神に身を委《ゆだ》ね⁉」

「乱数の神に身を委ねるって……防衛と関係ないだろ？」

《乱数創造》は多大なＣＰを消費する。明確な理由もなく乱発出来る代物《しろもの》ではない。

「つまり……何と言えば……儂は、儂は――ガチャが好きなんじゃぁぁあああ！」

――？

本気で目の前のジジイが何を言っているのか理解出来ない。防衛統括の人事を考え直した方がいいかも知れない……。

俺が呆然としている間にも「生き甲斐《いがい》なんじゃ……」「老い先短い……」「すぅぱぁレアを……」と戯言《たわごと》をほざいている。

「えっと、つまり……ヤタロウはガチャが好きだから、俺に《乱数創造》をしろと？」

「そうじゃ！」

「――却下《きゃっか》!!」

「そ、そんな……後生じゃぁぁあああ」

その後ヤタロウと論議を重ね、最終的に根負けした俺は月に１回だけ《乱数創造》を行うことを約束した。正直言えば、すでに俺は月に１回以上のペースで《乱数創造》は実施《じっし》している。

ただ、乱数の女神に微笑《ほほえ》まれなかっただけだ……。だから、約束はしたものの、特に大きな損失と言う訳でもなかった。

その後、ヤタロウ、カノンと共に支配領域の再構築を話し合いながら実行。配下も配置して、俺の支配領域は新たにリニューアルされたのであった。

《擬似的平和》残り13時間。

誰《だれ》かと話し合いながら支配領域を再構築する作業は、想像以上に楽しかった。主に知識面の補佐《ほさ》と言う観点から相談していたカノンとは違《ちが》い、経験に基《もと》づく話し合いは非常に有意義な時間であった。

次にするべき事はヤタロウからの情報の収集だ。

聞くべき事は二つあった。

一つ、カエデの正体――しかし、この答えはすでに掴んでいた。

「ヤタロウ。カエデの正体だが……《乱数創造》で創造した配下か？」

「左様ですじゃ。ＳＳＲ（すぺしゃるすぅぱぁれあ）なのですじゃ」

「なるほど。ちなみに、カエデ以外にＳＳＲは？」

「ＳＳＲはカエデのみじゃ」

ヤタロウは乱数の神に取《と》り憑《つ》かれている。そのヤタロウが一度しか引けぬＳＳＲか。排出率《はいしゅつりつ》は相当悪そうだ。

ともあれ、カエデの正体と多種多様な魔物がヤタロウの支配領域に生息していた理由は判明した。

次に聞くべきことは――

「ヤタロウ。『ラプラス』とは何だ……？」

俺はヤタロウが何度か口にしていた謎の言葉について質問をした。

すると……

「あ⁉　『ラプラス』なら私もわかりますよぉ」

なぜかヤタロウが答えるよりも早く、カノンが満面の笑みを浮かべて声を上げた。

「は？　知っていたなら……さっさと言えよ。お得意の聞くまで教えてくれない検索ツール仕様なのか？」

俺はカノンに蔑視《べっし》の視線を送る。

「ち、違いますよぉ……。私も『ラプラス』について知ったのは、つい最近ですぅ」

「最近？　知識のランクがAに……って、まだまだだよな？」

「はい。『ラプラス』は知識から得られる情報ではないですぅ。えっと、シオンさんはヤタロウさんの支配領域を侵略する前の謎の書き込み覚えています？」

「不特定多数の魔王に宛《あ》てたと思われる、書き込みか？」

「ですぅ！　アレが『ラプラス』ですよぉ」

アレが『ラプラス』？　あの書き込みの主が『ラプラス』なのか？

「えっとぉ……私もヤタロウさんからの情報収集が終わったら報告するつもりだったんですよぉ。『ラプラス』と言うのは、サイトの名称《めいしょう》ですぅ」

「サイト？」

「はい。3日前にメールの返信が来まして……そのメールに『ラプラス』のURLが記載《きさい》されていましたぁ」

「つまり、『ラプラス』は魔王の為の情報サイトで……ヤタロウはそこから《降伏《こうふく》》などの知識を得たのか？」

俺は与えられた情報を頭の中で整理する。

「そうですじゃ」

「情報サイトと言うには、少し複雑なシステムですけどねぇ」

複雑なシステム？　カノンと話していても埒《らち》が明かない。俺は直接『ラプラス』を閲覧《えつらん》することにした。

俺はカノンに教えられたURLに、自身のスマートフォンからアクセスを試みた。

――？

『Error』

画面には赤い英字でErrorと映し出された。URLを確かめるが、打ち間違《まちが》いはない。

「カノン。URL間違えてないか？」

「え？　合っていますよぉ……ほら」

カノンが差し出したスマートフォンには、ログインIDとパスワードを求める画面が映し出されている。

「ひょっとして……その端末《たんまつ》でしかアクセス出来ないとか？」

「可能性はありますねぇ。試《ため》しに私のスマホでも……」

カノンはそう言って自身のスマートフォンを操作する。

「ダメですぅ。シオンさんと一緒《いっしょ》で、エラー表示が出ますぅ」

「特定の――向こうの指定した端末じゃないと接続出来ないか。『ラプラス』の管理人はネットワークの知識に秀《ひい》でている魔王なのか？」

俺は『ラプラス』の管理人の正体を推測する。

「ふむ。儂のスマートフォンからは普通《ふつう》に接続できるのぉ」

「そういえば、ヤタロウも『ラプラス』を閲覧出来るのか」

「儂のスマートフォンでログインしてみるか？」

「そうだな」

ヤタロウは器用にスマートフォンを操作して、『ラプラス』へのログインを試みる。

「――⁉　ぬぉ⁉　待て……待つのじゃ⁉」

「どうした！」

突然《とつぜん》焦《あせ》りだしたヤタロウに声を掛《か》ける。

「エラーじゃ……。儂の画面もエラー表示になった……」

「は？」

「エラー内容はこれじゃ……」

俺はヤタロウから差し出されたスマートフォンの画面を覗《のぞ》き込む。

『Error。位置情報から不正なログインを検知しました。24時間以内に同位置からの別のアクセスがありました。調査を行うために、ヤタ様のアカウントを凍結《とうけつ》します』

「位置情報？　アクセスした魔王の場所までバレるのか？」

「慎重《しんちょう》ですねぇ」

「カノン。『ラプラス』にアクセス出来るスマートフォンを貸してくれ」

俺はカノンからスマートフォンを受け取る。

「ログインＩＤとパスワードを教えろ」

「はい。ログインＩＤは……シオンさん、怒《おこ》らないで下さいよぉ」

「？　怒られるようなログインＩＤなのか？」

「えっと、その……このログインＩＤには深い理由が……ログインＩＤはハンドルネームも兼《か》ねていまして……バカ正直に名前を入れるのも危険かなぁとか思いましてぇ……」

カノンは小声で言い訳を繰《く》り返《かえ》す。

「で？　ログインＩＤは？」

「……ロウ」

「？　聞こえない？」

「……サブロウです」

「……」

「パスワードは、dreamerですぅ」

dreamer……ドリーマー。夢を見る人。夢想家と言う意味か。恐らく、ＩＤから察するに、
サブロウの頭がドリーマーと言いたいのだろう。

「つまり、俺は『ラプラス』の中ではサブロウと呼ばれると？」

「シオンと登録した方が良かったですかぁ？」

「いや……偽名《ぎめい》は正解だ。とは言え、サブロウか……」

ここまで恥《は》ずかしいハンドルネームは存在するだろうか？　いや、サブロウと言う名前に罪はない。罪があるのは、俺にサブロウのイメージを植え付けた存在だ。

まぁいい。シオンと入力されるより百倍マシだ。俺はログインＩＤとパスワードを入力。すると、画面にはメニューごとに分類された情報サイトが表示された。

俺はメニューを適当に押《お》して、開示されている情報の中身を流し読みする。

「使えないいな」

開示されている情報は、無意味に等しい情報ばかりであった。

魔王はレベルが３に成長すると進化出来ること。進化する種族の種類。ランクＤまでの魔王（人種）が創造出来る配下の情報と支配領域の設備。ランクＤまでに錬成出来るアイテムの種類。

最後に、このサイトの使用方法と記載された項目《こうもく》に目を通す。

なるほど……。

『ラプラス』は慈善《じぜん》活動で作成された情報サイトではなく、私利私欲を目的としたサイトであることが理解できた。

『現在サブロウ様は『ビジター』会員となります。当サイトはランクを上げる毎《ごと》に提供される情報が増えます。まずは、コチラから会員登録をお願いします。会員登録後は『ブロンズ』会員となり、多くの有意義な情報が提供されます』

俺はコチラと記載された箇所《かしょ》をタップする。

『種族、支配している支配領域の数を入力して下さい。この登録が終わるとサブロウ様は『ブロンズ』会員へとランクアップ致《いた》します。尚《なお》、虚偽《きょぎ》の報告が発覚した場合は、敵対行動とみなし、アカウントは凍結されます』

種族と支配領域ね……。ここには記載されていないが、『ラプラス』の管理人は更にこちらの位置も把握《はあく》している。

レベルを聞かないだけ良心的なのか？

露呈《ろてい》するのは種族と支配している支配領域の数か。ここにレベルも加われば、俺は間違いなく、『ラプラス』への登録を断念していた。しかし、種族と支配している支配領域の数だけであれば……位置さえ把握していれば、人類が必死に作成したダンジョンマップなどですでに秘匿《ひとく》権は失われていた。

つまり、求められた情報を差し出すデメリットはそれほど大きくはない。とは言え……。

「ヤタロウは『ブロンズ』会員だったのか？」

「いや、儂は『シルバー』会員じゃった」

「『シルバー』会員？　具体的に『ブロンズ』会員や『シルバー』会員になると、どのような情報が得られる？」

元会員のヤタロウに『ラプラス』で開示されていた情報の価値を確かめる。

「そうじゃのぉ……。『ブロンズ』会員になると、多くの情報が開示される。種族別の創造出来る配下の種類や、ランクBで錬成出来るアイテムの種類も開示されておった。後は、目玉情報として《降伏》の方法が開示されておったのぉ」

ヤタロウから聞く限り、『ブロンズ』会員に開示されている情報は『ラプラス』に頼《たよ》らずともカノンで事足りる。

「『シルバー』会員になると？」

「『シルバー』会員の目玉は掲示板《けいじばん》じゃ」

「掲示板？」

「そうじゃ。魔王による色々な議題に基づいた掲示板が利用出来るようになるのじゃ。儂のお薦《すす》めは……『【こんにちは】乱数創造34【スライム】』じゃな。あのスレッドは流れが速かったから、今頃《いまごろ》は38かのぉ？」

魔王のみが書き込む掲示板。ヤタロウのお薦めのスレッドはどうでもいいとして、魔王同士が交流を図《はか》れるのか……。

「『ブロンズ』会員から、『シルバー』会員になるために求められる代償《だいしょう》は何だ？」

「レベルとステータスの登録じゃな」

「登録したレベルとステータスは『ラプラス』を閲覧している全ての魔王に開示されるのか？」

「『ゴールド』会員は不明じゃが、『シルバー』会員の身では知る術はなかったのぉ」

「『ゴールド』会員？　になるために求められる代償は？」

「情報じゃ」

「情報？」

「左様。『ラプラス』の管理人も知らぬ情報を10個差し出せば、『ゴールド』会員じゃ」

面倒《めんどう》なシステムだな……。

「ちなみに、『ゴールド』会員は何人もいるのか？」

「それも秘匿されているが、掲示板の意見では一桁《けた》じゃろうと推測されておった」

「掲示板のスレッド……議題は幾《いく》つくらいある？」

「うーむ……百以上はあったのぉ」

「参加している魔王の数は？」

「書き込みをしない魔王もおるので……定かでないが四百人はおるはずじゃ」

百以上のスレッドに、交流し合う四百人以上の魔王たちか……。

情報が露呈してしまうデメリットに対して、魔王同士が交流することにより得られる情報のメリット。俺は『ラプラス』への参加を悩《なや》む。

『ラプラス』に参加するなら――『シルバー』会員になるべきだろう。『ブロンズ』会員で参加しても、得られるメリットは皆無《かいむ》だ。

しかし、『シルバー』会員になる為《ため》に支払《しはら》う代償は大きい。レベルとステータスの開示。『ラプラス』の管理人は十中八九、魔王だ。いずれは敵対する相手とも言える。敵対する魔王の種族、レベル、ステータスがわかれば、対策を練ることは容易だ。

対して、得られるメリットは――百を超《こ》える魔王との交流。そこから得られる情報は計り知れない程に重要となる可能性が高い。

情報を制する者は世界を制す。

交流を通じて、『シルバー』会員の中で常識として扱《あつか》われる情報を――俺だけが知らないとなると、下手を打つ可能性が高くなる。また、交流している魔王同士で情報戦が繰り広《ひろ》げられていても蚊帳《かや》の外では対策のしようもない。

差し出す代償と、得られる情報。果たして、どちらの方が大きいのだろうか？

「ヤタロウ。具体的に掲示板で得た、有用な情報はあったか？」

「そうじゃのぉ……《乱数創造》のSR配下の情報は有用じゃったのぉ。儂もDランクのアイテムまでしか錬成出来ないドワーフよりも、Bランクのアイテムが錬成出来るドワーフスミスが欲しいと願ったものじゃ」

予想通りというか、ヤタロウは自分が入《い》り浸《びた》っていた《乱数創造》について議論する掲示板の情報を話す。

「って……ドワーフって錬成出来るのか？」

軽く聞き流そうとしたが、無視出来ない情報がヤタロウの口から飛び出す。

「うむ。シオン様の配下にはドワーフはおらぬのか？」

「ドワーフはいないな」

「そうじゃったか。ドワーフは材料さえ与《あた》えたらアイテムを錬成出来るのじゃ」

「材料？」

「そうじゃ。インゴット系のアイテムを渡《わた》してもいいが、お得なのは人類から奪《うば》ったアイテムじゃな。鉄の剣《けん》を奪えば、それを溶解《ようかい》して別の鉄のアイテムに錬成してくれるのじゃ」

「アイテム錬成は魔王の専売特許じゃないのか……」

「そうじゃな。但《ただ》し、儂ら……と言っても、今の儂には無理じゃが、魔王が行うアイテム錬成とは違い、ワンクリックでは無理じゃ。相応の設備を与えて、時間を費やして錬成する感じじゃな」

俺の質問にヤタロウが丁寧《ていねい》に答えてくれる。

「カノン。知っていたか？」

「いえ……知りませんでしたぁ」

知識Bのカノンに念《ねん》の為尋《ためたず》ねるが、カノンは悲しそうに顔を伏《ふ》せる。

「ちなみに、『ラプラス』にその情報は？」

「記載されておったな。ドワーフ種の魔王による『【一振《ひとふ》りに】ドワーフ総合【魂《たましい》を込めろ】』では、完成度についての議論が活発じゃった」

「完成度……？」

「後で儂の配下じゃったドワーフで確認してみるのが手っ取り早いが、ドワーフが錬成したアイテムは、魔王が錬成するアイテムよりも切れ味が鋭《するど》かったり、頑丈《がんじょう》だったりするのぉ」

今のヤタロウの話を聞くだけでも、『ラプラス』には俺の知らない情報が開示されていることを示していた。

「参加するか」

「お任せしますぅ」

「儂は参加していた身で、シオン様に敗北した身じゃ。止めも、勧めもせんわい」

悩んだ結果、俺は『ラプラス』への参加を決意した。

カノンが初めに接触《せっしょく》を試みたスマートフォンを使って、『ブロンズ』ランクになる為の会員登録を実施。次いで、『シルバー』ランクになる為の情報を入力する。

よく考えたら……ステータスの虚偽ってどうやって見破るんだ？

画面には『虚偽の報告と発覚した場合は、即座にアカウント凍結します』と赤字で注意文が記載されているが、ステータスのランクが正しいかなんて判断出来ないだろ？

「入力したステータスが正しいとか、どうやって判断するんだ？」

俺は思わず疑問を呟《つぶや》く。

「『シルバー』会員に登録した後に来る質問メールじゃな」

「質問メール？」

「そうじゃ。儂の場合は創造がBじゃったから、創造出来る配下を質問されたのぉ」

「サブロウみたいな、肉体、魔力《まりょく》特化だったら……どんな質問が来るんだ？」

「魔力の場合は、習得した魔《ま》法《ほう》を質問された……とか掲示板で見たのぉ。肉体は知らん」

「全部がCランクだったら？　Cランク以下の情報は『ブロンズ』会員でも確認出来るんだ

ろ?」
「あぁ……それは一時期話題になったわい。Bランクのステータスが無い場合は、『シルバー』会員になるのは無理らしいのぉ。掲示板に、『シルバー』会員になるために創造をBに成長させた、と書き込んでいた魔王がおったわい」
なるほど。審査《しんさ》はするのか。
しかし、この審査には穴がないか?
俺は『シルバー』会員申請の箇所を選択《せんたく》し、レベルとステータスを入力する。
レベル11
肉体　E　魔力　C　知識　B　創造　B　錬成　B　BP　2
実際のステータスは……
レベル11
肉体　B　魔力　C　知識　E　創造　B　錬成　B　BP　12
【肉体】のランクを偽《いつわ》り、【知識】のランクを上げた。ついでに、最初の『スペシャル☆』で得たBP10も秘匿した。
これでぱっと見は、配下に全てを任せる魔王に見える。戦闘《せんとう》をするにしても魔法特化の魔王に見える。万が一『ラプラス』の管理人と敵対した時に、ある程度の攪乱《かくらん》には繋《つな》がるだろう。
5分ほど待つと、スマートフォンにメールが届いた。
『サブロウ様

シルバー会員の申請ありがとうございます。念の為、審査をさせて頂きます。下記の質問にご回答願います。
1．吸血種以外でレベルが10に成長した時に進化出来る種族をお答え下さい。
2．創造出来る配下の中でダークエルフを除いて、最もCPの高い配下をお答え下さい。
3．ユニークアイテムをお答え下さい。
4．最近、魔族種の魔王を《降伏》させましたか？』
4番目の質問は定型文じゃないな。ついでの質問にしては、図々《ずうずう》しい質問だ。

「カノン。妖精種と吸血種以外でレベル10になったら進化出来る種族を教えてくれ」

「えっとぉ、でしたら……エルフ種で『エレメントエルフ』、『ハイエルフ』ですぅ」

「2種類だけなのか？」

「私の知識で知れるのは、その2種類だけですねぇ」

「ちなみに、3種類以上わかる種族はあるか？」

「ないですぅ。他の種族も最大で2種類ですねぇ。吸血種と堕天《だてん》種と龍《りゅう》種は1種類もわからないですぅ」

なら、問題ないな。

俺は与えられた質問の答えをメールに記載していく。

『1．エルフ種。エレメントエルフ、ハイエルフ
2．ダンピール

3．ダーインスレイブ
4．YES
4の質問は余計じゃないか？　誠意を示して答えたから、こちらからも質問をする。

お前が支配する支配領域の位置は？』

俺は求められた内容に一文を加えて返信した。

今度は1分と空けずにメールの返信が届く。

『サブロウ様
サブロウ様のシルバー会員への登録は承認《しょうにん》されました。シルバー会員になると、より多くの情報の閲覧と掲示板の利用が可能となります。掲示板の利用では個人情報の扱いにはくれぐれもご注意願います。

金沢《かなざわ》の覇者《はしゃ》——サブロウ様。

貴方様《あなたさま》は知謀《ちぼう》に優《すぐ》れ、思慮深《しりょぶか》い魔王とお見受けしております。そのような貴方様が、私が位置を伝えたとしても信じてくれますか？　私を信じてくれるなら、近くではない。とだけ、お伝えさせて頂きます』

なるほど。確かに、信じないな。

『ラプラス』の管理人は俺の正体を知っていることをあっさりと白状した。

その丁寧な口調の文面からは、どこか不気味さを感じるのであった。

《擬似的平和《ぎじてき》》残り８時間。

俺は支配領域の微調整《びちょうせい》をヤタロウに任せた。ヤタロウは配下の性能を確認《かくにん》している。リナたち侵略部隊には慰労《いろう》の意味も含《ふく》めて、豪華《ごうか》な食事と休息を与えた。

俺が成すべき事は、今後の戦略立案。

とは言え、今後の行動方針や大まかな戦略に変更《へんこう》はなく、県北――能登半島完全支配が当面の行動方針となるので、特に時間を費やして悩む必要は無い。

強《し》いて知りたい情報があるとすれば……

「カノン！」

「はぁい」

俺はカノンを呼び寄せると、カノンは当たり前のように俺の肩《かた》へと座《すわ》る。

「近隣《きんりん》でドワーフ種の魔王……しかも錬成《れんせい》特化の魔王がいないか調べてくれ」

「さっきのヤタロウさんの話ですねぇ？」

「そうなるな」

ヤタロウ曰《いわ》くドワーフはアイテムを錬成、強化出来るらしい。ならば、ドワーフ種の魔王ならば、配下にしても錬成が出来る可能性は高い。俺が錬成するよりも質が高く、ＣＰの節約にも繋がるのであれば、是非《ぜひ》とも配下に迎《むか》え入れたい。

「シオンさん？」

「何だ？」

「情報収集に眷属《けんぞく》にした人類も使っていいですかぁ？」

「土いじりをしているあの連中か？」

「はい。ゴブリンさんとかは機械を使うのが苦手なので……」

「別に構わないが……奴《やつ》らがスマホを触《さわ》る前に、俺に連絡《れんらく》しろ」

「はぁい」

眷属にして配下にした人類や、カノンやヤタロウのように《降伏》によって配下にした元魔王は、俺の命令には逆らえず、生殺与奪《せいさつよだつ》権も俺の手中にあるが……自由意志はある。外部との連絡が出来るツール——スマートフォンを渡すことはリスクが生じる。人類への密告や本人には悪気の無いＳＮＳでの暴露《ばくろ》などを事前に防ぐ必要があった。

カノンから連絡を受けた俺は、人類へと命令を下した。

——カノンから指示された用途以外でのスマートフォンの操作を一切《いっさい》禁じる！

これで、奴らは検索以外の操作は一切《いっさい》出来なくなる。

本当に人類を配下にすると苦労しか生じない……。眷属にするための苦労に対して、割が合わないと感じるのであった。

カノンに指示を出した俺は、余った時間を『ラプラス』に費やすことにした。

スマートフォンを操作して、『ラプラス』にログインをする。

『シルバー』会員になり開示された情報は、『ブロンズ』会員の時と比べて倍以上に増えていた。

例えば……種族別の創造出来る配下の一覧が開示されていた。試しに『吸血種』の項目を選択すると、Ｂランクで創造出来るようになった『ダンピール』が記載されている。『龍種』と『堕天種』は、『情報をお待ちしております』と記載されており、相変わらず謎《なぞ》めいていた。他にも、錬成Ｂまでで錬成出来るアイテム各種が種別で開示されていたり、ステータスのランクが上がるのに必要なＢＰなども開示されていた。

カノン――知識特化の存在意義は……？

――？

俺がカノンだったら、泣いていた。『ラプラス』を作成した管理人を憎悪《ぞうお》しただろう。

何気なく、目にとまったステータスのＢからＡにランクアップさせるのに必要なＢＰを、二度見する。

『ランクアップに必要なBP。

E→D　2

D→C　5

C→B　10

B→A　30』

Ｂ→Ａにランクアップする為に必要なＢＰは、カノン曰く50だよな？

俺《おれ》はカノンのスマートフォンに電話を掛ける。

『はぁい。何でしょうかぁ？』

「ステータスのランクで、ＢからＡにランクアップさせるのに必要なＢＰは？」

『50ですよぉ』

「間違いないか？」

『はい。知識をBに成長させた時に得た知識ですよぉ』

俺はカノンとの通話を終了《しゅうりょう》させる。

『ラプラス』に記載されている情報と、カノンから得た情報に差異が生じた。どちらが正しいのだろうか？　……カノンだよな。

カノンの生殺与奪権は俺が握っており、俺のミスはカノンの生命の危機に直結する。

『ラプラス』には虚偽の情報も記載されている……？　『ラプラス』の信頼性《しんらいせい》が一気に傾いた。

俺は『ラプラス』に記載された情報を事細かく確認する。

『当サイトの情報は会員様より寄せられた情報となります。真偽《しんぎ》については一切の責任を負いません。虚偽の報告を発見された会員様は、虚偽の情報が記載されたページの下部にあるコメント欄《らん》にご記入願います。管理人が確認後修正致します』

他には……

『故意に虚偽の報告をされた会員様、もしくは他者を貶《おとし》めようとした情報を発信した会員様はアカウントを凍結させて頂きます。上記は、他の会員様の通報によって精査させて頂きます。上記の件がございましたら、管理人までメッセージをお願いします。尚、虚偽の通報も同様にアカウントを凍結致します』

ここの管理人、性格悪いな……。

ステータスのランクをB→Aに成長させるBPが誤っていると気付いた会員は、全員が閲覧出来るコメント欄にその旨《むね》を書き込むことが出来る。もしくは、管理人に通報することがある。

俺は、B→Aに成長させるBPの情報が虚偽であると知っている。しかし、それを全員が閲覧出来るコメント欄に書き込むか？ と言われれば、答えは否《ノー》だ。わざわざ敵に正しい情報を教える必要はない。同様に通報をする気にもなれない。

仮にBP30まで振《ふ》ってAにならない魔王がいたらどうなる？

怒《いか》り狂《くる》うだろう。但し、この情報は虚偽だ！ と申告《しんこく》するだろうか？ 俺なら、同じ過《あやま》ちを犯す魔王が現れることを期待する。自分一人が騙《だま》されるというのは癪《しゃく》だからな。

何より『ラプラス』のたちが悪いのは、真実95に対して虚偽が5ほどしか混ざっていない。虚偽は判別しづらく、真実も多いので知識B未満の魔王から見たら有用なサイトなのだ。

後でカノンに『ラプラス』に記載された情報の精査をさせる必要があるな。

俺は虚偽が混ざっていると言う時点で、情報の閲覧をやめた。そして、『ラプラス』に参加した本命——掲示板を覗くことにした。

スレッドの数が多いな……。ヤタロウから百以上と聞いていたが、過去スレッドを合わせれば、百は優に超えている。

書き込み数が一番多いスレッドは——『魔王総合スレ276』。他にも、種族別のスレッド『魔王（吸血種）総合13』。支配領域の数によって棲《す》み分《わ》けられた『上流魔王の集《つど》うスレ1』、『中流魔王の集うスレ3』、『【俺たちの戦いは】底辺魔王が集うスレ67【これからだ】』。ヤタロウお薦めの『【排出率】乱数創造42【表示しろ】』や、『妖精種《ようせい》を愛《め》でるスレ』、『配下と結婚《けっこん》してもいいよな？』などの変わり種のスレッドなど、様々なスレッドが乱立していた。

注意事項《じこう》を見ると、掲示板への書き込みは自由。但し、相手及び自身の特定を匂わせる書き込みは禁止されていた。

特定を匂わせる書き込みは禁止……？　魔王同士が結託《けったく》するのを防止しているのか？

全部のスレッドに目を通す時間はない。

俺は、参加者の多そうなスレッドを選び閲覧を始めた。

魔王《まおう》総合スレ276

1　名無しの魔王　ID：0132
■前スレ　魔王総合275
【ルール】
次スレは＞＞900
荒《あ》らしは相手にせず、運営に即《そく》通報しましょう
相手の素性《すじょう》を特定したり、自らの素性を晒《さら》すのは垢《あか》BANの対象です。自重しましょう

2　名無しの魔王　ID：0078

>>1　乙《おつ》

3　名無しの魔王　ID：0183
我、魔王ぞ！　華麗《かれい》に2ゲット！

4　名無しの魔王　ID：0069
>>3　滑《すべ》ってるぞ
>>1　乙

5　名無しの魔王　ID：0171
人類を眷属にしたけど使えない件について

6　名無しの魔王　ID：0103
>>5　敵だと厄介《やっかい》だけど、味方になるともっと厄介。それが、人類

7　名無しの魔王　ID：0098
は？　うちの主力元勇者の人類ですが？

8　名無しの魔王　ID：0132
＞＞7　魔王に寝返《ねがえ》る勇者ｗｗｗ

9　名無しの魔王　ID：0201
勇者の定義とは……

10　名無しの魔王　ID：0132
（魔王に寝返る）勇（気を持つ）者

11　名無しの魔王　ID：0128
＞＞7　勇者のレベル幾つよ？

12　名無しの魔王　ID：0078
＞＞11　特定される情報を漏《も》らすわけねーだろｗｗｗ

その後もスレッドは人類の眷属化についての議論が交《か》わされる。

382　名無しの魔王　ID：0137

人類で一番強い勢力って自衛隊？

３８３　名無しの魔王　ＩＤ：０３８２
＞＞３８２　自衛隊も地域によるだろ？　横浜《よこはま》と北海道の自衛隊はやばいらしいな

３８４　名無しの魔王　ＩＤ：０２９３
俺の地元だけなのか？　学生連中もヤバいぞ？

３８５　名無しの魔王　ＩＤ：０２４３
＞＞３８４　地元どこよ？　垢ＢＡＮされない程度で情報希望

３８６　名無しの魔王　ＩＤ：０２９３
＞＞３８５　関西、近畿《きんき》地方とだけ

３８７　名無しの魔王　ＩＤ：０３０２
＞＞３８６　関西、近畿地方なら８９３もヤバくね？　無駄《むだ》に連携《れんけい》取れてて手強《てごわ》いわ

３８８　名無しの魔王　ＩＤ：００１９

俺の地元の最強の人類が小学生の件

389　名無しの魔王　ID：0154
この書き込みは規定により削除《さくじょ》されました

390　名無しの魔王　ID：0132
特定の地名だしたら垢BANだぞ
1くらい読んでから書き込め

391　名無しの魔王　ID：0412
＞＞390　特定の地名書いたら一発でBAN？

392　名無しの魔王　ID：0132
お⁉　400番台。新入りか。
都道府県を書き込むと、削除対象だな。削除されすぎると垢BANだ。
町名まで書いたら一発でBANだな。気を付けろよ、新人

393　名無しの魔王　ID：0027

気を付けろよ、新人ｗｗｗ
デター！　新入りに先輩風吹《せんぱいかぜふ》かす魔王！

３９４　名無しの魔王　ＩＤ：００２７
＞＞３９２　先輩ちーーーっす！ｗｗｗ

その後、スレッドは罵《のの》り合いへと発展する。

とりあえず、このスレッドを見て分かった事は……特定の地名を書き込んだらアカウントは削除される。都道府県はダメだが、地域ブロックは大丈夫《だいじょうぶ》のようだ。他にも、実際に俺が多用していた匿名掲示板《とくめいけいじばん》とは異なりＩＤがかなり簡略化されている。恐《おそ》らく『ラプラス』に参加した順番で番号が振られているのだろう。
『ラプラス』には現在使用しているスマートフォンからのみ、閲覧・書き込みが出来る。ＩＰをずらしてＩＤを変更するといった、自作自演による情報操作は難しい仕様になっていた。
俺は次なるスレッドを閲覧することにした。

魔王（吸血種）総合13

101　名無しの吸血鬼《きゅうけつき》　ID：0072
なぁ、処女の血って美味《おい》しいのかな？
普通、吸血鬼なら眷属にするのは血を啜《すす》る行為《こうい》だろ？
何で、こちらの血を与える仕様なんだ……

102　名無しの吸血鬼　ID：0167
＞＞101　HENTAI吸血鬼さんチーッす！

103　名無しの吸血鬼　ID：0072
HENTAI？　むしろ、吸血鬼のあるべき姿だろ？

104　名無しの吸血鬼　ID：0211
＞＞101　吸収したことはないのか？

105　名無しの吸血鬼　ID：0072
＞＞104　あるに決まってるだろ

106　名無しの吸血鬼　ID：0211

ダンピール♀を吸収したことは？

107　名無しの吸血鬼　ID：0072
日課だが？

108　名無しの吸血鬼　ID：0167
やっぱり、HENTAIじゃねーか……

109　名無しの吸血鬼　ID：0211
ダンピールは創造された存在……産まれたての存在だ
つまり……後は、言わなくてもわかるな？

110　名無しの吸血鬼　ID：0072
＞＞109　貴方《あなた》が神か⁉　ありがとう、ありがとう……
これからも毎日モモの血を啜って生きていくよ

111　名無しの吸血鬼　ID：0167
紛《まご》う事なきHENTAIじゃねーか……

このスレッドからは有益な情報は得られなかった。

その後、『上流魔王の集うスレ1』、『中流魔王の集うスレ3』、『【俺たちの戦いは】底辺魔王が集うスレ67【これからだ】』に目を通す。

このスレッドの分類によれば、上流魔王とは50以上の支配領域を支配する魔王を指すようだ。中流魔王は10~49の支配領域を支配する魔王。支配する支配領域の数が5未満の魔王は底辺魔王に分類されていた。

ってことは、俺は上流魔王になるのか。

上流魔王の資格を持つ魔王って何人いるんだ？　50以上の支配領域って、その時点で特定出来るんじゃね？

上流魔王の集うスレ1

1　名無しの上流魔王　ＩＤ：０００７
支配する支配領域が50を超えた魔王のみが閲覧《えつらん》、書き込みが出来るスレッドです
上記の条件に満たない魔王は即座《そくざ》に退去願います
我々は選ばれた魔王です。自己の特定に繋がる発言にはくれぐれも注意しましょう

上流魔士らしい議論を期待しています

2　名無しの上流魔王　ＩＤ：０００7
私以外の上流魔王はいますか？

3　名無しの上流魔王　ＩＤ：０1０9
＞＞2　そんな厳しい条件クリア出来る魔王はいねーよ！
無駄なスレッド立てるな！

4　名無しの上流魔王　ＩＤ：０００7
＞＞3　はて？　貴方は上流の資格を満たしていないと？
1も読めない程《ほど》低脳なのですか？
私の調べでは、国内に上流の資格を満たしている魔王は20人以上いますよ

5　名無しの上流魔王　ＩＤ：０1０9
仮に20人いても、全員がラプラスに参加してる訳ねーだろ！

6　名無しの上流魔王　ＩＤ：０００7

さては、底辺の魔王の方ですか？　早く巣にお帰りなさい

7　名無しの上流魔王　ＩＤ：００５６
だな。＞＞５はさっさと底辺魔王スレに帰りな

8　名無しの上流魔王　ＩＤ：０００７
＞＞７　おや？　貴方は？

9　名無しの上流魔王　ＩＤ：００５６
＞＞１　スレ立て乙
１の条件を満たしている魔王だ。宜《よろ》しく頼《たの》む

10　名無しの上流魔王　ＩＤ：００１３
２人以上集まったなら俺も参加しよう

その後も上流魔王を名乗る魔王が次々と現れる。

78　名無しの上流魔王　ＩＤ：０００７

そういえば、支配領域50を超えた記念に貰《もら》えたボーナスは何を選びました？
私は剣を選びました。槍《やり》にするか悩んだのですが、やっぱり王道は剣ですよね

79　名無しの上流魔王　ID：0209
俺は槍だな

80　名無しの上流魔王　ID：0129
弓だな

その後も武器の種類の書き込みが続く。

128　名無しの上流魔王　ID：0007
ID：209、129、87、54、183、291、305、243、90、161、220、38、177、329、193、309、238は上流魔王ではありませんね
一応、管理人には通報しておきます。金輪際このスレッドには来ないで下さい

ブラフの情報で偽者《にせもの》を釣《つ》ったのか。
ID：0007は知恵《ちえ》が働くようだ。その後も真偽を混ぜた書き込みで偽者をあぶり出し、

最終的に上流魔王スレッドに残った魔王は８人にまで絞《しぼ》られた。

１９２　名無しの上流魔王　ＩＤ：００１３
ここのスレッドの住人増えないな

１９３　名無しの上流魔王　ＩＤ：００５６
条件が厳しいからな

１９４　名無しの上流魔王　ＩＤ：０１１５
実際に国内で上流の資格を持つ魔王って何人いるんだ？

１９５　名無しの上流魔王　ＩＤ：０１５９
私調べになりますが、37人ですね

１９６　名無しの上流魔王　ＩＤ：００３１
イッコクさん調べでしたら信憑性《しんぴょうせい》がありますね

１９７　名無しの上流魔王　ＩＤ：００７７

37人中８人が集まっているのね

１９８　名無しの上流魔王　ＩＤ：０００７
全体の21％ですか。管理人にはスカウトをもう少し頑張《がんば》って欲《ほ》しいですね

１９９　名無しの上流魔王　ＩＤ：００２７
21％もいれば上等だろｗｗｗ

上流魔王スレッドは、書き込む魔王が少ない為《ため》か、全員が顔見知りのような関係性になっていた。


さて、どうする？　俺もこのスレッドに参加すべきか？

俺は参加した場合と、傍観《ぼうかん》した場合のメリットとデメリットを計算する。

このスレッドに参加している魔王が全員……本当に50以上の支配領域を支配している魔王なら、メリットの方が大きいか？　デメリットは……馴《な》れ合《あ》いが面倒《めんどう》な程度か？

俺は意を決して、掲示板《けいじばん》への書き込みを開始した。

２００　名無しの上級魔王　ＩＤ：０５３６
諸先輩方、初めまして

201　名無しの上級魔王　ID：0013
お？

202　名無しの上級魔王　ID：0115
お？

203　名無しの上級魔王　ID：0077
お？

204　名無しの上級魔王　ID：0027
サティとイイコがケコーンと思ったらｗｗｗ
ナナも絡《から》んで重婚《じゅうこん》かよｗｗｗ

205　名無しの上級魔王　ID：0007
＞＞200　失礼ですが、＞＞1はお読みですか？

206　名無しの上級魔王　ID：0536

目を通した上で参加しているが？
俺にも何かテストでもするか？

２０７　名無しの上級魔王　ＩＤ：０００７
今回の新入りは大した自信家のようですね
そうですね……上級魔王なら統治は上手《うま》くいっていますか？

２０８　名無しの上級魔王　ＩＤ：００２７
セブンの新入りイビリキターｗｗｗ

【統治】……レベルが10に成長した時に覚えた特殊能力――【統治】を指しているのだろうか？

レベル＝支配領域の数とは言い難いが、レベル10未満で上級魔王もあり得ないかもな。

２０９　名無しの上級魔王　ＩＤ：０５３６
残念ながら統治は未経験だ
今は周囲の同業者と競《きそ》うのに夢中だな

２１０　名無しの上級魔王　ＩＤ：０００７

なるほど。＞＞２０９は上級魔王の資格を有しているようですね

２１１　名無しの上級魔王　ＩＤ：００１３
ってことは、久々の新入りだ

２１２　名無しの上級魔王　ＩＤ：００５６
恒例《こうれい》の名付けでもするか

２１３　名無しの上級魔王　ＩＤ：００２７
名付けなら俺の出番だなｗｗｗ
えっと……ゴッサムか、サブローだなｗｗｗ

２１４　名無しの上級魔王　ＩＤ：００２７
いや、選択《せんたく》の余地はねーなｗｗｗ
＞＞２０９はサブローで決定だなｗｗｗ

２１５　名無しの上級魔王　ＩＤ：００５６
ニーナ、連投するなよ

サブロー？　俺のユーザーネームがバレているのか？

２１６　名無しの上級魔王　ＩＤ：０００７
サブローさん、突然《とつぜん》の展開に驚《おどろ》かれましたか？
実は上級魔王の資格を有する魔王は少なく、書き込む者は限られています
だから、ニーナ……ＩＤ：００２７の提案で、仮の呼び名を作っています

２１７　名無しの上級魔王　ＩＤ：００５６
実際の名前は名乗れないからな
因《ちな》みに、俺はゴローだ

２１８　名無しの上級魔王　ＩＤ：００１３
私はサティだ

２１９　名無しの上級魔王　ＩＤ：０１１５
イイコだ……。クソッ！　変な名前を定着させやがって

220　名無しの上級魔王　ＩＤ：０１５９
イッコクです。ハンドルネームみたいなモノですね

221　名無しの上級魔王　ＩＤ：００３１
サイです。サブローさんよろしくお願いしますね

222　名無しの上級魔王　ＩＤ：００７７
ナナよ。よろしくね

223　名無しの上級魔王　ＩＤ：０００７
セブンです。下界で会えば殺し合う仲となりますが、『ラプラス』の中ではよしなにお願いしますね

224　名無しの上級魔王　ＩＤ：００２７
ニーナだｗｗｗ　一番イカす名前だろ？ｗｗｗ

上流魔王スレッドに常駐《じょうちゅう》する８人の魔王が次々と仮の名前を名乗る。
ここまで見れば、俺でも気付く。ＩＤの番号を捩《もじ》っただけの単純なネーミングだ。

ってか、俺の意思を無視してこいつら……俺の名前をサブローに定着させやがった。まだ、ゴッサムの方がマシだったのに……。

まぁいい。仮初《かりそ》めのどうでもいい名前だ。

225　名無しの上級魔王　ID：0536
サブローだ。新参者だが、宜しく頼む

俺は結局サブローと言う不名誉《ふめいよ》なハンドルネームを受け入れた。

226　名無しの上流魔王　ID：0007
よろしくと言われても、この掲示板は性質上誰《だれ》にでも閲覧が可能です
皆が望むような密な議論はないですよ

227　名無しの上流魔王　ID：0056
鍵《かぎ》付きの掲示板実装しろよな

228　名無しの上流魔王　ID：0031
管理人さんが魔王同士の結託を望んでいないので、無理っぽいですよね

２２９　名無しの上流魔王　ＩＤ：００７７
精々、書き込むのは中身の無い雑談だけね

２３０　名無しの上流魔王　ＩＤ：００２７
別にスペシャルな情報をぶちまけてもいいいんだぜｗｗｗ

２３１　名無しの上流魔王　ＩＤ：０１５９
そんな不用意な魔王なら、この場に参加出来ないですよｗ

意を決して参加した上流魔王スレッドの掲示板であったが、特に得るものはないようだ。強《し》いて言えば、『ラプラス』に参加している魔王の数が５３６人以上と言うのがわかっただけだ。

その後も俺は各種スレッドを流し読みしたが、カノンから得られる知識以上の貴重な情報は無かった。雑談が主体である為、侵略《しんりゃく》してくる人類のトレンドや、魔王のトレンドは幾《いく》つか掴《つか》むことは出来た。

参加している魔王は多いから……今後も定期的に確認《かくにん》だけはするか。

得るものは少なかったが、時間だけはかなり浪費《ろうひ》していたのであった。

《擬似的平和《ぎじてき》》残り3時間。

「シオンさ～ん！　お目当ての魔王を発見しましたよぉ」

カノンが満面の笑《え》みを浮《う》かべて駆《か》け寄《よ》ってくる。

「お目当ての魔王……？　あぁ、錬成《れんせい》特化のドワーフ種か」

「はい！　って、シオンさんが探せって言ったのですよぉ」

カノンは俺へと頬《ほお》を膨《ふく》らませて抗議《こうぎ》する。

「で、その魔王はどこにいる？　レベルは？　支配している支配領域の数は？」

「ドワーフの魔王は羽咋市《はくいし》にいますぅ。能美市にもいましたが……羽咋市の方がいいですよね？」

「そうだな」

羽咋市は俺の支配領域から北に位置する地域だ。侵略方向とも合致《がっち》している。対して能美市は俺の支配領域から南に位置する地域だ。今は、南へと支配領域は拡大させたくない。

「レベルは不明ですが、目的情報から推測ではダーインスレイブとボルケーノと思われる武器が確認されていますぅ」

ダーインスレイブはリナに渡《わた》したユニークアイテムの剣《けん》だ。ボルケーノは炎《ほのお》のように燃え盛るユニークアイテムのハンマーだ。共に錬成Bで錬成可能になるアイテムだった。

「支配している支配領域の数は？」

「3つですねぇ。規模は小さいですが、ハザードランクはAと羽咋市では難攻不落《なんこうふらく》で有名な支配領域みたいですよぉ」

「そういえば、ドワーフは錬成が得意なだけじゃなくて、頑丈《がんじょう》だったか？」

「お⁉　よくご存《ぞん》じですねぇ」

俺は先程《さきほど》『ラプラス』で閲覧した『【その槌《つち》に】魔王（ドワーフ種）総合３【魂《たましい》を込めろ】』の内容を思い出す。

ドワーフは相対的に耐久性《たいきゅうせい》と腕力《わんりょく》に優《すぐ》れるが、遠距離《えんきょり》攻撃《こうげき》――特に魔法攻撃を苦手としていた。防衛には優れた配下だが、侵略を仕《し》掛《か》けると遠距離攻撃でボコボコにされると嘆《なげ》いている書き込みが幾つもあった。

――カエデ、来い。

俺《おれ》は念話でカエデを呼び寄せる。

「ん。何？」

すると、カエデは10秒と経たずに姿を現した。

俺は地図を広げて、カノンから聞いたドワーフの魔王が支配する支配領域の場所を指差す。

「この近辺の支配領域を調査してくれ」

「ん。わかった」

俺の支配領域からドワーフの魔王が支配する支配領域までの距離《きょり》はおよそ30㎞。直線距離で進んでも、到着《とうちゃく》するまでには11の支配領域が立《た》ち塞《ふさ》がり、満遍《まんべん》なく円を広げるように侵略をするとなると30以上の支配領域を侵略する必要があった。

近隣《きんりん》の支配領域の調査はすでに終わっているが、羽咋市周辺の支配領域の情報は不明確だ。俺自身は、県内で最大規模の勢力を誇《ほこ》ってはいるが、どこで足をすくわれるかわからない。その為、カエデには先行しての調査を命令することにした。

「あ。無理」

来たときと同じようにスッと消え去ったカエデが、再び姿を現す。

「無理？」

「シオン様の配下になったから、支配領域の外には出られない」

そういえば、カエデの眷属化《けんぞくか》がまだだった。

俺はＣＰが最大値に回復するまで、カノンと雑談をしながら時間を潰《つぶ》すのであった。

第四話

ヤタロウを配下に加えてから２週間が経過した頃《ころ》。

俺は経験値稼《かせ》ぎを目的に、本日はリナの部隊に参加し支配領域の侵略を満喫《まんきつ》していた。

「日光には慣れたか？」

「慣れたと言えば、慣れた。相変わらず、怠《だる》いけどな」

憎《にく》き紫外線《しがいせん》をまき散らす太陽光の下、隣《となり》を歩くリナが俺へと声を掛《か》ける。

当初は屋内型――所謂《いわゆる》ダンジョンタイプの支配領域の侵略のみに参戦する予定だったが、如《い》何《かん》せんダンジョンタイプの支配領域は少なかった。日光の下であっても肉体はCランクだ。格下であれば十分に通用すると気付いた俺は、入念に調査をした支配領域に限り屋外でも参戦することにしていた。

気持ちの問題となるが、今までは夜が普通《ふつう》で昼は絶望といった精神状態であったが、今では夜は調子が最高潮で昼は絶不調程度までに気分を捉《とら》えられるようになっていた。

現在侵略している支配領域は、獣《けもの》種の魔王が支配しており、一面が荒廃《こうはい》した市街地をモチーフとした支配領域であった。

「ここの魔王には勧告《かんこく》をするのか？」

「最初に一言だけ促す予定だ」

魔王《まおう》は創造出来る配下と違《ちが》い臨機応変且《か》つ能力は高いが、配下に加えるのは非常に困難であった。《降伏《こうふく》》の仕様を知らなければ、【真核《しんかく》】を差し出せと伝えても、首を横に振《ふ》る魔王がほとんどだ。仮に知っていたとしても、生殺与奪《せいさつよだつ》権を奪《うば》われ、絶対服従となる立場は奴隷《どれい》と変わらないと断る魔王がほとんどであった。

「そういえば、ドワーフの魔王が仲間になれば武器の改良が可能になると言うのは、本当か？」

「例のサイトで調べた情報によると、ある程度の改造は可能らしいな」

「フフッ。羽咋市の魔王を仲間に加える日が楽しみだな」

「リナは武器を改造したいのか？」

「柄の長さと厚み……後は切れ味を損《そこ》ねない程度にもう少し軽量化が出来れば最高だな」

「そこまで細かい注文が出来るのかは不明だが、早く配下には加えたいな」

「シオンも色んな槍を触《さわ》って自分に合う槍の形を模索《もさく》してみるといい」

「今度、やってみるか」

武器について語るリナの口調は少し興奮しており、珍《めずら》しく雄弁《ゆうべん》であった。

「その為にも、羽咋市までの道を切り拓《ひら》くとしよう！」

「そうだな」

熱く語るリナに相槌《あいづち》を打っていると……。

――～♪

俺のズボンのポケットから軽快な音楽が流れ出す。

電話？　俺に電話をしてくる可能性があるのは、隣を歩くリナ、クロエの部隊に所属するブルー、先の拠点《きょてん》を偵察《ていさつ》しているカエデ、支配領域で留守番をしているカノンとヤタロウの５人だけだ。

サブロウにはメッセージのみがやり取り出来るＳＮＳのアカウントのみを教えているが、送られてくる内容が余りに幼稚《ようち》なので、ブロックしてある状態だ。

誰だ？　緊急《きんきゅう》時以外は電話を掛けてくるなと伝えていたはずだが……。

俺はポケットからスマートフォンを取り出して、画面に映し出された名前を確認する。

ヤタロウ……？

ヤタロウと同じ空間で《乱数創造》をする日は毎月７日と決めてある。今日は24日。《乱数創造》以外に用事があるとすれば……。

俺は慌《あわ》ててスマートフォンを操作して、着信に応じる。

「シオンだ！　緊急事態か⁉」

『侵略中に申し訳ない。ヤタロウじゃ。緊急と言えば、緊急事態じゃな』

「何があった？」

『強大な敵——魔王が小矢部市の方面から侵略してきたのじゃよ』

——⁉

魔王が攻《せ》めてきた？　支配領域に攻め入《い》れる魔王、言《い》い換《か》えれば支配領域の外に出られる魔王となる。それが可能となるのはレベルが10以上に成長した魔王のみだ。

「状況《じょうきょう》は？」

『現在2階層を攻略《こうりゃく》中じゃ。イザヨイ、サブロウ……そして儂《わし》と、全戦力を投入すれば防衛することは可能と思うのじゃが……シオン様の意向を聞こうと思ってのぉ』

ヤタロウに防衛を任せたのは正解だった。ヤタロウが聞きたい俺の意向とは――配下に加えるか否《いな》か。

ヤタロウは防衛をするだけでなく、戦力の拡大にまで気を配っていた。

「眷属とサブロウを投入しない場合、どれくらいもつ？」

『眷属もサブロウも投入しないのであれば、十日じゃな。但《ただ》し、多くの配下を失うことにはなるかも知れん』

「俺が創造出来る配下のみで防衛した場合は？」

『リビングメイルとダンピール、それに大量のグール、ジャイアントバット、ゴブリンを投入しても八日じゃな』

「予備は十分か？」

『他の支配領域を守るのも前提にした日数じゃ』

「流石《さすが》だ」

俺は現状とヤタロウから聞いた情報を頭の中で整理する。

現在俺がいるのは7階層構造の支配領域の3階層。強行軍で進めば四日もあれば、支配領域を支配することが出来るだろう。仮に引き返したとしたら二日で支配領域から脱出《だっしゅつ》することが出来る。

侵略してからでも間に合うな。

いや、待てよ……。仮に侵略を成功させたとして、現在侵略中の支配領域の魔王は他にも支配領域を1つ支配している。つまり、《擬似的平和》は発生しない。そこは問題ないが……小矢部市から攻めて来ている魔王はレベル10以上――強敵と推測出来る。

万全《ばんぜん》の準備を整えるべきか？

眷属化を迫《せま》るにしても、圧倒的《あっとうてき》な優位性を示す必要はある。となれば……。

「ヤタロウ。五日間死守せよ。犠牲《ぎせい》となる配下の数は最小限に抑《おさ》えて、五日目に十二階層に到着するように調整してくれ」

『ふぉっふぉ。また、難しいご注文を……とは言え、命令とあらば果たすとするかのぉ』

「任せたぞ」

『成功した暁《あかつき》には《乱数――》』

ヤタロウとの通話を切断し、リナたちに命令を下す。

「この支配領域を4日以内に支配する！　敵を無理に殲滅《せんめつ》する必要は無い、侵略速度重視で攻めるぞ！」

「「「ハッ！」」」

経験値稼ぎの観点から全《すべ》ての敵を排除《はいじょ》する方針で侵略していたが、方針を切《き》り替《か》え速度重視で侵略を開始するのであった。

◆

四日後の夜間。

──《偃月斬》！

【真核】を守護していた敵の眷属を斬《き》り捨《す》て、【真核】を確保。支配領域の支配をすぐさま完《かん》了《りょう》させた俺はリナたちと共にヤタロウの待つ第一支配領域の最奥《さいおう》へと《転移》した。

「お!? 戻《もど》ったか」

「思ったよりも時間を食った。それで、首尾《しゅび》は？」

「ターゲットは現在21名で第四十二支配領域の十一階層を侵略中じゃ」

俺はスマートフォンを操作し、四十二支配領域のライブ映像を確認する。

「敵の首領はダークエルフ……？」

「見た限りはそうじゃのぉ……但し、クロエ氏と比べると魔《ま》法《ほう》の扱《あつか》いに長《た》けておるのぉ」

魔力《まりょく》特化のダークエルフ？　レベル10になったエルフが進化出来る種族を全て知っている訳ではないが……魔力特化ならダークエルフ以外の選択肢《せんたくし》は無かったのか？

「リナ、連戦はいけそうか？」

「今すぐか？」

「いや、12時間ほど経《た》ってからだ」

「ならば、問題はない」

支配領域の侵略を終えたばかりのリナに確認すると、リナは力強い言葉で返事をする。

「第四十二支配領域の行き方は……」

「第四支配領域経由で《転移》は可能じゃな」

現状、第一支配領域からは全ての支配領域へと《転移》が出来るように【転移装置】を設置してある。但し、直通では第一支配領域の安全性が損なわれるので、安全領域の支配領域を経由して繋《つな》げてある。通常時であれば、最奥まで敵に侵略されたら第四支配領域から【支配領域創造】を行い【転移装置】を削除《さくじょ》。これにより、安全性と利便性を確保していた。

このノウハウは『ラプラス』の掲示板から得たモノであった。

「イザヨイ、サブロウ――敵を迎《むか》え撃《う》つぞ」

「お任せ下さいませ」

「我《わ》が深淵《しんえん》の恐怖《きょうふ》をシオン様とカノンたんにお見せしよう」

同じ部屋に控《ひか》えていた2人の吸血鬼《きゅうけつき》は自信に満《み》ち溢《あふ》れた表情で答える。

「ヤタロウ。主力部隊を第四十二支配領域へと転移させてくれ」

「了解《りょうかい》ですじゃ」

ヤタロウは恭《うやうや》しく頭を下げる。

「目的は侵略者《しんりゃくしゃ》の首領――魔王の確保！　他にも目につく魔物《まもの》がいたら、可能な限り生け捕《いど》りにしろ！　それでは……行くとするか」

「「「ハッ！」」」

高い士気を有した配下を引き連れて、第四十二支配領域へと移動した。


第四十一支配領域に転移してから15時間。

リナたち侵略メンバーには十分な休息を与《あた》え、俺はカノンとヤタロウと共にスマートフォンに映る侵略者の様子を確認し、戦力分析《ぶんせき》を行っていた。

「仮に侵略者がダークハイエルフとして、あそこまで多様な魔法を扱えるのか？」

戦力分析をするために侵略者には多種にわたる配下を差し向けたが、グールは炎で焼かれ、スライムは氷で凍《こお》らされ、ウルフの群れは広範囲《こうはんい》の雷《かみなり》に打たれ、空を飛ぶジャイアントバットは風の刃に切り裂《さ》かれた。

俺にはどうしても画面に映るダークハイエルフと思われる魔王が、クロエと同じ系統の種族には思えなかった。

「うーん……ダークハイエルフは炎と闇《やみ》の魔法の扱いに優れ、弓と短剣《たんけん》も扱えるハイブリッドな存在、らしいのですがぁ……」

俺の問《と》い掛けにカノンが自信なさげに答える。

「エルフ種の魔王が進化出来る種族は、他に何があった？」

「えっとぉ……私の知識と『ラプラス』に掲載《けいさい》された情報によると……エルフ種の魔王がレベ

ル10に成長したら進化出来る種族はエルフの上位互換《ごかん》『ハイエルフ』、元素魔法に優れた『エレメントエルフ』、弓と短剣の扱いに優れた『ハンターエルフ』、噂《うわさ》では魔《ま》法剣《ほうけん》が扱える『エルフロード』、ハイエルフと対を成す『ダークハイエルフ』ですねぇ」

「その情報が正確なら、侵略者は『エレメントエルフ』だよな？」

「そうですねぇ……。ダークハイエルフなら闇魔《やみま》法《ほう》を多用すると思いますぅ」

俺とカノンは互《たが》いの言葉を確認しながら首を傾《かし》げる。

「シオン様！　我《わ》が輩《はい》、敵の正体がわかったかも知れませぬ」

「ん？　言ってみろ」

後ろからスマートフォンの画面を覗《のぞ》いていたサブロウから声を掛けられる。

「ギャル？」

「シオン様はギャルという存在をご存じか？」

「左様。若い女子の一部で流行《はや》っている……存在です。一見すると、我が輩とは相容《あいい》れぬ存在ではありますが、話してみると意外にいい奴《やつ》でそのギャップに萌《も》え――」

――黙《だま》れ！

侵略者と相対するまで、残り3時間を切っていた。そんな差《さ》し迫った時間に、サブロウの性《せい》癖《へき》を聞く時間など1秒もない。

「キモいですぅ……」

「すまん。サブロウの言葉に耳を傾《かたむ》けたのは、俺のミスだ」

ドン引きするカノンに、俺は素直《すなお》に自分の非を認める。

「――な⁉　ち、違いますぞ⁉　我が輩の操はカノンたんに――」

――《ファイヤーボール》！

尚《なお》も戯《ざ》れ言《ごと》を言おうとするサブロウを物理的に黙らせる。

とりあえず、外見から推測される侵略者の情報と、戦闘《せんとう》風景から得られた侵略者の情報。異なる2つの情報を頭に叩《たた》き込み、戦闘に備えた。

2時間後。

侵略者たちは十二階層へと到着。俺たちは十二階層の中間部分にあたる開けた空間に陣《じん》を敷《し》いて、侵略者を待ち構えた。

防衛側の最大の利点は――数。

侵略者とは違い、数が制限されていないことが最大の利点だ。

しかし、今回の侵略者は広範囲の魔法を扱える。下手にグールの大軍を布陣《ふじん》しても、一掃《いっそう》される危険がある。今回は、俺、イザヨイ、サブロウ、ヤタロウを中心に、魔法防御《まほうぼうぎょ》に優れたアイテムを装備したリビングメイルを配置。その他に機動性に優れたウェアウルフをリビングメイルの背後に、魔法を攪乱《かくらん》させるジャイアントバットを後方に配置した。リナたちは万が一の為のバックアッパーとして、後方に配置した。

スマートフォンで確認する限り、侵略者と相対するまでおよそ5分。

俺は手にしたゲイボルグを強く握《にぎ》り締《し》め、魔王アリサ以来となるレベル10超《ご》えの魔王を待ち構えた。

そして、前方の通路から21名の侵略者が姿を現した。

「え⁉　ちょ⁉　マジありえんてぃ！」

「姫《ひめ》！　お下がり下さい！」

先頭を歩いていた褐色《かっしょく》のエルフが、陣を敷いて待ち構えていた俺たちの姿を見て、驚きの声をあげると、白銀の鎧《よろい》を着込んだ美麗《びれい》のエルフが褐色のエルフを守るように剣を構える。

「初めまして。俺の名はシオン。この支配領域の主だ」

「やばばばぁ⁉　魔王？　さげぽよ」

……？　あいつは魔王だよな？　言葉の一部が不明確なのだが……クロエを《吸収》して言語能力を得るべきだったのか？

「無駄《むだ》な争いは好まない。俺の配下に下るなら、相応の待遇《たいぐう》を約束するが……どうする？」

「俺の配下……？　あははっ！　マジありえんてぃ。戦う前から無理言うなし」

褐色のエルフは楽しそうに笑い声をあげながら、明確な否定の言葉を口にする。

「そうか。ならば……」

――《ダークナイトテンペスト》！

荒《あ》れ狂《くる》う闇の暴風が、褐色のエルフ率いる軍勢との開戦を告げるのであった。

「いきなり攻撃《こうげき》とか……マジ卍《まんじ》！」

「お前たち！　姫を守れ！」

「「──《マジックシールド》！」」

周囲のエルフたちが展開した魔法の障壁《しょうへき》が荒れ狂う闇の暴風を受け止める。

「わわわっ⁉　多重防壁《ぼうへき》なのに……銀髪《ぎんぱつ》君の魔法、やばたにえん⁉」

「姫！」

「かっつん！　やっちゃって！」

「ハッ！」

「さぁやも、みっくんも、しょーちゃんも……みんな、やっちゃって～」

褐色のエルフが手に持つ杖《つえ》から炎の爆風《ばくふう》が吹《ふ》き荒れると、背後のエルフたちが輪唱するように唱えた炎の爆風が幾重《いくえ》にも重なり、荒れ狂う。

──ッ⁉

念《ねん》の為、炎《ほのお》対策のアイテムを装備して来たが……無効化までにはほど遠く、リビングメイルの背後に隠《かく》れた俺の肌《はだ》は焦《こ》がされる。

「──《ウィンドヒール》！　大丈夫《だいじょうぶ》ですかぁ？」

背後に隠れていたカノンが唱えた癒《い》やしの風が、焦がされた俺の肌を修復する。

遠距離《えんきょり》での打ち合いは分が悪すぎる。俺はジャイアントバットを投入して敵の攪乱を図《はか》ることにした。

「あいつ嫌い～。秒で殺すし」

投入されたジャイアントバットの姿を確認するや否や、放たれた風の刃がジャイアントバットの羽を切り裂く。

「イザヨイ！　サブロウ！　ウェアウルフと共に敵陣《てきじん》に切り込むぞ！」

「ハッ！」

「承知！」

「「アォーン！」」

「ヤタロウは魔法での援護《えんご》を頼《たの》む！」

「任せておけ」

俺はイザヨイとサブロウ、ウェアウルフの群れと共に侵入者《しんにゅうしゃ》へと突撃《とつげき》する。

「我が名はカイン＝サラ！　魔王サラ様の腹心也！　姫には指一本も触《ふ》れさせません！　――《エンチャントファイヤー》！」

美麗のエルフの騎士《きし》が、剣に炎を纏《まと》わせ、俺たちの行く手を阻《はば》むように立ち塞がる。

「腹心ですか……。シオン様。彼奴《あやつ》の相手は私がしても？」

「可能なら生け捕りにしろ」

「畏《かしこ》まりました」

腹心と言う言葉に触発《しょくはつ》されたのか、イザヨイが好戦的な視線を美麗なエルフの騎士――カインへと送る。

「我が名はイザヨイ＝シオン。この世の覇者《はしゃ》――魔王シオン様の腹心也。闇の深淵を教えてくれよう」

イザヨイは突撃する速度のギアを一段上げ、カインに向かって突出《とっしゅつ》する。

「むむ……。先を越《こ》されたか……」

サブロウがカインへと突出するイザヨイに恨《うら》めしい視線を送る。

荒れ狂う魔法の嵐《あらし》の中、時に身を挺《てい》したウェアウルフに守られ、時にヤタロウの魔法防壁《まほうぼうへき》に守られながら、俺の槍《やり》は侵略者へと差し迫った。

――《一閃突《いっせんづ》き》！

褐色のエルフ――魔王サラへとゲイボルグを素早《すばや》く突《つ》き出《だ》す。

「やばばばぁ⁉」

しかし、ゲイボルグは魔王サラに届く前に、近くにいたエルフが繰《く》り出した短剣に弾かれる。

「させるかっ！　――《パリング》！」

「しょーちゃん、あざまし！」

魔王サラは短剣を繰り出したエルフに軽い口調で礼を告げると、華麗《かれい》なステップで後方へと姿をくらます。

チッ！　距離を取られるのは厄介《やっかい》だ。

「サブロウ！　ウェアウルフと共に周囲のエルフを倒《たお》せ！」

「ぐへへへ……承知！　エルフの相手は任されました！」

サブロウは下卑《げび》た笑みを浮かべて、エルフたちに嘗《な》め回《まわ》すような視線を送る。

「うわっ……最高にキモいんですけどぉ」

「不審者《ふしんしゃ》め！　姫には一歩も近づかせんぞ！」

「触れると危険だわ！　炎魔法《ほのおまほう》で消毒するわよ！」

魔王サラがサブロウの笑みを見てドン引きすると、周囲のエルフたちが魔王サラを守るように武器を構える。

「こ、こやつら……我《わ》が輩《はい》をバカにしおって……。シオン様！」

「何だ？」

「こやつらを生け捕った暁には、是非《ぜひ》とも我が輩の配下に！」

サブロウが怒《いか》りに震《ふる》えながら、私利私欲に塗《まみ》れた要求を俺へと提案する。

「ヒッ……⁉」

「仮に負ける時があれば、自害せよ！」

「これは死んでも負けられないわね」

「ちょ⁉　あのＤＴプルプル震えてるんですけどぉ」

サブロウの言葉に、侵略者たちは反撃《はんげき》の意思を一層強める。

肯定《こうてい》したら敵の反抗《はんこう》する意思は高まり、否定したらサブロウのモチベーションは低下する。

何て厄介な提案を投げかけるのだ。

「実力で俺にお前の価値を示せ」

「承知！　我、疾風《しっぷう》となりて愚《おろ》かなる者を滅さん！――《ファストスラスト》！」

サブロウは刹那《せつな》の速度で抵抗《ていこう》の意思を示すエルフへと迫り、神速の刺突を繰り出す。

「――な⁉　こ、こいつ……変態なのに……強い、だと⁉」

サブロウの刺突剣に肩《かた》を貫《つらぬ》かれたエルフが苦悶《くもん》の表情を浮かべる。ウェアウルフの群れもサブロウの攻撃にリンクするかのようにエルフたちへと襲《おそ》い掛かる。

乱戦と化した前線の中、俺は魔王サラのみに意識を集中。ウェアウルフと戦闘しているエルフを掻《か》き分《わ》け、魔王サラへと差し迫る。

「接近戦とかノーサンキューだし。――《ウィンドステップ》！」

魔王サラに差し迫るも、魔王サラは脚部《きゃくぶ》に風を纏って、流れるように後方へと避難《ひなん》。一定の距離を取ると、振るった杖から紫電《しでん》を帯びた槍――《サンダーランス》を放出してくる。俺は放たれたサンダーランスをサイドステップで回避《かいひ》。その隙《すき》に、魔王サラは更《さら》に距離を離《はな》す。

クソッ！　厄介だな！　――《ダークランス》！

俺は苦《くる》し紛《まぎ》れに闇の槍を魔王サラへと放つ。

「あーしと魔法勝負するの？　あげぽよぉ。――《アースシールド》！」

闇の槍は地面から突出した土の壁《かべ》に阻まれる。俺は土の壁に視界を遮《さえぎ》られた隙を狙《ねら》い、地を蹴《け》って魔王サラへと駆け出す。

――うぉ⁉

しかし、無数の降り注ぐ炎の矢に接近を拒《こば》まれる。

――ダクエル！　矢を放て！

業《ごう》を煮《に》やした俺は、後方に控えたリナの配下――ダークハイエルフのダクエルに援護《えんご》射撃《しゃげき》の命令を下す。

「え⁉　ちょ⁉　タイマンを邪魔《じゃま》するとかマジ卍！」

ダクエルの放った矢は魔王サラの頬を掠《かす》め、魔王サラは怒りに満ちた視線をダクエルへと向ける。

視線が逸《そ》れた！　俺は一瞬《いっしゅん》の隙を見逃《みのが》さず、魔王サラへと差し迫る。

――《一閃突き》！

「痛いし！　マジピンチ！　やばたにえんなんですけどぉ」

放たれたゲイボルグの一撃《いちげき》は、魔王サラが纏っていた魔法の障壁に軌道《きどう》を逸らされ薄皮《うすかわ》一枚を切り裂くに止《とど》まる。

ようやく捉えた距離だ。この好機逃《に》がさぬ！　――《五月雨突き《さみだれづき》》！

俺は神速の刺突の嵐を魔王サラへと見舞《みま》うが……

「吹き飛《と》べぇぇえええええ！」

刺突の嵐に晒《さら》されながらも、魔王サラは上空へと上げた両手を地面へと叩きつける。

――ファイヤーブラストだと⁉

周囲に響《ひび》く爆発音《ばくはつおん》が俺の耳を劈《つんざ》き、巻き上がる爆風が俺の身を焦がす。

俺は転がりながら爆風から身を逃《のが》し、用意してあった【ハイポーション】を叩き割《わ》って全身に浴びる。

「無茶苦茶《むちゃくちゃ》するな……」

「へへっ。あーしを嘗めるなし」

爆風が収まると、魔王サラが笑みを浮かべながら佇《たたず》んでいた。

「思ったよりも強いな。レベルはいくつだ？」

「は？　女子にいきなりレベルを聞くとか、マジありえんてぃ！」

「ハッ！　そんな常識は聞いたことねーな！」

軽い雑談を交《か》わした後に、俺は再び魔王サラへと飛びかかる。

「お兄さん、肉食系？　ちょっと無理ぽよぉ」

飛び出す俺に魔王サラは嘲《あざけ》るように笑うと、無数の風の刃を解き放つ。

──《ダークストーム》！

風の刃に対抗《たいこう》して闇の風を発生させるも、魔王サラには魔力で劣《おと》るのか……一部の風の刃が闇の風をすり抜《ぬ》ける。俺は風の刃による痛みを耐《た》え抜きながら、魔王サラへと肉薄《にくはく》する。

「接近はノーサンキュー！　──《ウィンドステップ》！」

軽《かろ》やかな足取りで後方へと下がる魔王サラ目掛《めが》けて俺は全力でゲイボルグを振り下《お》ろす。

──《偃月斬》！

「ちょ⁉　槍から衝撃波《しょうげきは》とかマジ勘弁《かんべん》なんですけど⁉」

ゲイボルグの刃先《はさき》から発生した衝撃波が後方へと下がる魔王サラを追尾する。

「キャー⁉」

「姫っ!!」

衝撃波に巻き込まれ悲鳴と共に吹き飛ぶ魔王サラと、その悲鳴を聞いて動揺《どうよう》するカイン。

「殺し合いの最中よそ見ですか？　感心できませんね」

カインが視線を外した隙をイザヨイは見逃すはずもなく、イザヨイは《ダークナイトテンペスト》をカインへと見舞う。

「ひ、姫……うわぁぁああ!?」

「か、かッつぅぅぅん!?」

「「ひ、姫様《ひめさま》！　カイン様！」」

動揺は連鎖《れんさ》反応を起こし、今度はカインの悲鳴に魔王サラが動揺。その姿に動揺したエルフの集団にサブロウが《ダークナイトテンペスト》を放つと、ヤタロウもサブロウの攻撃に追従するように《ファイヤーブラスト》を解き放つ。

――今だ！　包囲しろ！

後方に控えたリビングメイルたちに一斉《いっせい》に命令を下し、倒れこむ魔王サラの一団を取り囲む。

魔王サラにまだ余力はあるだろう。しかし、魔王サラの配下となると……。

「さて、お前の配下の生殺与奪権は俺の手中となった」

「……」

魔王サラは倒れこみながらも、無言で俺に憎悪《ぞうお》の視線を送り続けた。

「どうする？」

「……何が？」

「お前の配下の生死と、お前の未来だよ」

「あーしに何を言わせたいの？」

魔王サラは憎悪の視線を絶やさぬまま、不承不承問いかける。

「俺の眷属になれ」

「あーしに眷属になれと？」

《降伏》でもいいが、【真核】を用意させるのは手間だ。侵略者を配下にするのは眷属にするのが手っ取り早い。

「どうする？　答えが10秒遅《おく》れる度に、そこの変態がお前の配下の血を啜《すす》る」

「――な!?　ありえんてぃ!?　マジ悪魔《あくま》！」

「悪魔じゃねーよ。その王――魔王だよ。っと10秒だな。サブロウ、《吸収》を許可する」

「シオン様のご命令とあらば……このダークネス・ドラクル三世、謹《つつし》んでお受けいたす……いったださきまぁす！」

サブロウは変態力全開で、一人の女性エルフの首筋に喰《く》らいつく。

「嫌《いや》、嫌、嫌ぁぁああああ!?」

女性エルフの悲鳴が周囲に響き渡る。

「うむ……美味。お主さては処――」

――黙れ！

脅《おど》しとしては十分な効力を発揮しているサブロウだが、これ以上の変態発言は俺の配下へ下る決心を揺《ゆ》るがしかねない。

「で、どうする？　10、9、8、7……言い忘れたけど、あいつは男もイケるぞ？」

俺はカウントダウンしながら、冷たい視線を美麗のエルフの騎士へと向ける。

「――な!?　我が輩は――」

――黙れ！

いらぬ口を開こうとしたサブロウを強制的に黙らせる。

「っと、3、2――」

「わかった！　わかったし！」

俺の口から洩《も》れる恐怖のカウントダウンは、悲鳴にも似た魔王サラの言葉に遮られる。

「ん？　何がわかったのだ？」

「……眷属になる。あーしはあんたの眷属になるよ」

口の利《き》き方《かた》がイマイチだ。もう一度サブロウを喉《けしか》けてもいいが、今後の関係にシコリを残すのは得策ではないか。

「あーしはあんたの眷属になる。でも、一つ、一つだけお願いを聞いて？」

「願い？　言ってみろ」

「あいつの……あの変態の配下に付かせるような真似《まね》だけはしないで！」

魔王サラは軽蔑《けいべつ》と憎悪の混ざった視線をあの変態――サブロウへと差し向ける。

「わかった。約束しよう」

条件としては格安だ。俺は魔王サラの願いを快諾《かいだく》した。

「――な⁉　我が輩との約束は？」

「知らん。約束をした記憶《きおく》もない」

「そ、そんな……力を発揮すれば、エルフを我が輩のハーレムメンバーに――」

――黙れ！

本気で記憶にない約束を語りだすサブロウを強制的に黙らせる。

「約束は守れよ……。早くあーしを眷属にするし」

魔王サラは目を瞑《つぶ》ると顎《あご》をあげた状態で、俺の前で片膝《かたひざ》を突く。

「……？」

「ほら！　早くするし！　秒で終わらせるし！」

「……何をしている？」

「何って、あーしを眷属にするんでしょ！　早く《盟約》を済ませるし！」

魔王サラは顔を赤面させながら、早口で捲《まく》し立てる。

「シオン様。よければ、我が輩が見本を――」

――《ファイヤーランス》！

なぜかキリッとした表情で近寄ってきた変態《サブロウ》を、炎の槍で黙らせる。

「魔王は進化した種族によって眷属にする方法が異なる。知らなかったのか？」

「し、知ってたし！　試《ため》しただけだし！」
魔王サラは狼狽《ろうばい》しながら早口で答える。
「俺の場合は《契約《コントラクト》》だ。コレを飲み干せ。一滴でも溢《こぼ》したら……」
俺は【血の杯《さかずき》】を魔王サラに差し出し、脅しの意味を込めてコンガリと焼けたサブロウに視線を送る。
「飲む！　飲むから！　いちいちあの変態をけしかけるのはやめるし！」
魔王サラは意を決した表情で手にした【血の杯】を一気に喉《のど》に流し込む。俺は魔王サラが【血の杯】を飲み干すタイミングに合わせ、魔王サラの頭上に手を翳《かざ》して念じる。
――《契約》！
淡《あわ》い輝《かがや》きが魔王サラを包み込み、輝きは緩《ゆる》やかに収束する。
自分の身に起きた現象を確認《かくにん》するように、自身の手や身体を見回す魔王サラを尻目《しりめ》に、俺はスマートフォンに映し出された画面を確認した。
『名前：サラ＝シオン
種族：エレメントエルフ　ランク：B　LP：20／120
肉体：D　知識：C　魔力：B
特殊《とくしゅ》能力：四大元素強化　弓技（E）　炎魔法（上級）　水魔法（上級）　氷魔法（中級）　風魔法（上級）　雷魔法《かみなりまほう》（中級）　土魔法（上級）　多重詠唱《えいしょう》　省略詠唱　風の調べ
編成：エルフロード×1　エルフスナイパー×3　エルフ×10　ダークエルフ×5』

魔王サラは強力な敵であったが……相変わらずステータス画面で見るとパッとしないのはなぜなのだろう？　恐《おそ》らく表示されるステータスが３項目《こうもく》だけで、Ｄが目立つのが要因だろうか？

と言うか、こいつは……。

「何だよ？　あーしの顔をジロジロと……」

「いや、お前ってダークエルフじゃなかったのか」

「お前言うなし！　あーしはエレメントエルフだし」

「その割には肌の色が……」

「は？　ありえんてぃ！　あーしなんてまだまだホワイトだし！」

いや、どう考えてもホワイトじゃないだろ。憤慨《ふんがい》するサラを見て、思わずため息を漏《も》らした。

「シオン様。やはり、我が輩の予想通り……敵、いや！　今は同胞《どうほう》となったサラはギャルでしたな」

サブロウが鼻の穴を膨《ふく》らませて、勝《か》ち誇《ほこ》る。ってか、こいつ復活日々早くなってないか？

吸血種なのに炎耐性《ほのおたいせい》を自力で習得したのか？

「は？　あーしはギャルじゃないし！　魔王だし！」

「魔王でもないけどな」

「そうか、魔王じゃないのか……サゲテンだよ」

魔王と言う立場を失ったサラのテンションが明らかにダウンする。

「まぁ、お前……じゃなくて、サラたちの運用についてはヤタロウたちと相談して決めるとするか」

「我が輩の配下になるという可能性は……」

「俺《おれ》に約束を破れと？」

「我が輩との約束――」

「――《ファイヤー――》」

「ハッハッハ！　冗談《じょうだん》ですぞ！　我が輩の操はすでにカノンたんに――」

「この人死なないかなぁ？」

「お⁉　可愛《かわい》い妖精《ようせい》！　あげぽよぉ！」

サブロウの言葉は絶対零度《れいど》の視線を宿したカノンの言葉に遮られ、カノンの姿を見たサラは目を輝かせて、カノンに近づいた。

サラたちの運用方法か……。

出来れば侵略《しんりゃく》組に組み入れたい。問題は、既存《きそん》の侵略組に組み入れるべきか、リナ部隊、クロエ部隊に続く第三部隊を新規に立ち上げるべきか。

一度戦力の整理をするか。

俺は更なる勢力の拡大を狙って、後で戦力の整理をすることにした。

ん？　そういえば、眷属《けんぞく》にして魔王を配下にした場合……サラの元々の支配領域の扱いはどうなるのだ？

今回は《降伏》で魔王を配下にした時とは異なり、いつもの五月蝿《うるさ》い通知は無かった。

俺はスマートフォンを操作して、【支配領域】を確認する。

『魔王シオン支配領域　真核　58　DP　5500／5850
支配面積　367㎢　総人口　0人　階層　12階層　特殊効果《とくしゅこうか》　なし』

増えてないな。と言うことは、魔王サラの支配していた支配領域はどうなった？

「カノン！」

頼《たよ》れる検索《けんさく》ツールを呼び寄せる。

「はぁい。何ですかぁ？」

カノンがふわふわと飛行しながら近寄ってくる。

「サラの支配していた支配領域が、俺の支配下にないのだが？」

「ほえ？　そうなんですかぁ？」

「眷属化して魔王を配下にした場合、支配領域の扱いはどうなるか調べろ！」

「はぁい」

暢気《のんき》な返事をするカノンだが、暫《しばら》くすると目を瞑り真剣《しんけん》な表情で瞑想《めいそう》状態へと入る。

「え、えっとですねぇ……怒《おこ》らないで下さいよぉ」

「何が？　早く答えを言え」

「決めたのは私じゃないですからねぇ……」

「分かったから、早く言え！」

「魔王《まおう》が眷属化した場合は……支配していた支配領域は放棄《ほうき》されるみたいですぅ」

「は？」

「えっと、サラさんの支配領域は、現状誰《だれ》からも支配されていない状態なので……一番最初に【真核《しんかく》】に触れた人が支配者になるみたいですぅ」

「は？　何でだよ！」

「だから、決めたのは私じゃなくて……」

俺は泣き顔になるカノンを無視してサラに詰《つ》め寄《よ》った。

「サラ！　お前が支配していた支配領域の数は！」

「お前言うなー し！　7つみたいな？」

「7？　レベル10なのに7つしか支配していなかったのか⁉」

「うわっ⁉　配下にした瞬間怒鳴《しゅんかんどな》るとかさげぽよぉ……。だって、あーしは守るのは苦手みたいな？　攻めるのは好きだけど、攻めている間に人類とか他の魔王に取られた的な？」

目の前のエルフはバカかも知れない……。いや、生き残ることだけを考えたら常に攻め続けると言う作戦もありなのか……？

って、そんなことはどうでもいい！

「カノン！　サラの配下だった魔物はどうなった？」

「野良《のら》と言いますか……野生化したと言いますか……」

「え？　あーしの配下、野良なの⁉」

俺の質問に対するカノンの答えを聞いて、サラが驚《おどろ》く。

「サラ！　配下を一番多く配置した支配領域はどこだ！」

「それは本拠地《ほんきょち》っしょ！」

「本拠地ってどこだよ！」

俺は地図を広げてサラを問い詰める。

「シオンっちって強引《ごういん》じゃやね？」

「誰がシオンっちだ！　って、どうでもいいからさっさと答えろ！」

サラは指を銃《じゅう》のような形にして、小矢部市の一角を指し示す。

7つ全ての支配領域は無理でも……1人でも多くのエルフを配下として捕《と》らえたい。ダークエルフも融通《ゆうずう》の利く配下だがCPの消費は大きい。

「カイン！　お前はサラの支配領域の構造を覚えているのか！」

「シオン様……今は名も無きエルフロードです」

「あぁぁあああ!?　んな細かいことはどうでもいいから、質問に答えろ！」

「ハッ。一部の支配領域であれば覚えております」

クロエたちは……かほく市の支配領域を侵略中だ。呼《よ》び戻すのは難しい。

俺はイザヨイ、サブロウ、カノン、そして念の為《ため》に19体のダンピールを引き連れて、サラに案内させ旧サラの支配領域の侵略を開始する。同様に、待機していたリナの部隊にも元カインに案内させ旧サラの支配領域の侵略を命じたのであった。

◆

二日後。

結果として取り返せた支配領域の数は4つであった。聞けば、常にサラが侵略へ出向くと同時に留守を狙う魔王がいるらしく、そいつに2つの支配領域を奪《うば》われ、残った1つは人類の手により解放させられてしまった。

結果として100体以上のエルフとダークエルフを配下に加えることに成功はしたので、今回の件は次回へ繋がる反省材料に止《とど》めた。

慌《あわ》ただしくバタバタした二日間であったが、落ち着きを取《と》り戻した俺は本来するべきであった、自勢力の運用をカノン、ヤタロウと共に話し合うことにした。

まずは、眷属や元魔王の配下、そしてレア種族の配下をメモに書き出す。次いで、特性毎《ごと》に仕分けを行った。

【オールマイティ】
シオン　クロエ　クレハ　レイラ　イザヨイ　サブロウ　ダークハイエルフ×2
【アタッカー（近接）】
リナ　レッド　ルージュ　ガイ　ブルー　エルフロード×1　オーガブレイバー×2
ゴブリンブレイバー×6

【タンク】
アイアン　ノワール　オーガジェネラル×2　ゴブリンジェネラル×4
【アタッカー（魔法）】
ヤタロウ　フローラ　サラ　ハイピクシー×10
【アタッカー（遠距離）】
ダクエル　エルフスナイパー×6
【斥候《せっこう》】
カエデ
【検索ツール】
カノン
「えっ!?　私は【アタッカー（魔法）】の欄《らん》でよくないですかぁ？」
カノンの言葉を無視して、次はCランク以上の配下を特性毎に仕分けする。
【オールマイティ】
ダンピール　ダークエルフ
【アタッカー（近接）】
ウェアウルフ　ワータイガー×60　オーガ×100　ネコマタ×50
【タンク】
リビングメイル　コボルトナイト×70　アイアンスライム×20

【アタッカー（魔法《まほう》）】
リリム　エルフ×80　ピクシー×60　レッサーデーモン×50
マジックスライム×70
【アタッカー（遠距離）】
ゴブリンスナイパー×30
こんな感じだろうか。
次は、役割に応じて割り振《ふ》っていく。
【魔王】
シオン
【検索ツール兼《けん》お留守番】
カノン
【防衛】
ヤタロウ　イザヨイ　サブロウ
【侵略メンバー①】
リナ　アイアン　レイラ　ガイ　フローラ　ダクエル
【侵略メンバー②】
クロエ　ブルー　レッド　クレハ　ノワール　ルージュ
【侵略メンバー③】

サラ　エルフロード　？？？　？？？　？？？　？？？

同時に侵略《しんりやく》出来るメンバーは余程《よほど》のイレギュラーがない限り24人だ。但《ただ》し、24人全《すべ》てを精鋭《せいえい》にしてしまうと、いざという時に精鋭から死者が出てしまう。リナのようにユニークな存在や、ノワールやルージュのように創造出来ない貴重な配下は元より、他の眷属も多くの戦いを経て成長、進化しているので失いたくはない。

しかし、常に戦死者0で支配領域の侵略に挑《いど》むのは不可能だ。そうなると精鋭を生き残らせる為の捨《す》て駒《ごま》が必要となる。現状は精鋭6人に対し、捨て駒が18体だ。経験値は出来る限り精鋭に集中させたい。俺も多くの侵略の経験したことから……大規模な戦闘でない限りは、同時に指示を出せる人数は多くても10人。余裕《よゆう》を持つなら5人程度が限界であると理解していた。

フルコートで競《きそ》い合うバスケットボールの選手は5人。サッカーは11人だが、キーパーとディフェンダーを除けば5～6人でのパス回しが多い。スポーツの人数も大昔に効率化した結果、今の人数になったのだろうか？

そう考えると、侵略メンバーには後4人のメンバーを入れる必要が生じる。

「あのぉ……シオンさん？　リナさんとクロエさんの部隊にエルフを固定メンバーとして配置しませんかぁ？」

悩《なや》む俺にカノンが声を掛《か》けてくる。

「エルフ？　理由は？」

「エルフは回復魔法を使えます」

「つまりは、ヒーラーか」

「回復役でしたら、リナさんとクロエさんの部隊の連携《れんけい》を不用意に乱すこともないと思うのですよぉ」

「なるほど」

カノンの言い分は理に適《かな》っている。俺は侵略メンバー①と②にエルフを追加する。

「シオン様！」

今度はサブロウが悩む俺に声を掛けてくる。

「何だ？」

「カノンたんを防衛に――」

――《ファイヤーランス》！　――《転移B》！

俺はサブロウを物理的に黙らせ、二度と邪魔されないように最前線の支配領域へと飛ばした。

邪魔者《サブロウ》がいなくなり、再び思考を続ける俺にヤタロウが声を掛けてきた。

「シオン……1ついいかのぉ？」

「何だ？」

「エルフの嬢《じよう》ちゃんと剣士《けんし》は儂《わし》に一旦《いったん》預けてみんか？」

俺はヤタロウの提案を聞いて、眉《まゆ》をひそめる。

「防衛に欲《ほ》しいのか？」

「いや、今回みたいに強大な敵が侵略してきたら報告するから不要じゃ。イザヨイもサブロウも戦力としては十二分に役立っておる」

「ならば、何故《なぜ》サラたちを欲《ほっ》する？」

「欲した訳ではない。一旦預かるだけじゃ。エルフの嬢ちゃんと剣士には優先して経験値を稼《かせ》がせる。見たところシオンはメンバー構成をするにあたって役割を重要視しておる」

「そうだな」

「儂もシオンの気持ち……デッキを組む重要性は十分に理解しておる」

「つまり？」

「エルフの嬢ちゃんはシオンの言う【アタッカー（魔法）】。エルフの剣士は【アタッカー（近接）】じゃな。他にも【ヒーラー】もエルフで賄《まかな》えばいいじゃろう。そうなると、不足しているのは【アタッカー（近接）】が2名。【タンク】が1名。【アタッカー（魔法）】もしくは【アタッカー（遠距離）】が1名かのぉ？」

「そうなるな」

「なら、その面子をこの先の支配領域から厳選したらどうじゃ？」

ヤタロウから投げかけられた提案を頭の中で整理する。保有する戦力から編成するのではなく、理想の編成を考案してから戦力を確保するか……。

「悪くない案だな」

「シオンはいずれ石川県を……北陸を……日本を――――そして、世界を統一するのじゃろ？」

「世界か……。どうだろうな」

「ふぉっふぉっふぉ。シオンは若い。夢は大きく持つべきじゃ。いずれ世界を統一する器なら、元魔王から選抜《せんばつ》した侵略部隊を編成するのも自然な流れじゃ」

「あまり担《かつ》ぐなよ」

「ふぉっふぉっふぉ。シオンは儂の主。儂の未来はシオンと一蓮托生《いちれんたくしょう》じゃ。期待しておるぞ」

俺は照《て》れ隠しから好好爺《こうこうや》の笑《え》みを浮かべるヤタロウから視線を外し、カノンへと別の話題を振った。

「カノン。魔王の種族と特性を教えてくれ」

「はぁい」

『ラプラス』を閲覧《えつらん》すればわかる情報もあるが、カノンに聞く方が手っ取り早い。何より、この一連の流れは魔王になってから習慣化されている。俺に質問されたカノンは嬉《うれ》しそうに魔王の種族と特性を語り始めた。

「魔王の種族は、初期種族の【人種】、肉体特化の【鬼《おに》種】、魔力《まりょく》特化の【魔族種】、知識特化の【エルフ種】、錬成《れんせい》特化の【ドワーフ種】。後は、肉体が秀《ひい》でている【獣《けもの》種】、バランス型の【妖精種】と【スライム種】。闇《やみ》属性に優《すぐ》れた【吸血種】。未知の【堕天種】と【龍《りゅう》種】の11種類ですね」

「タンクに向いている種族は？」

「タンク役になると……【ドワーフ種】か【鬼種】でしょうかぁ？　変わり種なので、捕獲《ほかく》するのは大変だとは思いますが【妖精種】のデュラハンなども耐久性《たいきゅうせい》は高いみたいですぅ。後は、魔王に拘《こだわ》らなければジェネラルやロードの名前を有する魔物《まもの》は耐久性が高い傾向《けいこう》にありますねぇ」

部隊を組むときに必要不可欠な役割は――タンクだ。

俺自身、クロエとリナの侵略部隊に参加して、タンクの重要性は十分に理解している。

未知なる領域に挑むときは、基本タンクを中心に陣《じん》を敷《し》いて、慎重《しんちょう》に行動する。また、敵に囲まれれば、タンクを中心に防衛の陣を敷く。

だからこそ、俺は侵略メンバーの配下に使い捨てが出来るタンク――リビングメイルを多く配置している。しかし、使い捨てのリビングメイルのみでは強敵と渡《わた》り合《あ》うことが出来ない。

リナの部隊で言うアイアンのように、強敵と渡り合えるタンクの存在は不可欠だ。クロエの部隊のノワールも好戦的な性格で、一見アタッカーに見えるが、強敵と敵対するときは、タンクの役に徹《てっ》して敵の攻撃を引き受けていた。

「理想としては、レベル10以上のドワーフの魔王を降伏《こうふく》させて、眷属にユニーク配下のドワーフがいて、いい感じに耐久特化と錬成特化がいれば……」

「その条件は、流石《さすが》に都合が良すぎじゃ……」

俺の言葉を聞いたカノンが苦笑《くしょう》を漏らす。

「だよな……。なら、ドワーフ種の魔王を2人降伏させるか」

「うーん……リナさんから聞いたのですが、アイアンさんの優れているところは、耐久性じゃなくて、精神力らしいですよぉ。勿論《もちろん》、耐久性も凄《すご》いと言ってましたぁ」

「精神力？」

「はい。何でも、人類と違《ちが》って恐怖心《きょうふしん》を抱かない……率先《そっせん》して敵の的になる精神力が人類にはない強みだと言ってましたぁ」

カノンの言っている敵の的とは――ゲーム用語に置《お》き換《か》えると『ヘイトコントロール』のことだろう。言われてみれば、俺も《威圧《いあつ》》と言う、敵の敵対心を高める特殊能力を習得しているが、率先して使う気は全くない。

普通《ふつう》の感性であれば、よほど信頼《しんらい》した仲間か、極度の英雄症候群《えいゆうしょうこうぐん》を患《わずら》っているか、ドMでもない限り、敵の攻撃《こうげき》を好んでは受けない。

その点、創造された配下――魔物なら、そういう感情は生じない。

「ってことは、タンクは魔王じゃなくて……魔物から選抜した方がいいのか？」

「侵略してくる人類も重装備のタンクっぽい役割の人はたまにいますが、本当のピンチに陥《おちい》ると逃げますからねぇ……」

魔王は元人類だ。感性は魔物よりも人類に近い。

俺がリーダーなら、サブロウ、カノン、ヤタロウを命令により強制的にタンクにすることは可能だが、それでは真のタンクとは言えない。そう考えると、魔王をタンクにするのは特殊性《とくしゅせい》癖《へき》を持った変態魔王でも捕獲しない限り厳しいと言わざるを得ない。

魔王など、配下に任せた参謀《さんぼう》タイプか、自らが戦うアタッカータイプかの二極だろう。

「そうなると、【鬼種】か【ドワーフ種】が支配している支配領域を侵略した時に、めぼしい魔物がいたら殺さずに配下にするのがベストか」

「そうなりますねぇ。アタッカーなら、腐《くさ》るほど候補はいそうですけどね」

「腐るほど候補がいても、《降伏》させるのは骨が折れるけどな」

「そこは、シオンさんの活躍《かつやく》を信じていますよぉ」

ヤタロウの唱えた全員が元魔王の侵略部隊と言う響きには惹《ひ》かれたが、その夢はあっさりと挫《ざ》折《せつ》するのであった。

第五話

サラを配下に加えてから10日後。

調査に出掛《でか》けていたカエデが報告のため帰参してきた。

「ん。お館《やかた》様が探していた魔王見つけた」

「どんな魔王だ？」

「獣種の暑苦しい魔王」

「そんな指定していたか？」

「暑苦しいけど、つおい」

「場所は？」

カエデが目の前に展開された県内の地図の1カ所を指し示す。

宇ノ気町か……。クロエたちが侵略中の支配領域の近くだな。

「その魔王が支配している支配領域の数は？」

「1つ。すぐに会えるよ」

「ん？　どういう意味だ？」

「暑苦しいから、侵略したらすぐに飛んでくる」

「侵略したら、魔王自ら防衛に飛んでくるって意味か？」

俺の質問にカエデは「ん。」と首を縦に振る。

「その暑苦しい魔王のレベルはわかるか？」

「お外に出られるから10以上」

「は？　レベル10以上なのに支配領域の数が1なのか？」

「暑苦しいから、配下はワンワンしかいない」

ワンワンってウルフだよな？　まさかの【肉体】全振りなのか？

「カエデはそいつを見たのか？」

「ん。」

「どんなアイテムを身に付けていた？」

「白い布と青いズボン」

白い布と青いズボン？　Tシャツとジーパンか？　ってことは錬成もE？

よく生き残っていたな……。

カエデの情報から察するに、件《くだん》の魔王は創造、錬成共に初期値。宇ノ気周辺には活発に侵略活動に励《はげ》む人類も、支配領域の拡大を狙う魔王も少ない。とは言え、侵略経験が0になることはあり得ない。人類は少しでも多くの土地を取り戻《もど》すために、魔王は支配領域を拡大させるために、絶えず狙い目《め》の支配領域を探している。侵略経験が0の支配領域など、天然記念物だ。

これは拾いモノかも知れない。懸念《けねん》材料があるとすれば……敵は恐らく賢《かしこ》くない。聞く限り脳筋魔王だ。《降伏》をいかにして受け入れさせるべきか。

考えられるシチュエーションとしては……

「カエデ。俺とその魔王――どちらが強い？」

一番あり得そうなのはタイマンを申し込まれて、勝てば屈《くっ》するシチュエーションだ。

「ん。夜ならお館様……だと思う」

「夜なら確実に俺が勝つと思うか？」

「ん。戦闘《せんとう》サンプルが弱い人類だったから、確実は無理」

カエデの探し当てた魔王は恐らく滅多《めった》にいない好物件だ。不安材料を無くすためにも、情報を集めるか。

俺は1体のダンピールを眷属化し、配下としてリビングメイルとウェアウルフを編成。眷属化に伴《ともな》うＣＰの消費は痛手であったが、必要経費と割り切って敵情調査に向かわせたのであった。

◆

眷属化したダンピールが配下を引き連れて、宇ノ気の支配領域へと到着《とうちゃく》。

カエデ曰《いわ》く暑苦しい魔王が支配する支配領域の内情は、一切《いっさい》の支配領域創造が施《ほどこ》されていない田畑と民家が建ち並ぶ田園風景であった。

「お？　サラ嬢のお仲間候補を視察ですかな？」

防衛の総司令官と言う立場ではあるが、平常時は暇《ひま》を持て余しているヤタロウが俺へと声を掛けてくる。

「肉体特化の獣種の魔王だな」

「つまりは【アタッカー（近接）】候補じゃな」

「そうなるな」

ヤタロウは目を細めながら俺のスマートフォンに映し出されたライブ映像を覗《のぞ》き見《み》る。

「む？　見たところ……見慣れぬダンピールじゃが、視察のために創造したのか？」

「配下にするためには《降伏》させる必要があるからな」

「ふむ……。つまり、このダンピールは敵の情報を得るための捨て駒と？」

「そうなるな」

ヤタロウの口調が険しくなる。

ん？　ヤタロウはそこまで配下を大切にするタイプだったか？　魔王から配下の立場に変わり、配下に情でも湧《わ》いたか？

「シオン、1ついいかのぉ？」

ヤタロウの俺に対しての呼称《こしょう》だが、シオン様は落ち着かないので止《や》めさせた。

「何だ？」

「このダンピールは眷属じゃな？」

「眷属じゃないと支配領域の外には出られないからな」

「知っておったか？　眷属化するために必要なCPと《乱数創造》を実行するために必要な消費CPは同一であるということをっ！」

俺の先程《さきほど》の心配は杞憂《きゆう》であった。ヤタロウは変わらず、ヤタロウであった。その後も《乱数創造》の必要性を熱く語るヤタロウの言葉を聞き流し、俺はスマートフォンの画面に意識を向けた。

「……つまりは乱数とは人生！　ならば、儂らの行く末を乱数の女神《めがみ》に捧《ささ》げるのは——」

——黙《だま》れ！

騒《さわ》ぎ続けるヤタロウの口を強制的に閉ざし、スマートフォンに映し出された画面に意識を集中させる。

「お？　こいつは変わった侵入者《しんにゅうしゃ》だな」

ダンピールを通して映し出されたスマートフォンの画面には、Tシャツにジーパンといったラフな格好をした野性味溢《あふ》れる大柄《おおがら》な男が映し出された。

「ん？　喋れねーのか？　お前ら……人間じゃねーだろ？」

大柄な男はダンピールを挑発《ちょうはつ》するように、獰猛《どうもう》な笑みを浮かべる。

「我《わ》が名はデコイ＝シオン！　偉大《いだい》なる魔王シオ——」

「ハッ！　知らねーよ！」

——!?

スマートフォンに映し出された画面――ダンピールの視線は一瞬《いっしゅん》にして宙を映し、慌ただしく景色が移り変わる。

殴《なぐ》られた？

――リビングメイル！　デコイを守れ！

――ウェアウルフ！　攻撃を仕掛《しか》けろ！

リビングメイルとウェアウルフが俺の命令に従い、行動を開始する。

「ハッ！　イイね！　お前の動き、中々イイよ！」

大柄な男は、ウェアウルフから繰《く》り出《だ》される素早《すばや》い爪《つめ》による連続攻撃を笑みを浮かべながら体術を駆使《くし》して躱《かわ》し続ける。

「なぁ？　その尻尾《しっぽ》、邪魔《じゃま》じゃないか？」

大柄な男はウェアウルフの腹に拳《こぶし》をめり込ませると、身体を反転させてウェアウルフの背後に回り込み、無造作に尻尾を掴《つか》み、そのまま放《ほう》り投《な》げる。

「――キャン⁉」

ウェアウルフは地面に叩《たた》き付《つ》けられると、情けない悲鳴を上げる。

「キャン！　って、お前はうちのワンコロと一緒《いっしょ》かよ」

大柄な男は笑い声を上げながら、素早く倒《たお》れ込んだウェアウルフに近付き、倒れ込んだウェアウルフの頭に踵《かかと》を落とした。

「んー。お前はもう少しウェイトを増やして、一撃《いちげき》の重みを……って、もう聞こえねーか」

大柄な男はつまらなそうに苦笑を浮かべる。

――リビングメイルは守りを固めよ！

――デコイはリビングメイルの背後から魔法を中心に攻《せ》め立《た》てよ！

生き残ったダンピールとリビングメイルで敵に勝つ可能性は万に一つもない。俺は敵の情報をより多く得るために、命令を下す。

「後は、そっちの鎧《よろい》の兄ちゃんと、華奢《きゃしゃ》な兄ちゃんか。さっきのワンコロよりも楽しませてくれよ？」

大柄な男は指を鳴らしながら、獰猛な笑みをダンピールとリビングメイルへと向ける。

大柄な男は地を蹴《け》ると、一瞬の間にリビングメイルとの距離《きょり》を詰める。

「オラッ！」

大柄な男は気合いと共に、拳をリビングメイルの構えた盾《たて》に打ち込む。スマートフォンからは拳と盾が衝突《しょうとつ》したとは思えない、激しい衝撃音《しょうげきおん》が聞こえる。

「チッ！　かてーな……」

大柄な男は後方へと大きく跳躍《ちょうやく》すると、殴った拳を見つめる。

「ハッ！　喜べ！　俺の真の姿を見せてやる！　我が名は魔王――タカハル！　ウォォォオオオオオ!!」

大柄な男――魔王タカハルは獰猛な笑みを浮かべると、天を仰《あお》ぎ雄叫《おたけ》びをあげる。

魔王タカハルの姿が光に包まれると――その姿は変貌《へんぼう》する。

「ハッハッハ！　この姿で戦うのは久しぶりだぜ！」

魔王タカハルは鬣《たてがみ》を靡《なび》かせ、鋭《するど》い牙《きば》を生やした獰猛な口を開きながら高笑いをあげる。

ライオン？

スマートフォンに映し出された魔王タカハルの真の姿に率直《そっちょく》な感想を抱いた直後——

スマートフォンに映し出された画面はブラックアウトした。

「カノン、見ていたか？」

「はい……。一瞬でブラックアウトしたので、詳細《しょうさい》は不明ですが」

俺は近くで共にスマートフォンの画面を見ていたカノンに声を掛ける。

「奴《やつ》の正体は？」

「恐らくですがぁ……【ビーストキング】ですぅ」

「【ビーストキング】？」

ビーストキング……直訳すると獣王といったところか。

「魔王（獣種）が進化出来る種族の一つですぅ」

「特徴《とくちょう》は？」

「えっとぉ、私の知識だけじゃなくて『ラプラス』から得た知識も加味しているので、正確性は保証出来ませんが、よろしいでしょうかぁ？」

「構わん」

『ラプラス』の存在を知ってからカノンのアイデンティティの大部分が崩壊《ほうかい》した。しかし、カノンは腐らずに『ラプラス』を読み込むことにより、自身の知識を強化していた。

【ビーストキング】は肉体特化の種族ですぅ。魔王（獣種）は他にも【ビーストロード】と言う肉体特化の種族があるのですが、その二つの明確な違いは――戦闘スタイルですぅ」

「戦闘スタイル？」

「はい。【ビーストロード】はコボルトさんを最大級に進化させた型ですぅ。対して【ビーストキング】は《獣化》を用いて、己《おのれ》の肉体で戦うのが特徴らしいですぅ」

「《獣化》？」

「はい。以前ホープさんが習得していた特殊能力を大幅《おおはば》に強化した感じの特殊能力なのですぅ。最大の特徴は、身に纏《まと》う体毛が鋼のように硬質化《こうしつか》し、手には鋭い爪が生えますぅ。他にも、鋭い牙を有しており、武器に頼らない戦闘スタイルを得意とするみたいですぅ」

「厄介《やっかい》な相手だな……。弱点はあるのか？」

「弱点は耐久性でしょうかぁ？　体毛を硬質化させると言っても、その耐久性はCランクのアイテム程度らしいですぅ。……『ラプラス』の情報ですがぁ……」

聞けば聞くほど……タイマンで勝てる気が全くしない。理論上で言えば、夜に限れば肉体のランクは同一。鋭い爪と硬い体毛で覆《おお》われているとは言え、Bランクのアイテムをフル装備している俺の方が地力は勝《まさ》るだろう。但し、敏捷性《びんしょうせい》と戦闘経験は俺の方が大きく劣《おと》っていると思われる。

となると、数で質に勝るしかないよな。

最強メンバーで挑むとなると、眷属を集結させるのが手っ取り早いが……眷属から死者が出てしまう可能性は非常に高い。１人の優秀《ゆうしゅう》な配下を得ても、１人以上の優秀な配下を失っては意味が無い。

となると、連れて行く配下は厳選する必要が生じる。

現状、最強の配下は――条件付きとなるが、イザヨイだ。

俺とイザヨイ……後は遠距離攻撃《えんきょりこうげき》に優れたリリムを10体、盾として用いるリビングメイルを12体。

遠距離《えんきょり》からリリムがひたすら魔法を仕掛けて、リビングメイルが命を賭《と》してリリムを守る。

弱ったところをイザヨイと２人がかりで追《お》い詰めて、《降伏》を迫《せま》る。

これでどうだ？

頭の中で幾重《いくえ》もシミュレーションを行う。

危険、もしくは無理と感じたら俺とイザヨイは撤退《てったい》すればいい。

一撃死することは流石にないだろう……。ないよな？

不安に駆《か》られた俺は、リビングメイルを1体眷属化。配下にリビングメイルを３体配備。眷属のリビングメイルには奮発してミスリル装備一式を与《あた》え、残り３体のリビングメイルにもCランクのアイテムを与えた。

そして、二度目となる魔王タカハルの調査へと出向かせた。

二度目となる敵情調査は成功を収めた。

4体のリビングメイルは実に10分もの時間、魔王タカハルの猛攻《もうこう》に耐《た》えた。守りに徹してい
た為、与えたダメージは皆無《かいむ》であったが、ある程度の攻撃パターンを読み取ることに成功した。
魔王タカハルの攻撃で警戒《けいかい》すべきは、頸動脈《けいどうみゃく》を狙《ねら》った爪の一振《ひとふ》り。1回目の調査で消滅《しょうめつ》した
ダンピールは恐《おそ》らく、その攻撃を食《く》らって討《う》ち果てたのだろう。その攻撃さえ警戒してしまえ
ば、一撃死の心配はない。俺とイザヨイなら10回以上の攻撃でも耐えられるだろう。無論、10
回も黙って攻撃を受けるつもりは毛頭無いが。

魔王タカハルを配下にするために、費やした犠牲《ぎせい》は2人の眷属に5体の配下。最大CPがど
れだけ増えようと、眷属化は全てのCPを消費してしまう。費やした犠牲は大きかったが、得
るものも大きかった――そう言えるように、俺は万全《ばんぜん》の準備を整えるのであった。

◆

日没《にちぼつ》と共に、俺はイザヨイと22体の配下を引き連れて魔王タカハルの支配する支配領域へと
出向いた。

「シオン様。今宵《こよい》は美しい月ですね」

「そうだな。夜風も気持ちいいな」

俺はイザヨイと共に月光を浴びながら、夜の道を歩く。

「イザヨイ。夜こそが俺《おれ》たちの時間だ。頼りにしているぞ」

「ハッ。不肖《ふしょう》、イザヨイ＝シオン。この名と我らを照らす月にかけて、此度《こたび》の使命全《まっと》うしてみせます」

恭《うやうや》しく頭を垂れるイザヨイ。俺は先程まで今回の作戦が上手《うま》く運ぶか不安だった。しかし、自信に満《み》ち溢れるイザヨイ、そして宙に輝《かがや》く月を眺《なが》めるとその不安は払拭《ふっしょく》された。

その後は、心地《ここち》よい夜の空気を感じながら魔王タカハルの支配する支配領域へと足を進めた。


1時間後。


「ここか」

俺は約半日前にスマートフォンの画面を通して見た景色を、その目に映す。

「敵の首領——魔王タカハルが侵略《しんりゃく》してから3時間経《た》っても現れなかったら撤退する」

「シオン様の御命のままに」

魔王タカハルが脳筋と言うのは、あくまで俺の先入観だ。ヤタロウと同じく、俺の正体を吸血種と見破り、夜には仕掛けてこない可能性もある。

俺は12体のリビングメイルに先行させる形を取り、慎重に魔王タカハルの支配領域へと足を踏《ふ》み入《い》れる。

長閑《のどか》な田園風景の中、俺たちはゆっくりと、牛歩の如き進行速度で支配領域の中を進む。

万が一の撤退を考えたら、出来るだけ出口からは遠ざかりたくない。しかし、出口付近で待機していては、怪《あや》しまれる可能性もある。

俺は周囲を警戒しながら、ゆっくりと歩を進める。1時間ほど進み、ひょっとして魔王タカハルは知能派の一面も併《あわ》せ持《も》つのか？　と不安に駆られたその時――

「んだよ！　ダラダラと歩きやがって」

行く先に野性味溢れる大柄な男――魔王タカハルが気怠《けだる》そうな態度で姿を現した。

「今回は団体さんでご来店ってか？」

魔王タカハルは好奇心《こうきしん》に満ちた視線を俺たちへと向ける。

「とは言え、毎度お馴染《なじ》みの鎧が多いな。一応、キレイなねーちゃんもいるのか」

魔王タカハルは辟易《へきえき》とした視線をリビングメイルへ向けた後、楽しげにリリムたちへと視線を向ける。

「んで、そこのにーちゃんたちは引率《いんそつ》か？」

魔王タカハルは、最後に俺とイザヨイに鋭い視線を送った。

「ったく、無言かよ。って事は、お前さんたちも魔物か。数を増やせば俺に勝て――」

――各自布陣《ふじん》に就《つ》け！　リリムは一斉攻撃《いっせいこうげき》を仕掛けろ！

俺は配下に命令を下し、悠長《ゆうちょう》に話を続ける魔王タカハルへと攻撃を仕掛けた。

リビングメイルはリリムを守るように盾を構えて前進し、10体のリリムから放たれた10個の火球――《ファイヤーボール》が魔王タカハルへと飛来する。俺はイザヨイと共に、後方へと下がり様子を窺《うかが》う。

「チッ!?　問答無用かよ！」

《ファイヤーボール》が巻き起こした土煙《つちけむり》が収束すると、両手を交差した魔王《まおう》タカハルが怒声《どせい》をあげる。

「全員、あの世に送ってやるよ!!」

魔王タカハルは地を蹴ると、リビングメイルの構えた盾を激しく拳打。生身の肉体から放たれた攻撃とは思えない程《ほど》の衝撃音が響《ひび》き渡る。

「オラッ！　守っているだけじゃ勝てねーと学習――」

リビングメイルへと連撃を浴びせる魔王タカハルにリリムの集団が後方から魔法による攻撃を仕掛ける。

「……チッ!?　学習はしたようだな！　あぁぁぁああ!!　面倒《めんどう》クセーな！　遊びは止めだ！」

魔王タカハルは後方へと大きく跳躍すると、天を仰いで咆哮《ほうこう》を上げる。咆哮を上げた魔王タカハルは光に包まれ、半獣半人の真の姿へと変貌した。

「死ねっ！」

魔王タカハルは大きく跳躍するとリビングメイルを飛《と》び越《こ》え、後方のリリムとの距離を一瞬にして詰《つ》める。

――リビングメイル！　リリムを守れ！

「えっ!?　……キャー!?」

俺は慌ててリビングメイルに命令を下すが、魔王タカハルは左足を軸《じく》に大きく右足を振り回し3体のリリムを纏めて吹《ふ》き飛ばす。リビングメイルは慌ててリリムを守ろうとするが、魔王

タカハルは吹き飛ばした1体のリリムへと詰めより、倒れ込んだリリムの頭上に踵を打ち下ろす。

「あん？　喋れるじゃねーか」

魔王タカハルは頭部が陥没《かんぼつ》し、息絶えたリリムに冷徹《れいてつ》な視線を送った。

生き残ったリリムは恐怖《きょうふ》を宿した視線を魔王タカハルに送る。

チッ⁉　完全に魔王タカハルの強さに呑《の》まれているな。

――リリム！　攻撃を仕掛けろ！

――リビングメイルは身を挺《てい》してリリムを守れ！

魔王タカハルの強さに呑まれようと、恐慌《きょうこう》状態に陥ろうと……俺の命令は絶対だ。

リビングメイルは再びリリムの前で盾を構え、リリムはぎこちない動きながらも魔王タカハルに魔法を放つ。魔王タカハルは素早く蛇行《だこう》し、魔法の照準を外しながら、ヒット&アウェーにてリビングメイルに攻撃を繰り返《かえ》す。

「鎧の弱点はすでに研究済みだ！」

魔王タカハルは上体を沈《しず》めると、リビングメイルの下半身――人体で言う膝《ひざ》を刈《か》り取るように蹴りを見舞《みま》う。バランスを崩《くず》し転倒《てんとう》したリビングメイルの盾を蹴り上《あ》げると、剥《む》き出しになった鎧に拳を打ち下ろす。

「ハッ！　立派な盾も使えなきゃ意味ねーよな！」

魔王タカハルは動かぬ鎧と化したリビングメイルの亡骸《なきがら》を嘲《あざけ》る。

リビングメイルとリリムを蹂躙《じゅうりん》し続ける魔王タカハル。しかし、俺とイザヨイの存在は完全に意識から外れている。

予定としては、魔王タカハルの体力をもう少し消耗《しょうもう》させたかったが……リビングメイルが殲《せん》滅《めっ》されてしまっては、俺とイザヨイの生命も危《あや》うくなる。

――イザヨイ、そろそろ仕掛けるぞ。

イザヨイは俺の念話に応《こた》えるように、黙礼《もくれい》する。

――《闇の帳《とばり》》！

俺は自身の存在を周囲と同化させ、好機を探《さぐ》る。

縦横無尽《じゅうおうむじん》に暴れ回る――魔王タカハル。12体用意したリビングメイルはすでに半数の6体となり、10体用意したリリムも5体へと数を減らしている。

魔王タカハルが慣れた動きでリビングメイルの膝を刈り取《と》り、盾を蹴り上げる。そして、トドメの拳を振り下《お》ろそうとした、瞬間《しゅんかん》。

――イザヨイ！　今だ！

イザヨイは俺の合図に呼応して、《ダークナイトテンペスト》を魔王タカハルの背後から放つ。

「――ッ!?　な……!?　てめえは――」

闇の気流に呑み込まれ苦悶《くもん》の表情を浮《う》かべ、イザヨイへ怒《いか》りの籠《こ》もった視線を向ける魔王タカハルの背後へと……

――《偃月斬》！

俺は全ての力を込めてゲイボルグを振り下ろした。

「グハッ⁉　て、てめぇ……き、汚ねーぞ……」

魔王タカハルは俺へと振り向《む》き、怨嗟《えんさ》の視線を送る。

「殺し合いに綺麗《きれい》とか汚《きたな》いとかあるのか？」

俺は魔王タカハルへと冷笑《れいしょう》を浮かべる。

「コロス……コロス……コロォォォ――⁉」

殺気を膨《ふく》らませ地団駄《じだんだ》を踏む魔王タカハルの右足に、背後からイザヨイの放った《ダークランス》が突《つ》き刺《さ》さる。

「それは失礼しました。しかし、殺し合いの最中ですよ？」

イザヨイは恭しく魔王タカハルへと頭を垂れる。魔王タカハルは無事な左足で地を蹴り、俺とイザヨイに挟《はさ》まれた位置から逃《のが》れようとする。

――《ダークランス》！

逃れようとする魔王タカハルの左足を狙って《ダークランス》を放つも、魔王タカハルは左手を地面に押《お》しつけて、器用に回避《かいひ》する。しかし、逃れた先に放たれたイザヨイの放った《ダークランス》に左足を貫《つらぬ》かれる。

機動力は殺せたか？

「魔王タカハル。一つ提案だ」

「あん？」

苦悶の表情を浮かべながら立ち上がった魔王タカハルは、怒気《どき》を含《ふく》んだ声で答える。

「俺の配下にならないか？」

「は？　寝言《ねごと》は死んでから言えや！」

「そうか……残念だ」

――《ダークアロー》！

俺は無数の闇の矢を魔王タカハルへと放つと、追従するようにイザヨイも《ダークアロー》を魔王タカハルへと放ち、生き残ったリリムも《ファイヤーアロー》を放つ。

広範囲《こうはんい》に降り注ぐ、闇と炎《ほのお》の矢は確実に魔王タカハルにダメージを与える。

「ん？　死んだら寝言を言うのも不可能と思うが……どう思う？」

「ハッ！　シオン様の仰《おっしゃ》る通りです」

軽い口調で冗談《じょうだん》を告げると、イザヨイは丁寧《ていねい》に返事を返し、

「だ……黙れ!!」

未《いま》だ健在な魔王タカハルは怒声を上げる。

怒りに狂《くる》った魔王タカハルは地を蹴って、俺との距離を詰めようとするが、その速さは当初の面影《おもかげ》を失っており、盾を構えたリビングメイルに阻《はば》まれる。

「なぁ？　その力を俺の下で存分に振《ふ》るってみないか？　支配領域に引《ひ》き籠もって侵略者《しんりやくしや》の相手をするだけではツマラナイだろ？」

俺は配下と共に矢の雨を降らしながら、世間話をするように《降伏》を勧《すす》める。

「俺の配下になったら豪華《ごうか》な一軒家《いっけんや》を与えるぞ？　色んな魔物や人類を相手に存分に実力を振るえる機会も授《さず》けてやる。どうだ？」

俺は手を替《か》え品を替え、矢を降らせ続けながら説得を試みる。

「お前の魔王生活は満足なものだったか？　変わり果てた世界を見ずに、ここで討ち果てるのが本望《ほんもう》なのか？」

返事は無いが……まだ生きているよな？　眷属《けんぞく》２体に多くの配下を犠牲にして、獲得《かくとく》したのが支配領域一つじゃ、割が合わないぞ。

「……った」

か細い声が聞こえた。

——全員、攻撃を中止せよ！

「ん？　何か言ったか？」

「わか……った……って、言って……ん……だよ」

消え入るような微《かす》かな声だが……「わかった」と聞こえた気がした。

「わかったとは、つまり、俺の配下になると？」

「……そう……だ」

おぉ！　ようやく、俺の誠意を込めた言葉が届いたか。

「ただ……し……だけ……が……」

ダメだ、何を言っているのかわからない。俺は虫の息となった魔王タカハルに近付き、低品質の回復薬を数滴《すうてき》振《ふ》りかける。

「少しは楽になったか？」

「あんなので……楽に……なる……かよ……」

うん。言葉が聞き取れる。問題はないな。

「で、さっきは何て言ったのだ？」

「条件が……一つだけ……ある」

「条件？」

「お前の配下になって……ツマラナイと感じたら……俺は……抜《ぬ》ける」

一度配下になったら生殺与奪《せいさつよだつ》含めて、俺に絶対服従になるが……言わなくていいか。

「わかった。お前を待っている未来は戦闘《せんとう》漬けの予定だが……問題はないな？」

「ハッ……望む……ところ……だ」

か細い声ながらも、魔王タカハルの顔には笑みが見て取れた。

こうして、多くの犠牲と時間を費やし――魔王タカハルを配下として迎《むか》えたのであった。

第六話

魔王タカハルを配下に迎えてから十日後。

俺は、地域別の話題が盛んな掲示板《けいじばん》やブログを閲覧しながら、次はどの魔王を配下にしようかな？　と、楽しい未来予想図を描《えが》いていた。

近接アタッカーのビーストキング――タカハル。遠距離アタッカーのエレメントエルフ――サラ。サラの配下だった万能《ばんのう》キャラのエルフロード――カイン。ヒーラーのエルフ。

足りないポジションは、タンク1名とアタッカー2名。

そして、その中から……統率《とうそつ》に長《た》けた、リーダーに足る魔王も選出したい。

リーダーは遠距離攻撃が得意な魔王がいいのか？　後ろから全体を見渡《みわた》せる方が指揮はしやすいよな？　そうなると、サラだが……奴は、間違《まちが》いなく賢くない。

ヴァンパイア・バロンを特性【デイライト・ヴァンパイア】で創造してリーダーを任せるのもありか？　とは言え、最大CPが1000減るのは痛手だしなぁ……。

俺は真剣《しんけん》に悩《なや》みながらも、楽しい未来予想図に悶々《もんもん》としていると……

――～♪

俺のスマートフォンが着信を告げる電子音を奏《かな》でた。

スマートフォンを取り出し画面を確認《かくにん》すると、発信者はリナであった。

リナの部隊が侵略している支配領域はハザードランクが低かったので特に観察はしていなかったが……何の用だ？

「もしもし。どうした？」

『リナよ。侵略中の支配領域の支配は完了《かんりよう》した』

「お疲《つか》れさん。それで、どうかしたのか？」

リナは今までも数多くの支配領域を支配してきたが、電話で完了報告を告げたことは一度も無かった。

『相談したいことがある。この後、少しいいか？』

「ここに来るのか？」

『出来れば、直接会って相談したい』

「了解《りようかい》。リナのいる支配領域から俺の場所まで繋《つな》がる【転移装置】を設置するから、少し待っていろ」

『助かる』

俺はリナとの通話を切って、スマートフォンを操作。リナの部隊が支配したばかりの支配領域の最奥《さいおう》と俺の部屋を繋ぐ【転移装置】を設置した。

すると、1分も経たずに設置した【転移装置】が光《ひか》り輝き、光の中から漆黒《しっこく》の剣《けん》を携《たずさ》えた一人の女性――リナが姿を現した。

「おかえり」

「ただいま」

俺は片手を上げて挨拶《あいさつ》すると、【転移装置】から現れたリナも微笑《びしょう》を浮かべて返事をする。

「相談って何だ？」

世間話は互《たが》いに望んでいない。俺は単刀直入に話を切り出す。

「レベルが50になった」

「——？　おめでとう」

リナの口から告げられた言葉の真意が読み取れず、一瞬間は空いたが、とりあえず適切と思われる言葉を返す。

相談……レベルが50になった……。ここから連想される真意は？　プレゼントが欲《ほ》しい？　もしくは居住空間の改善要望？

リナはクロエたちとは違い、創造された配下ではなく元人間の配下だ。眷属であるが故《ゆえ》に、俺の命令には絶対服従だが、忠誠心が常に高いとは限らない。

古来より、人は活躍した者に報奨《ほうしょう》を与え……更《さら》なる忠誠を誓《ちか》わせた。ならば、今回のリナの要望を無下にするのは、主としては下策だろう。

プレゼントとなると、装備品だが……リナの装備はドワーフを配下にした時に新調すると約束してある。となると……やはり居住空間の改善要望か？

まぁ、ＣＰもリナを配下にした頃《ころ》から比べるとかなり増大している。今は30㎡ほどの家屋に住んでいるが……カノンと同居だ。もう少し広い家屋がいいのだろうか？　それとも、家具を新調して欲しいのだろうか？

「リナは元々剣道《けんどう》を嗜《たしな》んでいたよな？」

「そうだな」

「ならば、洋風よりも和風の方がいいか？」

「……？　何のことだ？」

「ん？　レベルアップのお祝いに居住空間を改善しようかと？」

「今の家で十分に満足している」

はて？　俺の予想は見事に外れたようだ。

「ならば、用件はなんだ？　まさか、レベルアップの報告だけ、と言う訳ではあるまい」

「レベルが50に成長したら、画面にこんな文章が出たのだが……」

リナはそう言って、スマートフォンの画面を俺へと差し出す。

――!?

『レベルが50になりました。クラスの進化先を選択《せんたく》して下さい』

まさかの進化であった。

現在【ロウ】の人類は、戦士、魔《ま》法使《ほうつか》い、僧侶《そうりょ》、冒険者《ぼうけんしゃ》のいずれかのクラスに振り分《わ》けられている。それ以外のクラスが存在するという情報は一切聞いたことはなかったが……レベル50で進化するのか。

俺はリナに先へと進むように指示を出す。

『下記のクラスから進化先を選択して下さい。

剣士《けんし》　重戦士　侍《さむらい》　闘士《とうし》　魔法剣士《まほうけんし》　騎士《きし》』

選択《せんたく》出来るクラスは6種類。

各クラスの説明は一切なしの、相変わらずの不親切仕様だ。

「シオンはどれを選択するべきだと思う？」

リナが真剣な口調で俺に問《と》い掛《か》ける。

「リナの今のステータスは？」

「肉体C、知識G、魔力《まりょく》Hだ」

リナはBPを全《すべ》て肉体に振っていた。しかし、人類はレベルが上がってもBPは1しか上がらず、ステータスのランクを上げるのに必要なBPも魔王とは異なるため、レベルが50に至ってもC止まりという悲しい結果だった。

「カノン！」

「はぁい。内緒話《ないしょばなし》は終わりましたぁ？」

困ったときの検索《けんさく》ツールを呼び寄せると、カノンはニマニマしながら飛んできた。

「リナが進化出来る。情報はあるか？」

「えっ⁉　リナさん、ついに人間を辞めちゃうのですかぁ⁉」

「カノン。私が進化するのはクラスだ。種族は変わらない……と、思う」

驚《おどろ》くカノンにリナは苦笑《くしょう》を浮かべる。

「ほぇ〜。人類のクラスって進化するんですねぇ……。えっとぉ……残念ながらその知識は持ち合わせていないのですぅ」

「チッ！　しょうがない。少し、情報を集めるぞ」

「えっ⁉　今、舌打ちを――」

スカートを捲《まく》し上げるカノンを放置して、俺はスマートフォンを使って情報収集を始めることにした。

進化先のクラスについて情報収集すること2時間。

結果は――惨敗《ざんぱい》であった。

進化先のクラスの情報は勿論《もちろん》、レベルが50になれば進化すると言う情報さえ見つけることは出来なかった。

考えられる可能性としては――人類でリナが最も早くレベル50に到達《とうたつ》した。

金沢市内に限れば、その可能性も十分にあり得る。ひょっとしたら石川県内に絞《しぼ》っても、その可能性はあり得るかもしれない。しかし、日本全域と考えると……その可能性は考えづらい。

更には世界中と考えると……その可能性は限りなく0だろう。

ならば、なぜ……人類のレベルが50になれば進化出来ると言う情報が見つからないのか？

答えは、すぐに見つかった。

「規制されているな」

答えは人類——各国政府による情報の規制であった。

進化先のクラスについての情報を得ることは出来なかったが、レベル50と言うキーワードで一つの文章がヒットした。

『レベル40を超《こ》えた解放者には報奨金《ほうしょうきん》をお支払《しはら》いします。必ず最寄《もよ》りの役所に届け出をして下さい。レベル50を超えても届け出がなく活動しているのを発見した場合は、処罰《しょばつ》の対象となります。お気を付け下さい』

政府はレベル40を超える人類を管理していた。なぜ、管理をするのか？　当初は勇者候補の確保と思っていたが、後半の文面——『レベル50を超えても届け出がなく活動しているのを発見した場合は、処罰の対象となります』を見て、この文章の真意に気付いた。

薄々《うすうす》気付いてはいたが……人類もアホではない。魔王がインターネットを使えることに気付いている。しかし、今のネット社会でインターネットを閉ざすことは出来ない。現在の発展した社会では、１本の電波塔《でんぱとう》が広範囲のネット環境《かんきょう》を補っており、支配領域だけを部分的に断絶することは不可能だった。

敵に漏《も》れると分かっていても……現代社会はネットから切《き》り離《はな》しては生活が出来ないレベルにまでインターネットが人々の生活を侵食《しんしょく》していたのだ。

敵（魔王）に有益な情報は、味方（人類）にとっても有益な情報が多かったし、ネットリテラシーに欠ける人類は一定数以上存在した。インターネットの世界で全てを規制するのは、政府といえども不可能であった。

そこで政府は苦肉の策として、より重要な情報を持つであろう高レベルの人類を管理し始めたと言うのが真相だろう。

「『ラプラス』にも有益な情報はないのか？」

「うーん……人類のクラスの進化先の情報はありませんねぇ……」

「と言うことは、ネーミングから推測するしかないのか……」

「ですねぇ……」

結局、俺たちは手探《てさぐ》りでリナの進化先を選ぶ羽目となった。

「名称《めいしょう》から推測すると、ステータスの特化系は無さそうだな」

「そうですねぇ……。名称から推測するに、ステータスじゃなくて得意な武器の種類で特化する感じっぽいですよねぇ」

「得意な武器か……」

剣士は剣。侍は刀。闘士は……素手《すで》か？　騎士は剣？　槍《やり》？　もしくは、盾か？　魔法剣士は剣だけど、魔法《まほう》も扱《あつか》える感じか？　重戦士は……イメージ的に斧《おの》か？

「剣士は剣で、侍は刀だろ？　剣と刀って似た感じだが、違《ちが》いはあるのか？」

「全然違う！　剣は押す感じで斬《き》るが、刀は引く感じで斬る！」

俺の素朴《そぼく》な疑問にリナが熱い口調で反論する。

「実際に、剣技と刀技があるので……違うと思いますよぉ」

カノンがリナに賛同する意見を述べる。

「ん？　ダーインスレイブって剣だよな？」

「そうだな」

「実は、ダーインスレイブじゃなくて刀の方がよかったのか？」

カノンから聞いた話だが、リナの名前で検索をするとあっさりとヒットする程度には剣道で有名な選手だった。剣道の動きって刀技に近いよな？

「あの頃にはシオンが仕込んだ『黒鉄の剣』を使い慣れていたから……剣で問題なかった」

「そうか」

リナは俺が仕込んだと言う言葉を強調しながら、微笑を浮かべる。

「そうなると、クラスの進化先は剣士がいいのか？　対抗馬《たいこうば》で魔法剣士か？」

「そうだな。刀の戦闘《せんとう》スタイルに戻《もど》してもバランスが崩れるから剣の方がいいな」

重戦士と闘士は却下《きやっか》。盾を扱ったこともないから騎士も却下となる。

「思ったよりも簡単に決まりそうだな。リナ、剣士と魔法剣士……どっちがいい？」

俺はリナに二つに絞られた選択肢《せんたくし》を投げかける。

「魔法にも興味はあるが……BPは全部肉体に振ってきたから、剣士がいいな」

「それが、最適解だな」

俺はリナの出した結論に、肯定《こうてい》の言葉を返した。

「剣士ですかぁ……。魔法剣士って勇者っぽくありません？　ほら？　リナさんって元勇者ですし……？」

「嫌《いや》な過去を思い出させる。今の私は……ただの魔王の眷属だ」

魔法剣士を推《お》すカノンの意見を、リナは苦笑で返す。

「なら、剣士だ」

「わかった……剣士に進化するぞ？」

リナの視線を受けて、俺は黙《だま》って首肯《しゅこう》する。リナは頷《うなず》いた俺を確認すると、スマートフォンを操作し始めた。

リナは一瞬の硬直《こうちょく》の後、意を決してスマートフォンの画面に人差し指を押し当《あ》てる。

すると、リナの手にしたスマートフォンから淡《あわ》い輝きが漏れ始め、やがてその光はリナの全身を包み込んだ。

「魔王の進化とかなり違いますねぇ」

「足下《あしもと》に五芒星《ごぼうせい》は出現しないのか」

「ちょっと地味ですねぇ」

「ちょっとか？　かなりだろ？」

俺はカノンと共に、初めて見る人類の進化について感想を言い合う。

「シオン……？　カノン……？　聞こえているのだが？」

いつの間にか光は収束しており、リナは腰《こし》に手を当てて俺とカノンにジト目を向ける。

「ん？　何か聞こえたか？」

「性悪《しょうわる》な黒幕の声ですかぁ？」

「っと、それよりも、痛みは大丈夫《だいじょうぶ》だったか？」

俺は話題を切り替えるためにも、優《やさ》しい言葉をリナに投げかける。俺も魔王になってから二回の進化を経験したが……それは激しい苦痛を伴《ともな》う行為《こうい》であった。

「痛み？　特に痛くはなかったが……？」

そんな俺の優しい気遣《きづか》いの言葉に、リナは首を傾《かし》げる。

「えっ？　進化する時って痛くないのか？　全身が燃やされるような……」

「バラバラに引き裂《さ》かれるような痛みは無かったのですかぁ⁉」

俺と同じく進化で苦痛を味わった経験のあるカノンが、俺の言葉に続く。

「と、特には……。ほんの少し温かかったかな？」

「「――⁉」」

リナの言葉に俺とカノンは同時に言葉を失う。

あの地獄《じごく》のような苦痛は【カオス】限定なのか……。そこに差を付けるのはダメだと思うぞ？

俺は、この世界をコワシタ元凶《げんきょう》である黒幕に怨嗟の念を抱く。

「私が思うに……、私はクラス――言わば職業が進化した程度だ。対してシオンは種族が変わった。その違いは大きいのではないか？」

激しく落ち込む俺にリナが慌《あわ》ててフォローの言葉を投げかける。

「まぁいい……。それで、どうだ？」

黒幕に恨《うら》み言《ごと》を吐《は》いても、意味は無い。俺はリナに進化した感想を求める。

「そうだな……全身に力が漲《みなぎ》っている感じか？　身体は軽いし、感覚も鋭くなった気がするな」

「ステータスは？」

「今、確かめる」

リナはスマートフォンを操作して、自身のステータスを確認する。

「――!?」

スマートフォンの画面を覗《のぞ》くリナの目が、驚きからか大きく見開く。

「す、凄《すご》いな……。進化とは、ここまで強くなるのか……」

「どうした？」

呆然《ぼうぜん》とするリナに駆け寄《よ》り、リナのスマートフォンを背後から覗き込む。

――!?

『名前：リナ＝シオン
種族：人間　ランク：B　LP：100／150
肉体：B　知識：G　魔力：H
特殊《とくしゅ》：剣技（A）　レイジングスラッシュ　アクセル
編成：リビングメイル×2　ウェアウルフ×2』

強くなりすぎだろ……。苦痛を伴わない地味な進化じゃないのかよ……。

リナは俺の配下だ。現状は忠実な配下であり、侵略部隊の主力だ。早期にリナを眷属に出来たのは幸運だった。リナが配下にいなかったら、金沢《かなざわ》を統一するのは1年以上遅《おく》れていただろう。

そのリナが強くなったことは喜ばしいことだが……

――イザヨイ！　来い！

俺は勢力下で最強の配下の一人である――イザヨイを呼び寄せる。

「遅参《ちさん》……申し訳ございません」

待つこと5分。イザヨイが姿を現した。

「リナ、イザヨイと戦え」

「む？」

「畏《かしこ》まりました」

突然《とつぜん》の俺からの命令に驚くリナと、恭しく頭を下げるイザヨイ。

「武器はそうだな……コレを使え」

俺はリナへと鉄の剣を放《ほう》り投《な》げ、イザヨイには鉄の槍を放り投げる。

「互いに殺すことは許さないが……本気で戦え」

「魔法の使用は？」

「許す」

イザヨイからの申し出に俺は首を縦に振る。

「準備はいいか？」

「いつでも」

「少し待って！　少しだけ……身体を慣らす時間が欲しい」

リナは狼狽《ろうばい》した口調で、猶予《ゆうよ》を申し出る。

「どのくらい必要だ？」

「10分でいい」

リナの言葉に俺は黙って首肯すると、リナは部屋の隅《すみ》へと移動して素振りを始めた。

10分後。

俺の部屋から程近《ほどちか》い空間にて、リナとイザヨイが対峙《たいじ》するのであった。

真剣な表情で鉄の剣を構えるリナと、落ち着いた様子で鉄の槍を構えるイザヨイ。

模擬戦《もぎせん》とは言え、眷属同士の戦い。周囲には張《は》り詰めた空気が流れる。

「始め！」

俺の発した開始の合図と共に、リナがイザヨイへと疾駆《しっく》する。イザヨイは疾駆するリナを迎え撃《う》つ形で闇《やみ》の槍──《ダークランス》を放つ。リナは迫り来る闇の槍を軽いサイドステップで回避、疾駆する勢いは止まることなくイザヨイへと鉄の剣を振り下ろす。

イザヨイは振り下ろされた鉄の剣を鉄の槍で受け止めることなく、バックステップで回避。鉄の剣が空を切ったタイミングで鋭《するど》い鉄の槍の刺突を放った。

「ハッ！」

リナは突き出《だ》された鉄の槍を振り上げた鉄の剣で弾き、そのままイザヨイとの距離《きょり》を詰め鉄の剣を振り下ろす。

――キンッ！

周囲に激しい金属の衝突音《しょうとつおん》が響き渡《わた》る。

イザヨイは振り上げた鉄の槍を強引《ごういん》に振り回《まわ》し、両の手で鉄の槍を持ちリナの攻撃《こうげき》を柄の部分で防ぐ。

「――ッ⁉　貴方《あなた》は本当に人類なのですか……？」

「さぁ？　ステータスによれば人間らしいな」

多少の焦《あせ》りを見せるイザヨイに対し、リナは獰猛《どうもう》な笑《え》みを浮かべる。

「末恐《すえおそ》ろしい存在です……ね！」

イザヨイは手にした鉄の槍を放すと、素早《すばや》く後方へと跳躍《ちょうやく》。無数の闇の矢をリナへと放つ。

「――ッ⁉　恐ろしい存在なのは……どっちだ！」

リナは闇の矢を回避するのは無理と判断したのか、両手をクロスさせて防御《ぼうぎょ》の姿勢を取る。

イザヨイはリナとの接近戦は不利と判断したのか、距離を取って魔法による遠距離攻撃《えんきょりこうげき》を中心に攻《せ》め立《た》てる。

放たれる、闇の槍――《ダークランス》、闇の矢――《ダークアロー》、闇の刃――《ダークエッジ》に対し、リナは時に回避し、時に剣で打《う》ち払《はら》い、時に防御し、致命的《ちめいてき》なダメージを回避しながら、イザヨイとの距離を詰めようとする。

しかし、イザヨイも距離が詰められることは致命的と悟《さと》っているので、巧《たく》みに魔法を放ちながらリナとの距離を離す。

このまま勝負が進めば、イザヨイの勝利は堅《かた》いだろう。とは言え、屋内のイザヨイに接近戦で上回るとは……リナの成長には心底驚かされる。

肉体B、剣技Aの実力か……。

果敢《かかん》にも攻めようとするリナの姿に、感心していると――

リナが左手を胸に当てて、小さく呟《つぶや》く。

「――《アクセル》！」

――⁉

リナが刹那《せつな》の速度でイザヨイとの距離を詰める。

「死んでくれるな？ ――《シャイニングレイブ》！」

リナの持つ鉄の剣が忌々《いまいま》しい光――聖なる光に包まれ、振り下ろされた鉄の剣は光の軌跡《きせき》を描いてイザヨイへと振り下ろされる。

「――⁉ こ、これは……ッ⁉」

イザヨイは咄嗟《とっさ》に両手をクロスさせ防御の構えを取るが、光の刃に弾《はじ》き飛ばされる。イザヨイは倒《たお》れ込んだまま、左手を突き出し魔力を込めた。

「――《ダークナイトテンペスト》！」

闇の暴風がリナを包み込む。

「――ッ⁉」

リナが小さな悲鳴を上げながら闇の暴風に呑み込まれ、吹き飛ばされる。

「うぉぉぉおおお！　――《五月雨突き》《さみだれづき》！」

普段《ふだん》は冷静沈着《ちんちゃく》なイザヨイが咆哮と共に、リナへと突貫《とっかん》。拾い上げた鉄の槍で神速の連続突きを見舞う。倒れながらも剣を盾《たて》にして、突きの衝撃《しょうげき》を緩和《かんわ》しようとするリナに対し、イザヨイは左手を天高く掲《かか》げる。

「――《ダークエ――》」

「それまで！」

イザヨイが左手を振り下ろすよりも早く、俺《おれ》は模擬戦の終わりを告げる言葉を発した。俺の発した言葉はそのまま命令となり、イザヨイは停止する。

――勝敗は決した。

今回は、イザヨイに軍配は上がった。

とは言え、色々な可能性が思《おも》い浮かぶ。

イザヨイの勝因は――魔法だ。魔法は装備しているアイテムの性能に左右されづらい。ならば、互いに本気の装備で勝負をしていたら……？

そして、一番の懸念《けねん》は――

「イザヨイ。率直《そっちょく》に答えよ。リナと同じ能力の奴《やつ》が二人がかりで攻めて来たら勝てるか？」

「……負けると思われます」

配下であるリナが、イザヨイに匹敵《ひってき》する力を手に入れたのは喜ばしい事実だ。今後、石川県を制覇《せいは》するのに存分に役立つだろう。

しかし、リナが急激に強くなった原因を考えると、喜んでばかりはいられない。

リナが急激に強くなった原因は――クラスの進化だ。

これは、リナだけの特権ではない。全ての【ロウ】に属する人類に与《あた》えられた特権だ。

リナは普通《ふつう》の人類と比べて、成長は早いほうだろう。余程《よほど》の人類でもない限り、リナと同じだけの経験値を稼《かせ》ぐのは不可能だ。

しかし、いつの日か……人類はレベル50に到達する。最初は全体の1%かも知れない。しかし、それが2%……5%……10%と、レベル50に到達する人類の割合は日を追う毎《ごと》に増加するだろう。

そして、いつの日か――レベル50の人類のみの編成で俺の支配領域に侵略《しんりゃく》を仕掛《しか》けてくる日も訪《おとず》れる。

現状、目の前のリナと同じ力を持った人類が12人で支配領域へと侵略してきたら守れるだろうか？　1対1でまともに勝負が出来るのは……俺、イザヨイ、タカハル、リナ。クロエとレイラはどうだろうか？　少し厳しいか？　サブロウは……相打ち覚悟《かくご》ならいけるか？

俺は頭の中で戦力分析《ぶんせき》を行う。

人類が飛躍的《ひやくてき》に強化されるのはレベルが50に到達したとき。ならば、魔王が……俺が、飛躍的に強化されるのは――？

一定のステータスがAランクへ至った時――つまりは、レベルが19に達した時だ。

俺がAランクに上げられるステータスの項目《こうもく》は3つ。肉体、創造、錬成《れんせい》だ。肉体は俺の強化であって、全体の強化には繋がらないので却下。

創造をAランクに上げて、新たな配下と設備に期待すべきか……？

錬成をAランクに上げて、新たなアイテムに期待すべきか……？

っと、悩むのは今でなくてもいい。レベルが19になるまでには時間はある。

とは言え、早急《さっきゅう》にレベルを上げていく必要もあるな……。
1．強力な魔王《まおう》を配下に加えて自軍の強化。
2．配下を鍛《きた》えて、自軍の強化。
3．俺自身を鍛えて、レベル19を目指す。
石川県の統一も果たせていない。新たに発足《ほっそく》を考えた第三侵略部隊の要員も集まっていない。

ドワーフ種の魔王も配下に加えていない。

ない、ない、ないのないない尽《づ》くしなのに、やることだけは増えていく。

このコワレタ世界で、生き延びることは容易ではないと、再認識《さいにんしき》するのであった。

◆

リナがレベル50に到達してから10日後。

北へと拡大し続けた俺の支配領域は羽咋市《はくいし》――ドワーフ種の魔王が支配する支配領域と隣接《りんせつ》するに至った。

ネットとカエデによる諜報《ちょうほう》の結果によれば、ターゲットのステータスは錬成B、創造B。支配する支配領域の数は13。人類の定めたハザードランクはA。魔王の目撃《もくげき》情報はゼロであり、支配領域の階層——魔王のレベルも不明であった。

「魔王の目撃情報がないのにハザードランクがAって……守護する魔物《まもの》が強いのか？」

「えっとですねぇ……出現する魔物がとにかく頑丈《がんじょう》で、解放するのが困難なことからハザードランクがAらしいですぅ。但《ただ》し……」

「但し？」

もったいぶるカノンに話の先を急《せ》かす。

「出現する魔物が装備しているアイテムの質が軒並《のきな》み高いので、仮に強奪《ごうだつ》出来たら一攫千金《いっかくせんきん》に繋がるので、人類からは人気のある狩《か》り場《ば》スポットらしいですよぉ」

「はた迷惑《めいわく》な魔王だな……」

「それをシオンさんが言いますかぁ……」

ため息を吐く俺に、カノンがジト目を向ける。

「出現する魔物はドワーフとゴーレムだったたか？」

「はい。正確にはドワーフとハイドワーフ。ロックゴーレムとアイアンゴーレムですねぇ。ドワーフは様々な種族に進化出来るので、ドワーフファイター、ドワーフアーチャー、ドワーフナイトなどもいますよぉ」

「要は、ドワーフとゴーレムだろ？　後は、種族を問わないダークエルフとかコボルトか？」

「『ラプラス』によるとドワーフ種の魔王はダークエルフを創造するのにあり得ないCPを消費するらしいので、ダークエルフはほとんどいないかもですぅ」

「ってことは、敵は肉弾戦《にくだんせん》オンリーの構成か」

「弓は扱えるので、距離はカバーしていますぅ」

俺は、カノンと会話をしながら敵についての基本的な情報を頭へと詰《つ》め込んだ。

――ヤタロウ、俺の部屋へ来ることは可能か？

ヤタロウに念話で用事を投げかけると、『今から向かう』と簡潔なメールが俺のスマートフォンに届く。

「待たせたかのぉ？」

10分ほど待つと、ヤタロウが俺の部屋へと姿を現す。

「サラ、カイン、タカハル……後はイザヨイかサブロウを借りてもいいか？」

俺は現在の防衛の要となる眷属の名前を挙げる。今回は短期決戦を仕掛けたい。リナとクロエの部隊の他に、俺自身が部隊を率いて侵略するつもりだった。

「サラ嬢、カイン、タカハルは元より借り受けた戦力。問題はない。イザヨイかサブロウとなると……有事になれば呼《よ》び戻す可能性もあるがいいかのぉ？」

「構わない。ついでに、補充《ほじゅう》として――」

「《乱数創造》か⁉」

俺の言葉を最後まで聞かず、ヤタロウの目は少年のように輝《かがや》く。

「……そうだな」

俺は苦笑を浮《う》かべながら頷く。これから俺も侵略に出向く予定だ。侵略中はＣＰも使えないので、《乱数創造》で一度０にするのもありだろう。

「んじゃ、押《お》すぞ？」

俺はスマートフォンを操作して、《乱数創造》実行の準備をする。後は、《乱数創造》と書かれたタブをクリックすれば完了だ。

「待て！　待つのじゃ⁉　まだ……魂《たましい》の準備が！」

俺の言葉にヤタロウは慌てて呼吸を整え、目を瞑《つぶ》る。魂の準備って何だよ……使用されるのは俺のＣＰでヤタロウには一切影響《いっさいえいきょう》がない。

「ふぅ……。よかろう。シオンよ……己《おの》が指に全魂を込めるのじゃ！　儂《わし》も全ての想《おも》いをシオンの指先に込めようぞ」

「はいはい」

ヤタロウには約束した月に１回の《乱数創造》以外にもＣＰが余ったときは褒美《ほうび》として２回の《乱数創造》に立ち会わせている。このやりとりは４回目だ。俺はヤタロウの言葉を軽く聞き流す。

「シオン！」

「……了解」

ヤタロウの言葉を軽く流すが、鬼気《きき》迫《せま》るヤタロウの言葉に俺はため息を吐きながら、指先に全神経を集中させる。

「いくぞ？」

「……うむ」

静まり返った空気の中、俺はスマートフォンの画面に人差し指を押し込む。

地面に光り輝く五芒星《ごぼうせい》が出現――光の中から小柄《こがら》な人影《ひとかげ》が姿を現した。

「キミがボクの主かな？　よろしくね」

創造された新たな配下――身長１６０cmほどの大人しそうな色白の中学生くらいに見える少年は流暢《りゅうちょう》な日本語で俺へと挨拶をする。

「ん？　俺の言葉がわかるのか？」

「うん。わかるよ」

日本語を理解出来ると言うことは……ダンピールと同じくBランクの配下か？

俺はスマートフォンを操作して、創造されたばかりの目の前の配下の情報を確認する。

『名前：

種族：セタンタ　ランク：C　肉体：C　魔力：D
特殊能力：槍技《やりわざ》（C）　風魔法（初級）　紫電一閃突き《しでんいっせんづ》』

セタンタ……？　聞いたことのない種族だ。

「SSRじゃ……。間違いなくSSRじゃ……」

ヤタロウは全身を震《ふる》わせて、恍惚《こうこつ》とした表情を浮かべている。

「カノン？」

「は、はい……」

カノンもセタンタの存在に驚いているのか、呆然としている。

「セタンタって種族は知っているか？」

「セタンタ……ですかぁ？　残念ながら知りません……」

カノンは創造Bで創造出来る全ての配下の情報を網羅《もうら》している。そのカノンが知らない種族と言うことは……

「ユニーク配下か」

俺が《乱数創造》を習得したのはいつ頃《ごろ》だったか？　CPが余っている時に《乱数創造》は何回か実行していたので、30回以上は実行していただろう。

スライムが創造された時は発狂《はっきょう》した。コボルトが創造された時も発狂した。そして、何よりオーガは3回も創造された。これまではすでに配下にしたことがある魔物ばかりが創造されていたので、今回も期待しないで《乱数創造》を行った。

これが物欲センサーか……。

俺は感慨《かんがい》深《ぶか》い気持ちになって、目の前のセタンタを凝視《ぎょうし》した。

「ヤタロウ」

「……」

「ヤタロウ！」

「――⁉　ハッ……な、何じゃ⁉」

二度目の呼びかけでヤタロウは我に返る。

「こいつはセタンタ。ヤタロウの言うところのＳＳＲだ。大切に育てろよ？　実力次第《しだい》で、侵略組に編成する」

「りょ、了解じゃ」

こうして、出発前に思わぬ副産物を引き当てたのであった。

「ヤタロウ？　本題に戻るが、イザヨイとサブロウ……どっちを借りてもいいんだな？」

「そうじゃな。このＳＳＲ様の攻撃スタイルはどんな感じじゃ？」

「ステータスを見た感じ、槍が得意のようだ。後、風の魔法も使える」

「ふむ……。ならば、サブロウを連れていけ」

「了解。ちなみに、理由は？」

「お預かりしたＳＳＲ様を大切に育てる義務が儂にはある。ならば、同じ槍の遣《つか》い手《て》であるイザヨイが指南するのが一番じゃろ」

「理に適《かな》った答えだな」

俺はヤタロウの返答に満足するのであった。

◆

ヤタロウがセタンタと共に俺の部屋を後にすると、入《い》れ替《か》わるようにサラ、カイン、タカハル、サブロウ、そしてカエデが俺の部屋に姿を現した。

「よく来てくれた」

俺は集まった配下に声を掛ける。

「それで用件は？」

タカハルが集まった配下を代表して俺に尋《たず》ねる。

「今からここにいるメンバーは、俺と共に18体の配下を引き連れて支配領域の侵略を行う」

「ほぉ……。退屈《たいくつ》な防衛から解放されるのか」

「えっ？　この変態も？　イザヨイっちとの交換《こうかん》を希望したいんですけど」

「ついに我《わ》が輩《はい》の力が世界に放たれるのですな」

「シオン様のご命令とあれば」

「ん。わかった」

俺の告げた言葉を受けて、タカハルは獰猛な笑みを浮かべ、サラはサブロウへ嫌悪《けんお》の視線を投げかけ、サブロウは鼻を膨《ふく》らませ、カインとカエデは素直《すなお》に従う。

返事の言葉はバラバラだが、誰一人《だれひとり》として不安は抱いていない。ここに集った配下たちは自分の力に自信を持っていた。

問題児と呼ぶに相応《ふさわ》しいメンバーも数人いるが……ここに集まっている配下の実力は折り紙付きだ。

俺は3人の元魔王と2人の特別な眷属《けんぞく》。そして、18体の配下を引き連れてドワーフ種の魔王が支配する支配領域へと侵略を開始するのであった。

◆

——各部隊に告げる。一斉《いっせい》に侵略を開始せよ！

俺とは別の支配領域の入口で待機しているリナとクロエの部隊に命令を下し、俺自身も引き連れた配下と共に支配領域への侵略を開始した。

今回侵略する羽咋市の支配領域は、坑道《こうどう》を思わせる構造だった。床《ゆか》は土が剥《む》き出しになっており、壁《かべ》は岩肌《いわはだ》仕様。壁に一定間隔《かんかく》ごとに掛けられている松明《たいまつ》が周囲を照らしていた。

リビングメイルを先頭に奥《おく》へと足を進めると、道中には狭《せま》い横穴とも思える通路や、二叉《ふたまた》に分かれた分岐《ぶんき》が幾度《いくど》も現れるなど、迷路《めいろ》のような構造であった。

「ったく、イライラするな……。さっさと戦闘させろよ！」

何度目か行き止まりにぶつかると、タカハルは不機嫌《ふきげん》に舌打ちをする。

「あーしもタカっちにマジ同感！　ジメジメするしさげぽよぉ」

タカハルに同調するようにサラも不満の声を漏らすと、

「ん。敵」

カエデが静かに敵の襲来《しゅうらい》を告げた。

「シオン様！　姫《ひめ》！　お下がり下さい！」

カインが俺とサラを守るように剣《けん》を構えて一歩前へ踏《ふ》み出す。

「サラはともかく、俺にお守りは不要だ」

経験値を稼ぎたい俺はカインと並ぶように立ち、愛槍――ゲイボルグを構える。

「我が輩もお守りは不要ですぞ！」

サブロウもニヤリと笑い刺突剣を構えて俺の横に並ぶ。

「は？　かっつんがあんたを守る訳ないじゃん」

サラは軽口を叩《たた》きながら、カインの後ろで杖《つえ》を構える。

「シオン。早い者勝ちでいいよな？」

タカハルが指を鳴らして獰猛な笑みを浮かべると、前方から20体を超えるドワーフが武器を鳴らしながら出現した。

行き止まりに誘《さそ》い込み退路を防いでから戦力を投入か。

「では、早い者勝ちだ。眷属以外はその場で待機。眷属は己が実力を示せ！」

俺は眷属――タカハル、サラ、カエデ、カイン、サブロウを鼓舞《こぶ》し、

――《ダークアロー》！

先制攻撃となる闇の矢をドワーフの群れへと放った。

無数の闇の矢がドワーフの構えた盾に着弾《ちゃくだん》すると同時に、半獣と化した獣王――タカハルが地を駆《か》ける。タカハルはひとっ飛びで盾を構えたドワーフを飛《と》び越《こ》えると、後方で弓を構えて

いたドワーフの群れに鋭い回《まわ》し蹴《げ》りを放つ。

「ハッ！　イイね！　イイね！」

タカハルはアドレナリン全開で近くに居たドワーフの首根っこを掴《つか》み、そのまま鳩尾《みぞおち》に膝《ひざ》を突《つ》き立てる。虚《きよ》を突かれた形となった前線で盾を構えていたドワーフたちは慌てて、タカハルを包囲すべく、背後を振《ふ》り向《む》くが……

「ん。」

一体のドワーフは影《かげ》のように忍《しの》び寄ったカエデに剥き出しとなった首筋を短剣《たんけん》で刺《さ》され、

「舐《な》めているのか？」

「同感ですな」

1体のドワーフは俺の突き出したゲイボルグの刺突を無防備な背中に受け、1体のドワーフはサブロウの突き出した刺突剣に突き刺される。

「アゲアゲで行くよ～――《ピラーオブファイヤー》！」

サブロウのすぐ近くにいたドワーフがサラの放った火柱に包まれる。

「――!?　サラ！　危《あや》うく我が輩まで……」

「気にするなし」

咄嗟に火柱から逃《のが》れたサブロウがサラに抗議《こうぎ》するも、サラは悪びれる様子もなく次なる魔法を放ち続ける。

「サラ！　味方の位置は把握《はあく》しろよ」

「あーしをバカにするなし、ちゃんと計算してる的な」

俺からもサラに注意を促《うなが》すが、サラは生意気な笑みを浮かべて、単体向きの攻撃魔法《こうげきまほう》を次々とドワーフに命中させる。巫山戯《ふざけ》ているようにも見えるが、サラの魔法精度は非常に高く俺やタカハルやカエデの戦闘を阻害《そがい》することなく、時折サブロウの服を掠《かす》める程度であった。

各々《おのおの》が好き放題暴れているようにも見えるが、弓を装備したドワーフが弓を構えようとするとタカハルとカエデが即座《そくざ》に行動を阻害。魔法を放つサラへと駆け寄ろうとするドワーフは全《すべ》てカインによりインターセプト。そして、盾と斧を持ったドワーフは俺とサブロウの手によって着実に葬《ほうむ》り去《さ》られた。

今回の構成で一番不安だったのは、今まで1人で行動しており連携《れんけい》が不慣れと思われていたタカハルであったが、ヤタロウはその辺をキッチリと教育していたようだ。タカハルはセオリー通り遠距離攻撃を放つ敵を効率よく排除《はいじょ》していた。

魔王時代にレベル10を超えていた元魔王が2人に、魔王時代にレベル9であった元魔王が1人。レベル50に相当する高ランクの配下が2人。そして、レベル13の魔王である俺。全員がまさしく一騎当千《いっきとうせん》の強さを発揮した。

結果として10分後には20体を超えるドワーフの亡骸《なきがら》が地に横たわるのであった。

「ハッ！　これで終わりかよ」

「我が輩を相手にするには、少々力不足でしたな」

「一番敵を倒したのはあーしじゃね？」

タカハルが物足りないとばかりに鼻を鳴らし、サブロウは奇妙《きみょう》なポーズでドヤ顔を浮かべ、サラは誇《ほこ》らしげに胸を張る。

俺は自己主張の激しい配下を引き連れて、支配領域の侵略を続けるのであった。


6時間後。

ようやく2階層へと続く階段を発見。階段の前では3メートルを超えるゴーレムが守護していたのだが……。

「お？ でけーな」

ゴーレムの姿を見てタカハルが獰猛な笑みを浮かべる。

「我が輩の前では、所詮《しょせん》は木偶《でく》の坊《ぼう》。闇の深淵《しんえん》に呑《の》み込まれるのみ」

サブロウも臆《おく》することなく刺突剣を構える。

でかいな……。足を砕《くだ》いて、顔面に攻撃を叩き込めばいいのか？ 俺は初めて見るゴーレムの倒し方を思案していると……。

——ドンッ!!!

激しい衝撃音《しょうげきおん》が周囲に響《ひび》き渡り、目の前の巨大《きょだい》なゴーレムは瓦礫《がれき》となり朽《く》ち果《は》てる。

「は？」

「おい！」

「な⁉」

呆然とする俺、タカハル、サブロウに対し、

「コアが弱点なのは常識みたいな？」

サラは嬉《うれ》しそうに笑みを浮かべるのであった。

聞けば、サラはドワーフ種の魔王の支配領域を侵略するのは二回目らしく、ゴーレムとも戦闘経験があったようだ。まともに戦えば、やたらと耐久力《たいきゅうりょく》が高い敵ではあるが、胸に埋《う》まった小さな宝石——コアを攻撃すればあっさりと倒せることを学習していたらしい。

「にひひ。あーしに感謝は？」

「は？　ざけんな！　少しは戦わせろよ！」

「我が輩の見せ場は！」

「はぁ？　まともに戦ったら超《ちょう》メンドイから！　あと、変態の見せ場は一生ないし」

「な!?　タカハル氏のどこが変態だと！」

「は？　何で俺なんだよ！」

「な、ならば……シオン様が——」

——黙れ！

あり得ない責任転嫁《てんか》をする変態《サブロウ》を黙らせる。

元魔王のタカハル、サラ、サブロウ。三者ともに間違《まち》いなく強者と呼べる配下であるが……

もう少し、まともな性格の魔王っていないのか？

ある意味【カオス】と呼ぶに相応しい配下と共に、俺は二階層へと続く階段を下るのであっ

た。

侵略から4日目。

現在は九階層目に到達《とうたつ》したので、休息を取っていた。

三階層目から罠《わな》の数が増え、初侵略となるタカハルが何度も引っかかったが、ピンチと言うほどの危機的状況《じょうきょう》には陥《おちい》らなかった。四階層からは支配領域の調査に慣れているカエデが罠を事前に見抜《みぬ》き、罠に悩《なや》まされることはなくなった。

カエデに罠を見破るコツを聞いたが、答えは……

「ん。違和感《いわかん》」

と、全く参考にならない答えが返ってきた。

意外だったのは、カエデの次に罠に敏感《びんかん》だったのはサラであった。サラも事前に罠の存在に気付き、全てを回避《かいひ》して行動していた。時々、致死性《ちしせい》の低い罠をわざと発動させサブロウを陥《おとしい》れていたが、時間の浪費《ろうひ》に繋《つな》がるので、命令により止めさせた。

スマートフォンで確認《かくにん》する限り、クロエの部隊は七階層を侵略中。リナの部隊は八階層を侵略中であった。

隣《となり》で飯を食っている配下たち――共に支配領域を侵略している俺の部隊は初めて組んだ配下で構成されている。当然、連携はまだまだ改善の余地があるメンバーであったが、個々の実力により連携、侵略回数の経験値が上回るリナとクロエの部隊よりも侵略速度は速かったのだ。

「魔王を辞《や》めて一番厄介《やっかい》なのは飯と睡眠《すいみん》だな」

保存性の高い干し肉を喰《く》らいながら、タカハルが愚痴《ぐち》を溢《こぼ》す。

「あーしはご飯のある今の生活も嫌《きら》いじゃないかも？　ただ、もう少し美味《おい》しいのを希望みたいな？」

「シオン様が錬成される食べ物に不満がある訳ではありませんが……手料理を食べたくはなる。

――ハッ⁉　カノンたんに手作り弁当を――」

「ありえんてぃ」

「――！　なるほど、理解した。サラが我が輩のために作ると？　我が輩の好物は――」

「マジ卍《まんじ》‼」

戯《ざ》れ言《ごと》を言うサブロウに、サラは怒声《どせい》をあげる。

「ってか、シオン。人類も配下に出来るんだよな？」

「面倒《めんどう》だけど、可能だな」

俺は、突然話を振ってきたタカハルの言葉に答える。

「んじゃ、今度料理が上手《うま》そうな奴を配下にしようぜ」

「は？」

「だから、飯を作るのが上手い奴を配下にしようぜ」

「賛成！　あーしもタカっちの意見に賛成！」

「フッ……。我が輩もその意見、嫌いじゃないいな」

サラとサブロウもタカハルの意見に同調する。

「面倒と言ったのが聞こえなかったのか？　人類を配下にするには膨大《ぼうだい》なＣＰと労力が必要なんだぞ？」

「労力って……眷属にする手間だよな？　手伝ってやるよ」

俺の言葉にタカハルが軽口で答える。手伝ってやるも何も、お前たちは俺の命令に絶対なんだが？

元魔王の配下は本当に面倒だ……。実力はあるが、創造した配下と違《ちが》い自由意志がある。命令で縛《しば》り続けることも出来るが……それでは最大限に能力は発揮出来ない。面倒ではあるが
――実力がある。

衣食住……人間が生活していく上で不可欠なモノ。

面倒だからと創造した配下だけでは、いつか強敵に呑み込まれる。元魔王と言う存在は勢力の拡大には欠かせない存在だ。実際に共に戦っていてわかるが、元魔王は強い。サブロウでさえ、同じ強さの配下を育てるとなると、膨大な時間と労力が必要になるだろう。

ったく、面倒だな……。

「わかった。今回のドワーフ種の魔王を配下にしたら考えておく」

俺は取りあえずの形で返事をするのであった。

◆

侵略から5日目。

現在は十階層の最奥《さいおう》近くまで進んでいた。目の前には真核《しんかく》が設置された小部屋があり、その手前では50体を超《こ》えるゴーレムとドワーフが防衛ラインを敷《し》いていた。

と言うことは、ここの魔王のレベルは10か。

俺の体感的な感覚だが、魔王はレベルが10を超えると……それ以降、レベルアップに必要となる経験値が膨大に膨れ上《あ》がる。レベルを11以上にあげるには、俺のように50を超える支配領域を支配するか、サラのように侵略を繰《く》り返《かえ》すか、タカハルのように侵略者を魔王自ら全員倒すか……などの行為《こうい》をする必要があった。

「儂の名はザイン＝アキラ！　不埒《ふらち》なる者どもよ！　即刻《そっこく》、親方様の領土から立ち去れぃ！」

フルプレートを装備し、自身の身長よりも大きな盾を構えた筋骨　隆々《りゅうりゅう》の小柄なドワーフが、空気が震えるほどの大声を上げる。

この支配領域を支配する魔王の名前は『アキラ』と言うのか。

名乗り返す必要は別にないが……。

――サラ、名乗りを上げよ！

「え？　あーしが――」

――黙《だま》れ！

サラに名乗らせて、攻めて来た勢力がエルフ種と惑《まど》わせればラッキー程度に考えてはいたが……挙動不審《きょどうふしん》に振り返ったサラの姿は、目の前の眷属の目を通して魔王アキラも見ていた可能性が高い。

俺が名乗るのは……魔王が自ら侵略してきたと告げるに等しい行為だ。

となると……サラが振り向いた先にいたのは、俺と……サブロウか。

サブロウなのか……。

――サブロウ！　名乗れ！　リーダーを装え！

「フッ！　我が輩の名前はダークネス・ドラクル三世！　親愛なるシオン様の一番の配下にして、全ての闇を司《つかさど》る存在也！　立ち去れ？　フッフッフ……残念ながら汝《なんじ》らは我らが王の目に留まった。己が運命を呪《のろ》い――我が深淵の深さに絶望するがよい！」

サブロウが意味不明な名乗りをあげた。敵はサブロウを創造された配下の眷属と認識《にんしき》しただろうか？　まさか、ダークネス・ドラクル三世なる珍妙《ちんみょう》な人物が元魔王とは思うまい。攪乱《かくらん》はある意味成功なのだろうか……？

手を広げ、ドヤ顔を決めるサブロウに冷たい視線を送るサラとタカハル。

敵はサブロウをリーダーと誤認《ごにん》してくれただろうか？　一抹《いちまつ》の不安を抱《かか》えながら、侵略の最後を飾《かざ》る戦いの火蓋《ひぶた》が切られたのであった。

「意味不明な眷属を送り込みおって……。お前たちここを死守するぞ！」

魔王アキラの眷属――ザインの号令と共にゴーレムたちが壁となり、その後方から無数の矢が降り注いでくる。

「あーしを舐めるなし！　──《ウィンドストーム》！」

サラの放った暴風が飛来する矢を押し返し、数本の暴風を逃れた矢も盾を構えたリビングメイルが全て受け止める。

──サラ、ゴーレムのコアを破壊《はかい》出来るか？

「あのゴーレムは無理っしょ！　タカっちで叩くのが常識みたいな？」

意外に博識なサラが、立ち並ぶゴーレムの弱点を告げる。道中で出くわしたゴーレムは全てサラが魔法《まほう》で駆逐《くちく》した。流石《さすが》に、敵も最後の防衛ラインは対策を取ったようだ。

──と言う訳だ、いけるな？

「ハッ！　やっと、あのデカブツを壊《こわ》せるのか！　──ウォォォォオオオ！」

タカハルは獰猛な笑みを浮かべると、半獣と化して立ち並ぶゴーレムへと駆ける。

──カエデもタカハルと共にゴーレムのコアを叩け！

「ん。」

カエデは小さく頷《うなず》くと、その姿を消し去る。

──サラとカインは魔法でタカハルを援護《えんご》せよ！

「り！　あーしに任せるし」

「畏《かしこ》まりました！」

サラは降り注ぐ矢を風で吹《ふ》き飛ばし、カインは魔法の障壁《しょうへき》をタカハルへと付与《ふよ》する。

──サブロウは俺と共にタカハルとカエデに近付く敵を撃《う》ち抜《ぬ》くぞ！

「承知！　我が闇《やみ》、全てを貫《つらぬ》かん！　――《ダークランス》！」

サブロウはゴーレムの横から飛び出してきたドワーフに闇の槍《やり》を放ち、

――《ダークランス》！

俺も同様に飛び出してきたドワーフに闇の槍を見舞《みま》う。

「シャッ！　砕けろやぁぁああ！」

タカハルは地を蹴《け》り、大きく跳躍。ゴーレムの胸に埋まっているコアを鋭《するど》い爪《つめ》で切《き》り裂《さ》く。

コアを切り裂かれたゴーレムは身体を大きく揺《ゆ》らす。

「あん？　一撃《いちげき》じゃ壊れねーのかよ！」

タカハルは一撃で朽ち果てなかったゴーレムに怒《いか》りを覚え、再度跳躍。交差させてコアを守ろうとしたゴーレムの両腕《りょううで》を蹴り上げ、露《あら》わになったコアに踵《かかと》を叩き込む。宝石にも似たコアは粉々に砕け散《ち》り、ゴーレムは土塊《つちくれ》へと朽ち果てる。

地面に着地したタカハルをドワーフの集団が四方から囲む。俺とサブロウはタカハルを巻き込まないように、ドワーフへと《ダークランス》を放つが……処理が追い付かない。

リビングメイルを投入するか……。

――タカハルを守れ！

盾を構えて、待機していたリビングメイルに命令を下す。

俺は……後ろに控《ひか》えるドワーフを倒すか。

――《闇の帳《とばり》》！

俺は闇に紛《まぎ》れ、部屋の端《はし》からゴーレムを通り過ぎ、弓を構えたドワーフの集団に迫《せま》る。

——《カースヘイトレッド》を使用せよ！

俺の命令に応《こた》えたリビングメイルの集団が一斉に盾を打ち鳴らすと、敵の意識（ヘイト）がリビングメイルたちへと集中する。

——《一閃突き《いっせんづ》》！

弓を構えたドワーフを背後から素早《すばや》い刺突で貫く。

「——!?　＃％＄!?」

ゲイボルグに貫かれたドワーフは驚愕《きょうがく》の表情を浮かべながら、俺へと振り返り……聞き取れない言葉を口に出す。

ん？　背後からの奇襲《きしゅう》なのに一撃じゃ無理なのか……。後衛なのにタフだな。

俺は怨嗟《えんさ》の視線を送る瀕死《ひんし》のドワーフの顔面の前に、手の平を広げる。

——《ダークランス》！

至近距離《しきんきょり》から発生した闇の槍が目の前のドワーフの顔面を撃ち抜いた。顔面を撃ち抜かれたドワーフは糸が切れた人形のようにその場に倒《たお》れる。

すぐ近くで仲間が倒されたと言うのに、ドワーフたちは俺を一瞥《いちべつ》もせず……一心不乱にリビングメイルへと矢を放つ。俺はその隙《すき》に弓矢を構えたドワーフを1体ずつ葬り去るのであった。

「シャッ！　これで終いか？」

程《ほど》なくすると、最後の1体となったゴーレムが土塊となり朽ち果て、タカハルはそのままドワーフの集団相手に大立ち回りを始める。俺が弓矢を装備したドワーフを殲滅《せんめつ》する頃《ころ》には、サブロウとカインもタカハルと共に前線に立ち、敵の数を着実に減らしてゆく。

2時間もすれば……周囲に立っているのは俺の配下たちと1体のドワーフ――ザイン＝アキラのみであった。

失った戦力はリビングメイル4体か……。まぁ、そういう扱《あつか》いをしたからな。完封《かんぷう》とまではいかなかったが、完勝と言っても差《さ》し支《つか》えがない結果だろう。

「一応聞くが、俺の配下になる気はあるか？」

「ハッ！　戯れ言をっ！」

あからさまに自分よりも実力が上の集団に囲まれても、折れないか。配下の忠誠心は偉大《いだい》だな。

「ならば死ね」

俺はザイン＝アキラに死刑《しけい》宣告をする。

「シオン様！」

配下と共にザイン＝アキラに迫ろうとすると、俺《おれ》の名を呼ぶ声が割って入った。

「何だ？」

俺は不満を露わに、声を発した主――サブロウへと視線を送る。

「出来れば……此奴《こやつ》の相手は我が輩に！」

「1対1で勝負したいと？」

「畏《おそ》れながら……」

サラにいい格好でも見せたいのか？　とも思ったが、サブロウの目は真剣《しんけん》で……いつもの病気（中二）も鳴りを潜《ひそ》めている。他の配下に目を向けると、タカハルは腕《うで》を組んで俺の指示を待っており、サラは毛先を指先でクルクルと回して遊んでおり、他の配下は真剣な表情で俺の指示を待っている。

経験値は俺も欲《ほ》しいが……サブロウの真剣な目が気になる。

「わかった。好きにしろ」

「ありがたき幸せ！」

俺は槍を収めてサブロウの意見を受け入れると、他の配下も武器を下ろして行く末を見守る。

「ザインと言ったか……待たせたな。我が名はサブロウ＝シオン！　いざ尋常《じんじょう》に勝負也！」

お？　いつになく真剣だな。ってか、偽名《ぎめい》で通せよ。元魔王ってバレるじゃねーか。ってか、今の流れで魔王が俺ってバレたじゃねーか……。

サブロウの真剣さと雰囲気《ふんいき》に流されてしまったが、冷静に考えたら今の流れは最悪の一言だ。これで、１対１を挑《いど》んだ理由がしょうも無かったら……どういう罰《ばつ》を与《あた》えればいいのだろうか？

雰囲気に流された自分の行動に苛立《いらだ》ちながら、サブロウとザインの戦いを見守る。

大盾《おおたて》と大斧《おおおの》を構えるザインに対し、機動力で勝《まさ》るサブロウは遠距離《えんきょり》から魔法攻撃《まほうこうげき》を仕掛《しか》ける。

ザインは大盾を構えながらジリジリとサブロウに近寄るが、サブロウは縦横無尽《じゅうおうむじん》に動きまくり、ザインの接近を許さない。

頑丈な盾だな……。ユニークアイテムじゃないよな？　噂《うわさ》のドワーフ製の盾か？　倒したらアイアンの土産《みやげ》にするかな。

すっかり観戦モードになった俺は、ザインの装備の耐久性《たいきゅうせい》の高さに感心しながら戦いの行方《ゆくえ》を見守る。

チクチクと魔法で攻撃をするサブロウ。強固な装備と肉体で耐《た》えるザイン。

このままいけば、サブロウが勝利する可能性のほうが高いが……時間は相当掛《か》かりそうだ。

――サブロウ。確認だが、1対1にこだわりはあるのか？

俺はサブロウに念話を飛ばす。

「フッ！　我が輩はシオン様の配下ですぞ！」

サブロウは俺の念話の問《と》い掛けに、自信に満《み》ち溢《あふ》れた口調で答える。

「どういう意味だよ」

俺はサブロウの答えに苦笑《くしょう》しながら、魔力《まりょく》を込める。

――《ファイヤーブラスト》！

サラから吸収した能力――《ファイヤーブラスト》をザインの足下《あしもと》に放つ。

「――!?　な、き、汚《きたな》い――」

――《ファイヤーバレット》！

尚《なお》も戯れ言をほざくザインの顔面に炎《ほのお》の弾丸《だんがん》を見舞う。

「誰《だれ》が1対1と言った？　ってか、最初に大人数で囲んでいたのはお前たちだろ？」

「き、貴様ぁぁああ――」

俺へと怒りを露わにしたザインに対し、刹那《せつな》の瞬間《しゅんかん》に詰め寄《よ》ったサブロウが刺突剣を首筋に見舞う。

サブロウは答えた――俺の配下と。つまりは、勝てば官軍だ。

「あん？　俺も攻撃に参加したほうがいいか？」

「トドメはサブロウにくれてやれ」

「あいよ」

観戦に暇《ひま》を持て余していたのは俺だけではなかったようだ。タカハルは獰猛《どうもう》な笑《え》みを浮かべると、地を蹴りザインとの距離《きょり》を詰めると豪快《ごうかい》な回し蹴りを見舞う。

「ん。」

ザインがタカハルの蹴りの衝撃《しょうげき》を抑《おさ》えきれずに揺らいでいる隙に、いつの間にか背後から忍び寄ったカエデが首筋に短剣を突き立《た》てる。苦悶《くもん》の表情を浮かべるザインの盾をタカハルが蹴り上げ、露わとなった胴体《どうたい》にサラが圧縮した風――《ハイプレッシャー》を押し当《あ》てる。

盾を失い、地に倒れたザインを覆《おお》うようにサブロウが刺突剣を構える。

「貴様の敗因は何かわかるか？　……それは、我が輩たちの絆《きずな》を侮《あなど》ったことだ」

サブロウが謎《なぞ》の決め台詞と共に、倒れたザインの首筋に刺突剣を押し込んだ。

「き、ず、な……？　トドメは《ハイプレッシャー》からのサブロウの攻撃か。良かったなサラ、お前とサブロウの絆が勝因らしいぞ？」
「は？　あーしじゃないし！　マジ卍！」

俺は意地の悪い笑みを浮かべると、サラが激昂《げきこう》する。

残念ながら、サブロウの語る絆は幻想《げんそう》のようだ。

「っと、冗談《じょうだん》はこの位にして……サブロウ」

俺はザインにトドメを刺した後に、歓喜《かんき》の表情を浮かべているサブロウの名を呼ぶ。

「それで……ザインを倒したかった理由は何だ？」

「ハッ！　恐《おそ》れながら、我が輩――サブロウ＝シオンはシオン様に朗報がございます」

「何だ？」

「レベルが……レベルが……50を超えましたぁぁあああああ！」

サブロウは本当に嬉しそうに叫《さけ》び声《ごえ》をあげる。

「と言うことは……つまり？」

「我が輩も進化が出来ますぞぉぉおお！」

サブロウが鼻水と涎《よだれ》を垂らしながら大喜びする。

「あん？　俺よりもレベルが上なのかよ」

「マジありえんてぃ」

元魔王《まおう》の連中は配下になると、レベルの概念《がいねん》が人類と同一になる。魔王時代のレベルとステータスは据《す》え置《お》きとなり、成長速度は人類並みに速くなる。しかし、変な制限があるらしく魔王時代のレベル×5まではBPが増加することはなく、レベルだけが上がる仕組みだ。

つまり、信じられないが……タカハルはこれだけの強さを誇っているのに現在のレベルは24だ。リナの半分以下のレベルとなる。

レベルとステータスが据え置きなので、初期ステータスで勝る魔王は人類よりもアドバンテージが大きいと思われるが……魔王を辞めた時点で錬成《れんせい》と創造を失うので、そこに振ったBPは無駄《むだ》となる。タカハルのように肉体に極振りした魔王以外は、弱体化するケースもあるようだ。

サブロウはカノンの次に配下になった元魔王だが……いつの間に、そこまでの経験値を稼《かせ》いだのだろうか？　思い起こせば……アホな事を言う度に、最前線に転移させていたな……。ヤタロウも積極的にサブロウを前線に投入していた。

元魔王は、レベルは低いがステータスが高い。そうなると、地力で敵を殲滅《せんめつ》出来るので大量の経験値を得られる。それによりレベルアップも速くなる。知識特化のカノンは例外だが。

俺は妙《みょう》な納得《なっとく》感に包まれる。

「それで進化先はどうするんだ？」

俺は喜ぶサブロウに質問を投げかけた。

「えっ？　我が輩が決めてもいいのですか？」

俺の言葉にサブロウは驚《おどろ》きの声をあげる。

「そうだな……。やっぱり保留にするか」

サブロウの進化先について思考を張《は》り巡《めぐ》らせ、保留を告げる。

「えっ？」

「サブロウは防衛要員だ。ヤタロウと相談する」

ヤタロウと相談した結果、サブロウが防衛に必要と言われれば『ナイトメア・ヴァンパイア』が望ましい。不要ならば侵略《しんりやく》部隊に組み込むので『デイライト・ヴァンパイア』が望ましい。

今回のように時々借りるのであれば『ヴァンパイア・ロード』でもいいし、魔力特化の『ヴァンパイア・エルダー』や単純上位種の『ヴァンパイア・ノーブル』の存在も気になる。

「とりあえず、侵略を切り上げてヤタロウと合流するか」

俺は侵略を共にした配下と共にヤタロウが待つ居住区へと転移するのであった。

◆

ヤタロウのいる居住区に転移すると、サブロウ以外の配下は自分の住居へと帰宅する。

「お！　おかえりですじゃ。何かご用かのぉ？」

ヤタロウの住居に出向くとヤタロウは好々爺《こうこうや》の笑みを浮《う》かべて現れる。

「サブロウのレベルが50に成長した」

「ほぉ。それはめでたいのぉ」

「率直《そっちょく》に聞くが、サブロウは防衛に必要な人材か？」

「本人を目の前に、それを聞くかのぉ」

ヤタロウはサブロウに視線を投げかけ、笑みを浮かべる。

「言いづらいなら、サブロウに席を外させるが？」

「――な!?　その時点で我が輩は精神的な苦痛を……」

「ふぉっふぉっふぉ。構わんよ。率直に言えば――必要じゃな」

ヤタロウは笑い声をあげると、その後真剣な口調で答える。

「となると、サブロウの進化先は――」

「待つのじゃ。儂《わし》に意見を聞いてくれたのは有《あ》り難《がた》かったが、サブロウ――1ついいかのぉ？」

「何ですかな？」

「サブロウは今回初めて侵略に参加した。どうじゃった？　サブロウは防衛と侵略、どっちが自分に向いていると思ったのじゃ？」

「むむ？　難しいですなぁ……」

ヤタロウに質問を振られたサブロウは苦悶の表情を浮かべる。

「ふぉっふぉっふぉ。サブロウ、儂はちとシオンと茶でも飲みながら世間話をしたい。少し席を外して貰《もら》ってもいいかのぉ？」

「わかりました」

サブロウは不満そうな表情を残しながらもヤタロウの言葉に従い、立ち去る。

「さて、シオンや。儂がなぜサブロウを防衛として必要としているかわかるか？」

「単純に強さか？」

俺はヤタロウの質問に答える。サブロウは性格と性癖《せいへき》はともかく、戦力としてみれば一級品だ。

「ふぉっふぉ。確かにサブロウは強い。恐らく防衛メンバーの中ではイザヨイの次に強いじゃろ。しかし、儂が必要としておる理由は別じゃ」

「――？」

俺はヤタロウの言葉に首を傾《かし》げる。

「儂にとってのサブロウという存在は、シオンで言うカノンじゃな」

「は？　ますます意味不明だが？」

「ふぉっふぉ。確かに見た目も愛くるしいカノンと、サブロウを同一視するのは……カノンに失礼かもしれんのぉ」

ヤタロウは楽しそうに笑い声をあげる。

「強さだけならイザヨイで事足りる。他にもシオンから借り受けている配下は与えられているアイテムの性能も相まって、侵略してくる人類や魔物《まもの》からすれば十分な戦力じゃ。サラ嬢《じょう》のようなイレギュラーな存在が侵略してきたら、シオンに報告すれば問題ないしのぉ」

「わかりやすく説明してくれ」

遠回しに説明をするヤタロウに俺は端的《たんてき》な説明を求める。

「サブロウは儂と同じ元魔王――言《い》い換《か》えれば元人間じゃ。イザヨイは強い、借り受けている配下も強い――しかし、創造された、儂らとは異なる生命体じゃ」

俺はヤタロウの言わんとすることを理解した。

「つまりは、話し相手としてサブロウが欲しいと？」

「身も蓋《ふた》もなく言えば、そうなるのぉ」

俺の導き出した答えにヤタロウは笑みを浮かべながら頷く。

「サブロウでいいのか……？」

「ふぉっふぉ。シオンはサブロウをどう捉《とら》えておる？」

「末期の中二病患者《かんじゃ》にして、特殊性癖《とくしゅ》の持ち主」

「ふぉっふぉ。フォローしてやりたいが……否定をする言葉が思《おも》い浮かばんのぉ。それもサブロウの一面じゃが……別の一面もあるのじゃ」

「別の一面？」

「そう、人間くさい一面じゃ。今回、サブロウは侵略で張り切っておらなんだか？」

ヤタロウの言葉を受けてサブロウの侵略時の様子を思い出そうとするが、サラとの漫才《まんざい》のような言い争いをしている場面しか思い出せない。

「最後の魔物は倒したいと懇願《こんがん》してきたな」

「サブロウはな……サラ嬢とタカハルがシオンの配下になってから焦《あせ》っておったのじゃ」

「焦っていた？」

「うむ……サラ嬢とタカハルは元々がレベル10以上――進化した魔王じゃった。イザヨイは言うならばサブロウの上位互換《ごかん》とも言える。サブロウはそんな同僚《どうりょう》たちと自分を比べて焦っておったのじゃ」

「ふむ」

俺はヤタロウの言葉に頷く。

「実に人間臭《にんげんくさ》いと思わんか？」

「まぁ、そうだな」

「儂にはそんな人間臭いサブロウが必要なんじゃ。シオン、主もそうじゃないのか？」

「――？」

ヤタロウの問い掛けに俺は首を傾げる。

「シオンも何かあればカノンに話しかけるじゃろ？」

「それは、カノンの知識がBだから……」

「ふぉっふぉっふぉ。少し調べればわかることでもカノンに聞いていないか？」

「調べるのが面倒だからな」

「他にも自分の考えを伝えて、自分が正しいか確認していないか？」

「……」

「つまり、そういうことじゃ」

何となく言い負かされたようで腹立たしいが、反論の言葉が見つからない。

「それにな、サブロウはアレでイザヨイとは仲が良いし、他の配下との関係も良好じゃ」

「そうなのか？」

「うむ。エルフからは毛嫌《けぎら》いされておるがのぉ」

ヤタロウは話にオチを付けたように盛大に笑い声をあげる。

「で、結局サブロウは防衛に必要ってことだな？」

「そうなるのぉ」

長々と話したが、サブロウは防衛に必要らしい。同時に、あまり気にしていなかった防衛メンバーの関係性も垣間見《かいまみ》えたのであった。

ヤタロウとの会話も終わったので、席を外していたサブロウを呼《よ》び戻《もど》し、進化先を話し合うことにした。

「サブロウには今後も防衛を主体に時々侵略を手伝って貰う予定とするが、進化先の希望はあるか？」

ヤタロウからは俺に一任、もしくはサブロウの意向を汲《く》んでくれと言われた。防衛が主体となるので、『デイライト・ヴァンパイア』以外であればサブロウの希望を聞く予定だ。

「我《わ》が輩《はい》は『ヴァンパイア・ロード』か『ヴァンパイア・ノーブル』に進化しようかと」

サブロウは自信なさげに2つの進化先の種族を答える。

「『ヴァンパイア・ロード』と『ヴァンパイア・ノーブル』か。理由は？」

「正直我が輩のイメージで言えば『ナイトメア・ヴァンパイア』ですが、残念ながら『ナイトメア・ヴァンパイア』はイザヨイに先を越されてしまった……。ならば、次に我が輩に似合う名称《めいしょう》はロードかノーブルかと！」

「語感かよ……。ってか、ナイトメアでイザヨイに先を越されたのなら、ロードは俺の種族だぞ？」

「フッフッフ。シオン様と同じ種族を選ぶことにより、２人の絆は深まり……主従を超えた義兄弟へと――」

「『ヴァンパイア・ロード』禁止な」

俺はサブロウの戯言《たわごと》を遮《さえぎ》り、『ヴァンパイア・ロード』への進化を禁止とする。

「――な!?　り、理由はそれだけではありませぬ！　防衛主体ならばデイライトの優位性は低く、我が輩は魔法よりも武器による攻撃を得意としております。ナイトメアが封《ふう》じられた以上、そうなると選択肢《せんたくし》はロードとノーブルになるのですぞ」

サブロウは慌《あわ》てて言い訳のように早口で理由を捲《まく》し立てる。

「最初からそっちの理由を言えよ……。まぁ、いいや。ならば、サブロウの進化先は『ヴァンパイア・ノーブル』で決定だな」

「わ、我が輩の行く末を左右する重要な選択を……そんなにもアッサリと!?」

辟易《へきえき》しながら答える俺の言葉に、サブロウは狼狽《ろうばい》を示す。

「悩んでいても答えは出ない。ならば、直感を信じろ」

「むむ……。シオン様がそういうのであれば……」

こうしてサブロウは『ヴァンパイア・ノーブル』へと進化したのであった。

◆

ドワーフ種の魔王が支配する羽咋市《はくいし》の支配領域を侵略してから15日目。

13あった敵の支配領域も、残すところ1つ。羽咋市の統一も最終段階まで進んでいた。

「シオンさん！　いよいよ待望のドワーフ種の魔王が配下になりますねぇ」

「そうだな」

脳天気に笑《え》みを浮かべるカノンの言葉に俺は適当に相槌《あいづち》を打つ。

「おろ？　浮かない表情ですねぇ？　何か心配事でもあるのですかぁ？」

「後半の侵略をどう思う？」

「後半の侵略ですかぁ？　私はシオンさんと違って様子を見ることは出来ないので、よくわかりませんがぁ……侵略ペースは速かったですねぇ？」

カノンは首を傾げながら不確かな返事をする。

「後半は敵がほとんどいなかった」

「——？　と言うことは……諦《あきら》めた？　もしくは——」

「主力を最後の支配領域に集結させた……と考えるのが妥当《だとう》だな」

「なるほどぉ……。つまり、最後の支配領域の侵略は今まで以上に大変になる？」

カノンの言葉に俺が続くと、俺の言葉を受けてカノンが俺の考えを考察する。

「それもあるが……。仮に俺が敵の魔王——アキラだとしよう」

「え？　相手の魔王の名前アキラって言うのですかぁ!?」

話の腰《こし》をサクッと折るカノンの言葉を無視して、俺は頭の中で物語を紡《つむ》ぐ。

「魔王アキラのレベルは10。ステータスは錬成Ｂ、創造Ｂ。ステータスが初期からＢに成長する為《ため》に必要なＢＰは17。レベルが10までに得られるＢＰは55。ならば、ステータスをＢに成長出来る項目《こうもく》は後１つ。錬成特化なら【肉体】と考えるのが妥当だろう。そうなると、残るＢＰは４。知識と魔力をＤに成長させて終了《しゅうりょう》となる」

「ＢＰを余らせずに割《わ》り振《ふ》り出来るベストのパターンですねぇ」

「そうだな。つまり、これ以上のステータスは考えられない」

今の俺が口にした考察は、魔王アキラが俺を迎《むか》え撃つ為に最適解で割り振ったパターンだ。錬成にＢＰをつぎ込んでいる可能性もあれば、ＢＰを振らずに貯蓄《ちょちく》している可能性もある。その場合は想定よりも魔王アキラの能力は低くなる。

次に魔王アキラの配下だ。レベルが10以上であることから、特殊《とくしゅ》な配下——ヴァンパイア・バロンに相当する配下は創造可能となる。初めて敵対していた時に支配していた支配領域の数は13。となると、魔王アキラの最大ＣＰは２３００。タカハルとサラにも確認したが、レベル10で創造出来る特殊な配下は、最大ＣＰ１０００を消費する。吸血種と獣《けもの》種とエルフ種のみが最大ＣＰ１０００を消費して、他の種族は違う条件と言うのは考えづらい。

となると、魔王アキラは特殊な配下を最大で２体創造出来る。しかし、錬成が得意な魔王アキラが最大CPを300にするとは考えづらい。ならば、特殊な配下は1体が限界か？

次に、俺の配下で言う、カノン、ヤタロウ、サラ、タカハル、サブロウ――元魔王の配下。リナ――元人類の配下。これらの存在もイレギュラーな要素となり得るが……魔王アキラの元には存在するのだろうか？

俺の予想は――存在しない。

仮に、そんな存在がいるのなら支配領域が最後の1つとなる前に防衛に現れるだろう。

これに対し俺の戦力は――肉体B、魔力B、錬成B、創造Bの首領である俺。元魔王のタカハル、サラ、サブロウ。元魔王と匹敵《ひってき》する強さのリナ。他にも、カイン、カエデ、クロエ、レイラを筆頭とした眷属《けんぞく》たちは魔王アキラの眷属と同等以上の力を有している。

そして、これらの力の差を魔王アキラはスマートフォンを通じて見ていたはずだ。

これらの情報を踏《ふ》まえた上で……

「勝ち目はあるのか……？」

「えっ？　逆に負ける要素があるのですかぁ!?」

間の思考を省いた俺の呟《つぶや》きに、カノンが驚愕する。

「言葉足らずだったたな。魔王アキラに勝ち目はあると思うか？」

「あぁ……。そういうことですかぁ。無いと思いますよぉ」

俺の質問にカノンはあっけらかんとした口調で答える。

「だよな」

「――？　勝てる戦いなのに、何を悩んでいるのですかぁ？」

「初見の相手とか、序盤《じょばん》ならいざ知らず……魔王アキラは俺たちの強さを知っている」

「まぁ、支配領域を12も奪《うば》われれば、嫌《いや》でも身に染《し》みているとは思いますよぉ」

「魔王アキラはドワーフ種だろ？　配下は錬成が得意なドワーフだ」

「そうですねぇ」

「何とか無傷で大量に配下に出来ないか？」

「なるほど……。そういうことですかぁ」

ベストメンバーで侵略すれば、支配領域を支配するのは容易だろう。しかし、そうなると道中で俺の配下になる予定のドワーフを大量に失ってしまう。

可能であれば無血開城が望ましい。贅沢《ぜいたく》を言えば、降伏《こうふく》をする前に余ったＣＰで特殊な配下を創造して欲しい。

無血開城――降伏を受け入れさせるために必要な手順は何だろう？

まず、魔王アキラは《降伏》を知っているのか？

次いで、《降伏》した場合のメリット――元魔王の生活の保障。

これらの２つの関門をクリアするには――元魔王の配下と共に勧告《かんこく》するのがベストだ。

そうなると、侵略するメンバーは俺、タカハル、サラ、サブロウ……後はカノンを加えよう。

ヤタロウも連れて行きたいが、防衛が疎《おろそ》かになるのは避《さ》けたい。次いで、脅《おど》しとしてリナの部隊の眷属とクロエの部隊の眷属も連れて行こう。眷属たちの実力は魔王アキラが一番知っているはずだ。

このコワレタ世界を創《つく》った黒幕は、人類（ロウ）と魔王（カオス）が互《たが》いに嫌悪《けんお》感を抱くように潜在《せんざい》意識を植え付け、魔王（カオス）同士も同様に嫌悪感を抱くように潜在意識を植え付けている。俺自身、見知らぬ魔王に降伏を迫られたら「は？　ふざけるな！」と激昂するだろう。しかし、死が迫ったときの恐怖心《きょうふしん》はその潜在意識を上回る。

今回は説得から入ってみるのもありだろう。

失敗したら、いつも通り力ずくで従わせればいいだけだ。

方針は決まった。

俺は眷属を呼び寄せ、羽咋市に1つ残った最後の支配領域へと出向いた。

屈強《くっきょう》な眷属たちを引き連れて羽咋市に残った最後の支配領域へと足を踏み入《い》れる。

支配領域は今までに支配してきた12の支配領域と変わらず坑道《こうどう》タイプ。最後くらいは吸血種である俺を警戒《けいかい》して、屋外タイプに変更《へんこう》するかと思っていたが……。

魔王とは支配領域の主である。主である以上、己《おのれ》の支配領域を管理、監視《かんし》することが出来る。

俺は一歩前へと進み、大きく息を吸い込む。

「我が名は魔王シオン。金沢《かなざわ》市、河北郡、かほく市を統一した魔王也。支配している支配領域の数は89。俺と配下の強さについては……説明は不要だろう」

俺は誰も存在しない天井《てんじょう》へと、語りかけるように言葉を発する。

「魔王アキラよ。単刀直入に用件を伝える。俺の軍門に降《くだ》れ。恐らく、お前たちは最後の抵抗《ていこう》に備えているのだろう。しかし、俺に勝てるビジョンは見えるか？　敢《あ》えて言おう、俺の勝利は揺るぎなく、お前たちの敗北は自明の理だ」

　俺は勧告の言葉を続ける。

「ならば、無用な流血は避けようじゃないか。俺の配下になったとしても最低限……いや、充《じゅう》実《じつ》した生活を保障しよう。魔王アキラよ……どうだ？　一度、話し合わないか？」

　俺は最後に質問を投げかけ、勧告の言葉を終える。

　伝えるべき事は伝えた。後は、魔王アキラの答えを待つだけだ。

「どうするんだ？」

　タカハルが勧告を終えた俺に尋《たず》ねる。

「待つさ」

「どのくらい？」

「そうだな……1時間。1時間待っても返答がなかったら侵略を開始しよう」

「チッ！　退屈《たいくつ》な話し合いに俺を駆《か》り出《だ》すなよな」

　好戦的なタカハルは不満そうに鼻を鳴らす。

「あーしはタカっちと違《ちが》って、平和主義だしぃ～。って言っても、暇みたいな？　1時間もこんなジメジメした場所で待機とかマジありえんてぃ」

　タカハルに次いで協調性に欠けるサラが愚痴《ぐち》を溢《こぼ》し始める。

「暇か……。そうだな。そういえば、お前たちが顔を合わせるのは初めてだろ？　互いに自己紹介《しょうかい》でもして時間を潰《つぶ》せ」

俺はクロエやレイラたちに視線を送りながら、余暇《よか》の過ごし方を提案する。

「自己紹介ですか。畏まりました。その前に……そこの獣風情《けものふぜい》！　シオン様に対しての口の利《き》き方《かた》がなっていないないな！　不敬だぞ!!」

「同じくそこの劣等種《れっとう》の耳長。お前にもシオン様の眷属としての在り方を教育する必要があるな」

クロエとレイラが、先程《さきほど》愚痴を溢したタカハルとサラに激昂する。

「あん？　おい！　そこのねーちゃん！　獣風情って言うのは俺のことか？」

「はぁ？　配下風情に劣等種とか言われるなんて、マジ卍《まんじ》！」

売り言葉に買い言葉。クロエとレイラの言葉にタカハルとサラが激昂する。

こいつら……。混ぜると危険なタイプだったのか……。

——味方同士の争いを一切《いっさい》禁じる！

面倒《めんどう》なので、強制的な命令を下して仲裁《ちゅうさい》する。

「ったく、お前たち……少しは仲良くしろよ」

俺は剣呑《けんのん》な空気が流れる中、ため息を吐くのであった。

気まずい空気の中、魔王アキラを待つこと30分。

前方から金属同士が擦れる音と複数の足音が聞こえてくる。

「ようやくお出ましか」

俺は足音のする前方へと視線を向けると、ミスリル製の全身鎧《よろい》を纏《まと》い、銀色に輝《かがや》く巨大《きょだい》な戦斧と盾を手にしたドワーフの集団が姿を現した。

ミスリル製の全身鎧を纏ったドワーフが左右に道を空けると、アイアンと同じ漆黒《しっこく》の鎧――カースドメイルを纏った他のドワーフよりも一回り大きなドワーフが現れた。

あいつが魔王アキラか……？

漆黒の鎧を纏ったドワーフは他のドワーフよりも一歩前へと進むと、左へとずれて片膝《かたひざ》を突いて、頭を下げる。

――？

降伏を行動で示した……？　にしては、あいつの下げた頭は俺に向いていない。

目の前のドワーフの奇妙《きみょう》な行動に警戒心《けいかいしん》を強めていると、左右に割れたドワーフの中から、他のドワーフよりも一回り以上小さな少女が姿を現した。

「魔王シオンはじめまして」

小さな少女――頭には黄色の安全メットを被り、オーバーオールの作業着のような衣装を着込んだ少女が無表情のまま、俺へと声を掛ける。

「魔王アキラ……？」

俺は敵の首領の名前を呼ぶと、目の前の少女は小さく首を縦に揺らす。

「わたしはこう見えてもおとな。バカにしないで」

少女――魔王アキラは小さな声で呟く。

「バカにはしていないが……姿を現したと言うことは俺の軍門に降る、と言うことでいいのか？」

「よくない」

俺の言葉に魔王アキラは否定の言葉で答える。

「ならば、今から殺し合うか？」

「ちがう」

今度の答えには僅《わず》かに怒気《どき》を感じる。

「ならば、望みは？」

「魔王シオン。あなたはバカ？　自分の言葉を思い出す」

俺の言葉……？　――！

「話し合いに来たのか」

俺の言葉に魔王アキラは首肯《しゅこう》した。

「ならば、話し合うか。話し合う前に大前提を確認《かくにん》する。魔王アキラ――お前たちは俺に勝てない」

「それは、おどし？」

「脅しじゃない。事実確認だ」

俺は冷静に答える。

「魔王アキラ……《降伏》を知っているか？」

「しってる」

俺の問い掛けに魔王アキラは首を縦に振る。

「知っているのか。『ラプラス』から得た情報か？」

「……『ラプラス』？」

「知らないのなら、忘れてくれ」

首を傾げる魔王アキラに俺は話の続きを始める。『ラプラス』を知らずに《降伏》を知ると言うことは——魔王アキラの知識はC以上となる。

「《降伏》を知っているのならば、話は早い。俺に《降伏》しろ」

「いやだ……と言ったら？」

「殺し合うしかないな」

今回の交渉《こうしょう》において、優位性はこちら側にある。下手に弱みを見せるのは悪手だろう。魔王アキラは苦悶の表情を浮かべる。

「……なら、《降伏》するメリットは？」

「お前も、お前の配下も生き延びることが出来る」

「さっき言っていた、充実した生活はどうなったの？」

「保障しよう」

「その約束が守られる保証は？」

「俺を信じろ……としか言えないが、そうだな。例えば、そこにいるのはお前と同じ元魔王だ。充実した生活を送っているぞ？」

――笑顔で、頷《うなず》け！

言葉と同時に命令を下したことにより、タカハルたちはぎこちない笑みを浮かべながらも首肯する。関係ないが、クロエとレイラは狂信的《きょうしんてき》な表情を浮かべて、何度も頷いている。

「はじめて会ったあなたを信じろ？」

「そうなるな」

「……きびしい」

「ならば、どうしたら信じる？」

俺が質問を投げかけると魔王アキラの目が輝く。

誘導《ゆうどう》されたか……？

「コレを装備して……」

魔王アキラはそう言って赤い輪っか――首輪を俺に差し出す。

「俺に首輪をしろと？」

「コレは『盟約の首輪』。約束を違《たが》えると首が絞《し》まる」

「は？　そんな物騒《ぶっそう》なモノを装備しろと？」

「約束を守るのなら問題ない」

「ふざけるな……。俺がソレを装備したら、俺の生殺与奪《せいさつよだつ》権をお前に奪われる。それは《降伏》

とは言わない」

「むぅ……。ならば、あなたの一番信頼《しんらい》している配下にコレを付けて」

「信頼している配下……？」

「うん。約束を守るのなら問題ない」

魔王アキラは先程《さきほど》と同じ言葉を繰《く》り返《かえ》す。

「お前の言う充実した生活とは、どの程度を指す？」

「安全が保障される生活。贅沢は望まない……でも、使い捨てはゆるさない」

「意外に質素だな。毎日の《乱数創造》とか、無駄に豪華《ごうか》な食事は望まないのか？」

「仮に《降伏》したとしても、ＣＰを無駄にしてあなたが死んだら無意味」

目の前の少女は本当に大人なのかも知れない……。どこその乱数狂《ぐる》いの高齢者《ヤタロウ》に、この台詞を聞かせてやりたい。

「わかった。ならば、お前と配下には居住地と三食を保障しよう」

「後、使い捨て禁止」

「使い捨てもしない……。但《ただ》し、一部の配下には戦闘《せんとう》に参加してもらう。盾役《たて》を頼《たの》むこともあるだろう。善処はするが、そこで命を落とす可能性はある」

「それは理解している」

「ならば、そちらの要望も呑もう」

俺は生《い》け贄《にえ》として捧《ささ》げる配下を選別すべく、配下たちに視線を送る。クロエとレイラは立候補しそうな勢いだが……。

「俺の信頼する配下は――」

「あの女性……彼女《かのじょ》がいい」

魔王アキラはリナへと視線を送った。

「な⁉　リナは――」

「フッ……小童《こわっぱ》。見る目がないな……。シオン様が一番信頼している配下は――」

「私だ！」

俺の言葉を遮り、クロエとレイラが暴走。タカハルとサラに挑発《ちょうはつ》するような視線を送る。

「は？　信頼云々《うんぬん》は知らねーが……最強の配下は俺だぜ？」

「はぁ？　シオンっちから一番信頼されている配下はあーしですけどぉ？」

クロエとレイラに触発《しょくはつ》されて、タカハルとサラも暴走を始める。

「フッ、皆《みな》の者落ち着くのだ。シオン様が最も信頼する配下は――我が輩だ！」

サブロウが混沌《こんとん》とする状況《じょうきょう》に更《さら》なる混乱を引き起こす。しかし、サブロウがドヤ顔を決めると、周囲の配下が押《お》し黙《だま》る。

「むむ……？　ここは流れ的に――」

「――サブロウ！」

静まり返った空気に狼狽するサブロウの名前を叫ぶ。落としどころはサブロウか……。

「――⁉」

「この者は俺《おれ》と同じ吸血種にして、上位種である『ヴァンパイア・ノーブル』！　更には元魔王として、俺を支える側近中の側近だ！」

「フッ！　シオン様……やはり我が輩を名指しにされましたか！　如何《いか》にも！　我が輩こそはシオン様の右腕《みぎうで》！　深淵《しんえん》なる闇《やみ》の――」

――黙れ！

これ以上、口上を語らせるとボロが出る。

事実、サブロウは希少価値の高い存在ではあるが……魔王アキラは生け贄としてリナを狙《ねら》っていた。創造した配下であるクロエやレイラでは、恐らく納得はしないだろう。とは言え、リナの希少価値は非常に高い。そこで、俺はサブロウを生け贄として捧げることにした。

盟約の内容がもう少し厳しかったら誰も差し出す気はなかった。しかし、盟約の内容があの程度であれば……恐らく約束は守れるだろう。

「一度装備したら私の意思でも外せない。だいじょうぶ？」

「問題ない」

「我が輩の意思は……」

こうして俺は魔王アキラから受け取った『盟約の首輪』をサブロウの首へと掛《か》ける。

「最終確認だ。盟約が成されたら、魔王アキラとその配下には居住地と食事が約束される。また、使い捨てのような運用は一切しない。代償《だいしょう》として、魔王アキラは俺に《降伏》する。その盟約が破られた場合は俺の腹心――サブロウの首に掛けられた『盟約の首輪』が絞まる」

「うん」

魔王アキラが小さく首を縦に振る。

「盟約が破られた場合――サブロウは死ぬのか……？」

「すぐにはしなない」

「侵略メンバーに組み込まれた配下のドワーフが食事を抜《ぬ》いたら、どうなる？」

「あなたがわたしと配下を虐《しいた》げる気持ちを持たなかったらだいじょうぶ」

「タンク役を命じて、敵の攻撃《こうげき》を一手に引き受けさせても、盟約違反《いはん》にはならないか？」

「それはひつような役割。だいじょうぶ」

あらゆる事態を想定して質問を繰り返す。

そして、質問を繰り返す内に1つの可能性に辿《たど》り着《つ》く。

まぁ、俺の予想が外れていたとしても……魔王アキラと多くのドワーフは錬成要員だ。危険に晒《さら》されることはあるまい。俺の支配領域内の居住区にいる限りは、ヤタロウがインフラを整えてくれる。仮に盾役を命じても、役割ならば問題なし。

「了解《りょうかい》した」

俺はサブロウの首に掛けた『盟約の首輪』を装着させた。

「ありがとう。次はわたしの番……」

魔王アキラが背後のドワーフに視線を送ると、奥《おく》から1体のドワーフが白銀に輝く球体――【真核《しんかく》】を魔王アキラに差し出し、【真核】を受け取った魔王アキラは【真核】を俺へと差し出す。

俺は【真核】を受け取らず、魔王アキラに質問を投げかける。

「魔王アキラ……今のお前のＣＰはいくつだ？」

「ん？　……５５０」

魔王アキラは、ポケットから出したスマートフォンの画面を見て答える。

５５０？　あぁ……【真核】をテリトリー外に持ち出すとＣＰは半減されるのか。

「お前の部屋――最奥に戻ればＣＰは１１００だな？」

「うん」

「ならば、一度一緒《いっしょ》に最奥の部屋に行こうか」

「――？　なぜ」

「《降伏》する前にやって欲《ほ》しいことがあるからだよ」

首を傾げる魔王アキラに俺は笑《え》みを浮かべて答えた。

その後、俺たちは魔王アキラと共に最奥の部屋へと移動。同時にＣＰが回復するのを待った。

「さてと、《降伏》する前に――《配下創造》をして欲しい」

「《配下創造》？」

「そうだ。レベルが10に成長した時に、最大ＣＰを消費して創造出来る配下がいなかったか？」

「マスタードワーフ？」

「それだ。どうせ、《降伏》したらお前のＣＰは無に帰す。ならば、有効活用したい」

「わかった。《マスタードワーフ》は４つの特性をえらべる。どうする？」

「４つの特性を教えてくれ」

「【ドワーフロード】、【マジックドワーフ】、【ダークドワーフ】、【ドワーフビルダー】」

「ちなみに、お前が選んだ進化先は？」

「ドワーフスミス」

相変わらず名前で予測するしかないのか……。

魔王アキラの選んだ【スミス】は職人。恐《おそ》らく錬成特化。ロードは肉体特化で間違《まちが》いないだろう。マジックは魔力《まりょく》特化だろう。ビルダーは建築士か？　建築特化？　ダークは闇？　闇のドワーフってなんだ？

どれも気になるが……今回の目的はタンク役だ。

面白味《おもしろみ》には欠けるが――

「【ドワーフロード】を選択してくれ」

「わかった……なまえは？」

「任せる」

暫《しばら》く待つと、目の前に五芒星《ごぼうせい》が出現。光の中から屈強なドワーフが姿を現す。

「儂の名はアベル＝アキラ。親方様に生涯《しょうがい》の忠誠を――」

「わたしじゃなくて、シオンに誓《ちか》って」

「む？　し、しかし――」

「命令。シオンに誓って」

「畏《かしこ》まりました……。儂の名はアベル＝アキラ。お……シ、シオン様に生涯の忠誠を誓いますぞ」

何とも奇妙な眷属の創造に立ち会うのであった。

「もういい？」

「あぁ。無理を言ったな」

魔王《まおう》アキラは表情を崩《くず》さずに俺に確認。俺が首肯すると、黙って【真核】を差し出し、そのまま片膝を突く。

「私――魔王アキラは、魔王である生を捨て、汝《なんじ》――魔王シオンに『降伏』します」

「――了承《りょうしょう》する」

俺の手中に収まっていた【真核】が光《ひか》り輝き、俺の手の中から消失。同時に、足下《あしもと》が、空間が、支配領域が激しく振動《しんどう》する。

『ＶＶ魔王アキラの支配領域を支配しました。

ＶＶ支配領域の統合に成功しました。これより24時間【擬似的《ぎじてき》平和】が付与《ふよ》されます』

俺はスマートフォンを操作して、アキラの降伏が成功したことを確認。

こうして、俺は念願のドワーフ種の魔王を配下として迎え入れた。

「アキラ？　1ついいか？」

「なに？」

「『盟約の首輪』を錬成《れんせい》して貰ってもいいか？」

「――⁉　あ、あれは……魔王のときにしかむり」

「なるほどね」

魔王じゃないと無理か……そういうことにしておこう。

俺は狼狽するアキラを見て、笑みを浮かべたのであった。

◆

魔王アキラを配下に加えた俺は、第一支配領域へと戻った。

「おかえりなさいですぅ」

「おかえり」

事前に待たせていたカノンとヤタロウが、俺とアキラを出迎《でむか》える。

「ただいま。この子がアキラだ」

「ほぇ。ドワーフと言うより……」

「……子供じゃな」

「こどもじゃない……おとな」

紹介《しょうかい》したアキラに率直《そっちょく》な意見を述べるカノンとヤタロウであったが、アキラは仏頂面《ぶっちょうづら》を浮《う》かべて否定する。

「あはは……。ごめんなさい。私はカノンですぅ。よろしくなのですよぉ」

「ヤタロウじゃ。よろしく頼む」

カノンは苦笑《くしょう》を浮かべ、ヤタロウは高齢者の余裕《よゆう》を見せながら、アキラに名乗る。

「……アキラ。よろしく」

アキラは無表情のまま、自分の名前を名乗った。

「友好は後で深めてくれ。本題に入るぞ」

俺の言葉を受けて、３人の視線が俺に集まる。

「アキラ。確認だが、《アイテム錬成》は出来るのか？」

「《アイテム錬成》はむり。《鍛治《かじ》》なら可能」

「《鍛治》？　《アイテム錬成》との違いは？」

「《アイテム錬成》はスマホでかんたん。《鍛治》は工房《こうぼう》でたいへん」

アキラの説明は簡潔過ぎて、何となくわかるが、詳細《しょうさい》は不明だ。

「よくわからんな……。とりあえず、《鍛治》を実践《じっせん》してもらうか」

百聞は一見にしかず。実践を依頼《いらい》することにした。

「【工房】どこ？　後、素材も必要」

「【工房】？　素材……？」

「【工房】は《支配領域創造》で創れますよぉ。素材は《アイテム錬成》で創れますよぉ」

首を傾《かし》げる俺に、カノンがアキラの言葉を補足してくれる。

「えっと、【工房】を創造して……素材を錬成して……それでいいのか？」

「道具もほしい」

「アキラが使っていた道具は？」

「コレ以外は、さっき消滅《しょうめつ》した」

アキラは手にしたハンマーを掲《かか》げて呟く。

《降伏》させる前に、道具も回収すればよかったのか。

「とりあえず、《鍛冶》に必要な設備と道具を全部教えてくれ」

「【工房】、【水車】、【ハサミ】、【鏨《たがね》】、【火かき棒】、【研磨機《けんまき》】……後は、【鉱山】を創ってくれたらドワーフが素材を収集してくれる」

寡黙《かもく》なアキラが多弁に答える。

「ヤタロウ。居住区はまだ余裕はあったか？」

「そうじゃの……。今回は配下に迎えたドワーフが多い。別階層に鍛冶に特化した居住区を創ったらどうじゃ？」

「鉱山もいっその事、第二支配領域全域を鉱山にしてもいいかもですねぇ」

ヤタロウに続いて、カノンも意見を述べる。

「アキラとアキラの配下には居住地を約束したから、それもありか」

「……約束？　珍《めずら》しいですねぇ？」

「約束を守らないと大切な側近の……サブロウが死ぬらしいからな」

「えっ？　何その話！　詳《くわ》しく！」

「……しらない」

イタズラっぽい笑みを浮かべてアキラに視線を送ると、言葉の内容にカノンが食《く》いつき、アキラは無表情のままそっぽを向くのであった。

その後12時間もの時間を費やして、新たに鍛冶特化の居住区を創造。更に、鍛冶特化の居住区と第二支配領域を【転移装置】で繋《つな》ぎ、第二支配領域は全階層を鉱山フィールドへと創り直した。

「……9000あったCPが枯渇《こかつ》かよ」

「うむ。それだけあれば《乱数創造》が――」

「しないけどな」

隣《となり》で戯《ざ》れ言《ごと》をほざくヤタロウの言葉を遮り、完成した居住区を眺《なが》める。

三《み》つ叉《また》に広がる川に面するように建てられた水車が併設《へいせつ》している建物が工房だ。工房は全部で4つあり、全《すべ》ての工房が10人以上同時に作業出来るほどの広さを有している。工房の中を覗《のぞ》けば、大きな火炉《かろ》がまずは目に入る。火炉の近くには金属製の作業台――金床が設置されている。工房はそれぞれ、アキラ専用、武器鍛冶《かじ》専用、防具鍛冶専用、その他鍛冶専用と用途《ようと》別となっている。居住区には工房の他にも50の家屋が建てられており、ドワーフの居住地となっていた。

「設備は整った。試《ため》しに【鉄の剣《けん》】でも造ってくれ」

「わかった」

アキラは頷くと、用意した【鉄のインゴット】を火炉にくべる。その後、くべた【鉄のインゴット】をハンマーとハサミを器用に使いながら剣の形へと整えていく。

――カンッ！　カンッ！

と、金属を打つ音が響《ひび》き渡《わた》る。

アキラは真剣《しんけん》な表情で、ハンマーを打ち下ろし、鏨で切り込みを入れたり、刃《は》の部分を研磨機で削《けず》ったりして、鉄の塊《かたまり》であった【鉄のインゴット】を剣の形へと造《つく》り替《か》えてゆく。

「……ん。わるくない」

30分ほど待つと、アキラが1本の剣を俺へと手《て》渡《わた》す。

ふむ……。温かいな。

生憎《あいにく》と鑑定眼《かんていがん》などはないが、どことなく《アイテム錬成》で錬成した【鉄の剣】よりも輝いて見える。

「リナ。どうだ？」

俺は共に鍛冶の様子を見ていたリナに、鉄の剣を手渡す。

「ふむ……」

リナは受け取った鉄の剣を何度か素振りし、最後には俺の投げた丸太を両断する。

「シオンが創った【鉄の剣】よりも切れ味はいいな」

リナは丸太を両断した鉄の剣の刃に視線を落とし、使《つか》い心地《ごこち》を口にする。

「アキラ。ちなみに、改造？　強化？　的なことも出来るのか？」

「素材があれば」

「リナ。ダーインスレイブを貸してくれ」

「む？　私の剣が最初でいいのか？」

「構わん」

俺はリナから受け取ったダーインスレイブをアキラに手渡す。

「あなたがつかうの？」

「リナだ。よろしく頼む」

アキラがリナへと見上げるような視線を送ると、リナは笑みを浮かべて手を差し出す。

「わかった。要望はある？」

「要望？」

「重さ、長さ、切れ味……なんでもいい」

「そうだな……」

その後、リナは事細かい要望をアキラへ告げ、アキラは無言で頷き続ける。

「わかった。シオン。【魔鉱】を4つと、【銀砂】を2つと、【炎石】を1つちょうだい」

「ちょっと待て」

俺はスマートフォンを操作して、アキラに言われた素材を探す。

――！

「本当に必要なのか？」

「うん」

ダーインスレイブの錬成に必要なＣＰは５００であった。ユニークアイテムとしては破格の低コストだ。ひょっとしたら、ユニークアイテムのお試し的な武器だったのかも知れない。そして、今アキラに言われた【魔鉱】を錬成するのに必要なＣＰは２００。【銀砂】は25、【炎石】は１００であった。つまり、合計で９５０ものＣＰを要求されたことになる。

「【魔鉱】も鉱山で採れるのか？」

「しらない。わたしは錬成していた」

「【魔鉱】でしたら、鉱山に魔力の高い――正確にはＣ以上の魔物《まもの》を棲《す》まわせて、一定の月日が経過すると銀鉱石が【魔鉱】になるみたいですよぉ」

何だ、その裏設定……。知識を成長させていないと絶対に気付かない設定だな。

ってことは、第二支配領域に何体か魔力の高い配下を……やることが多いな。

まぁいい。俺はアキラに言われた素材を錬成し手渡す。

素材を受け取ったアキラは、最初に【炎石】を火炉へと放《ほう》り込む。すると、火炉の中の炎が高ぶるように燃え盛る。次いで、アキラはダーインスレイブと【魔鉱】を火炉にくべ、ハンマーで打ち始める。

時折、リナを呼んで手の形を確認しながら、アキラはダーインスレイブをハンマーで打ち続ける。

その後もアキラは何度も微調整《びちようせい》のようにダーインスレイブをハンマーで打ち、研磨機で削り……完成したのは12時間後であった。

「……ん。できた」

アキラに呼び出されて工房へ出向くと、アキラは漆黒に輝く1本の剣――ダーインスレイブをリナへと手渡す。

「――!? こ、これは……」

リナは目を見開いて、手にしたダーインスレイブをまじまじと見つめる。

「シオン！　敵はいないのか！」

「今は《擬似的平和》が発生している」

「……そうか」

興奮したリナに、俺は現状を伝えるとリナは残念そうに肩を落とす。

「丸太ならあるぞ？」

「丸太では、こいつの――ダーインスレイブの真価は発揮出来ない」

「そんなにも凄《すご》いのか？」

「凄いなんてものじゃない！　手に馴染《なじ》む……いや、私と一体化した感じ……！」

リナの興奮した様子を見るに、アキラの強化は成功したようだ。

俺のゲイボルグも頼もうかな……。俺はゲイボルグを取り出し、アキラに視線を送ると。

「むり……つかれた」

アキラは疲労困憊《ひろうこんぱい》でその場に座《すわ》り込む。

《擬似的平和》終了《しゅうりょう》まで残り2時間。俺は、武器の強化を後回しにして今後の予定を立てることにしたのであった。

　現在俺の支配している支配領域の数は90。支配下にある地域は金沢市（但し30％は人類の土地）、河北郡、かほく市、羽咋市《はくいし》。県北で残されているのは、羽咋郡《はくいぐん》、七尾市《ななおし》、鳳珠郡《ほうすぐん》、鹿島《かしま》郡《ぐん》、輪島市、珠洲市《すずし》。

　直近で侵略《しんりゃく》を行う地域は羽咋郡となる訳だが――

「少ないな」

　インターネット上で公開されている、支配領域の分布図を見る限り……羽咋郡の面積３５８㎢に対して、存在する支配領域の数は６つ。統治する魔王の数は４つの支配領域を支配する魔王と２つの支配領域を支配する魔王の、計２人。90％弱に相当する３００㎢の土地は人類の土地となっていた。

　過疎化《かそか》の影響《えいきょう》により人口が少ない地域は、当然【カオス】の適性がある数も少ない。結果として、支配領域化した土地が少なくなり、今回のような現象に至ったと思われる。

　さてと、どうしたものか？

　今後を考えれば、県北を統一した際には金沢市から北に位置する地域は全て安全地帯――全てを俺の支配領域にしたい。そうすれば、防衛を南と東の支配領域に集中出来る。

今までは、支配領域に囲まれた人類の土地は自動的に俺の支配領域になっていたが、ここまで支配領域の数が少なくては囲うことは不可能だ。

となると解決策は――――《統治》。

『統治：真核を創造し設置することにより、周囲３０００メートルの領土を自身の支配領域として統治する。効果範囲内《はんいない》に屈服《くつぷく》する者が存在すれば新たな配下として迎《むか》え入れることが可能となる。但し、効果範囲内に敵対の意思を持つ者が存在すると統治は失敗となる』

ふむ。説明を見ても、イマイチ理解が出来ない。

統治に関する情報を『ラプラス』で検索《けんさく》するも、何も引っかからない。

ダメ元で、聞いてみるか……。

俺は『ラプラス』に接続出来るスマートフォンを操作して、上級魔王の集《つど》うスレへと書き込みを始める。

２９７　名無しの上流魔王　ＩＤ：０５３６
諸先輩《せんぱい》方に質問です。《統治》したことありますか？

２９８　名無しの上流魔王　ＩＤ：００１３
サブローか。久しぶりの書き込みだな
質問の答えはＹＥＳだ

299　名無しの上流魔王　ID：0027
質問の答えは――YESだ（キリッ
うはwwwwサティがイキってるんですけどwww

300　名無しの上流魔王　ID：0077
ニーナ。いきなり煽《あお》るのはやめなさい
ちなみに、私はないわ

301　名無しの上流魔王　ID：0007
久しぶりに書き込みがあったかと思えば、サブローさんですか
私の答えもYESですね

煽り屋のニーナ（ID：0027）が反応したのは最悪だが、残りの3人は温和な書き込みが多い魔王だ。ここは下手に出て、情報を引き出せればいいが……。

302　名無しの上流魔王　ID：0536
《統治》を初めて実行しようと思うのですが、助言はありますか？

303　名無しの上流魔王　ID：0027
殺し合う相手に助言を与《あた》えるとかwww頭ハッピー◯ットかよwww
俺の質問に一番早く反応したのはニーナだった。確かに殺し合う関係だ。少なくとも、ニーナは正体が判明次第《しだい》殺そうと思えるほどに苛《いら》つかせる。
304　名無しの上流魔王　ID：0007
ニーナの言い分も正しいですが、私たちは数少ない選ばれたエリートですよ？
もう少し余裕を見せたらいかがですか？
305　名無しの上流魔王　ID：0027
エリートwwwセブンは相変わらずの選民思考だなwww差別乙《おつ》www
とは言え、1つだけ助言してやるよ。ニュートラルを囲め
306　名無しの上流魔王　ID：0013
ツンデレかよ
私からも自称後輩《じしょうこうはい》に助言してやるか。大軍で臨《のぞ》め

307　名無しの上流魔王　ＩＤ：０００７
では、私からも１つ
拡声器を錬成しなさい

その後、５分ほど待つが書き込みは増えなかった。

308　名無しの上流魔王　ＩＤ：０５３６
ニュートラルを囲む、大軍で臨む、拡声器を錬成する、ですね
諸先輩方ありがとうございました

俺は助言をくれた魔王たちに謝辞を述べて、『ラプラス』からログアウトした。


地図で確認する限り、直近の支配領域は10㎞以上離《はな》れている。《統治》の条件である３０００ｍ（半径）×２の６０００ｍ（直径）は十分に離れている。

説明を読む限り、《統治》を実行している時に周囲６０００ｍに敵対勢力がいなければいいんだよな？

サティの言っていた大軍で臨めと言うのは、敵対勢力を排除《はいじょ》する為《ため》だろう。

ニーナの言っていたニュートラルを囲めというのは……ニュートラルは敵対勢力として認識《にんしき》されていないからだろうか？

セブンの言っていた【拡声器】を錬成しろと言うのは……？

俺はスマートフォンを操作して【アイテム錬成】を選択《せんたく》。【拡声器】を探す。

『拡声器：錬成CP5。魔力を込めて声を遠くに飛ばす。効果範囲《はんい》は3000メートル』

有効範囲は3000メートル。《統治》の条件で設定されている距離《きょり》も3000メートル。

これは偶然《ぐうぜん》ではないだろう。【拡声器】は《統治》に必要なアイテムなのだろう。

【拡声器】の効果は『声を遠くに飛ばす』だけ。ならば、《統治》にどう役立てる？

勧告《かんこく》か？

《統治》の説明には『効果範囲内に屈服する者が存在すれば新たな配下として迎え入《い》れることが可能』とある。

【拡声器】で勧告し、俺に屈服した者は俺の配下になる。そういう理屈《りくつ》なのだろうか。

推測を重ねていても仕方がないな。

俺は《擬似的平和》が終わると同時に《統治》へと行動を移すために、準備を始めるのであった。

◆

《擬似的平和》終了と同時に、俺はヤタロウ、イザヨイ、サブロウを除く全ての眷属《けんぞく》。そして３００を超える配下と共に支配領域の外へと出た。

《統治》のやり方は本能で理解している。

【ロウ】――人類の支配する土地で、《統治》すると念じるだけである。

「これより《統治》を始める！　各自、不測の事態に備えよ！」

――《統治》！

俺は目を瞑《つぶ》り、地面に右手を翳《かざ》して念じる。

…………………。

変化は何も生じない。

感覚的にやり方は合っているはずだが……？　俺はスマートフォンの画面を確認する。

『Ｅｒｒｏｒ。《統治》の有効範囲と支配領域が相互干渉《そうごかんしょう》しています』

Ｅｒｒｏｒ？　相互干渉？

《統治》の有効範囲は周囲３０００ｍ。３０００ｍ離れればいいのか？

「北へと移動する」

俺は配下を引き連れ、大名行列のように移動することにした。

俺はスマートフォンに入っていた健康アプリにて、移動距離を測定。

支配領域から60分ほど歩いた先にあるあぜ道で進行を止める。

「これより《統治》を始める！　各自、不測の事態に備えよ！」

――《統治》！

俺は目を瞑り、地面に右手を翳して念じる。

――!?

地面が揺《ゆ》れ動《うご》き、翳した右手の先には周囲の空間を呑《の》み込むような直径30㎝ほどの黒い渦《うず》が発生する。

翳した右手を外したら《統治》が失敗すると、本能で理解する。

俺は自由に動かせる左手でスマートフォンを取り出し、画面を操作する。

『《統治》を開始しました』

『有効範囲内にいる敵対勢力に《統治》を宣言しました』

『180分以内に有効範囲内にいる全ての敵対勢力を排除して下さい』

『Alert。有効範囲内に敵対勢力の存在を確認《かくにん》しました。直ちに排除して下さい』

『有効範囲内の地図を表示しますか？【YES】【NO】』

立て続けにスマートフォンの画面に流れるメッセージ。

俺は【YES】をタップする。

なるほどね……。

俺はスマートフォンに表示された地図を見て、《統治》の仕組みを理解した。

地図……と言っても、地名も道路も表記されていない半径5000mの円形の地域に幾《いく》つものドット（・）が表示された簡易的な地図。ご丁寧《ていねい》に有効範囲である3000mのラインも表記されている。

ドットは全部で3種類あり、青いドットと赤いドットと白いドット。

一番多いドットは地図の中央に集結している青いドット——俺と配下。

次に多いドットは赤いドット——恐らく、【ロウ】の人類。

3つしか見当たらない白いドットは——恐らく、【ニュートラル】の人類。

過疎地《かそち》とは言え、【ニュートラル】は3人か……。少ないな。赤いドットの数は、ぱっと見100前後だ。

さてと、状況は理解出来た。

次に考えるのは——取るべき行動だ。
1.赤いドット——人類へと攻撃を仕掛《しか》ける。奇襲《きしゅう》と言いたいが、人類には俺が《統治》したことを宣言されている。メリットは力を示した上で勧告を迫《せま》れる。デメリットは、虐殺《ぎゃくさつ》した後に勧告しても人類が受《う》け容《い》れるのかが問題となる。
2.【拡声器】を使用して勧告を告げる。メリットとしては、人類の配下が労せず入手出来る。上手《うま》くいけば、元魔王の連中が切望している調理が得意な人類もいるかも知れない。デメリットは、人類に猶予《ゆうよ》を与えてしまう。
人類を配下にするなら、悪感情を起こさせないために事前の勧告のほうがいいのか？

俺は2つの考えが導き出す未来をシミュレートし、【拡声器】を取り出した。

「あーあー。テステス……。聞こえているよな？　っと、俺の名はシオン。金沢市《かなざわし》とかほく市、後は河北郡とか羽咋市を支配した魔王だ」

【拡声器】を使用して、勧告を開始する。

相手の反応が一切《いっさい》ないのに、一方的に話すのは中々難しいな……。

「今よりこの地を俺の支配領域とする。この地と言うのは、この声が届いている全ての地域だ。俺の支配下に降る意思があるのならば、その想《おも》いを意識しろ。逆らうのであれば、俺の配下——魔物が力ずくで対応する。猶予は10分だ。熟考してくれ」

俺は一方的に勧告の言葉を告げる。

「言い忘れていたが、俺の配下になったら最低限の衣食住は保障しよう。勿論《もちろん》、無駄《むだ》飯《めし》を食らうような人類は放逐《ほうちく》するがな」

最後に、俺の配下になったときのメリットも伝えた。

《統治》をすると決めたときに、俺は人類の処遇《しょぐう》について悩《なや》んだ。

《統治》をすると、俺に屈《くつ》した人類が配下になる。これは、大きなメリットのようにも感じるが、そもそも人類は配下として必要なのか？　と言うそもそも論に至った。

俺（魔王）と人類——言《い》い換《か》えれば【カオス】と【ロウ】の関係は、敵対関係だ。互《たが》いに領土を奪《うば》い合《あ》い、殺し合う関係性だ。人類のメリットは？　と聞かれれば、答えを絞《しぼ》り出《だ》して——経験値の糧《かて》。よしんば、配下にしても創造した配下と違《ちが》い忠実ではなく、元魔王の配下と違い能力も優《すぐ》れていない。

貴重なＣＰを全消費して、面倒《めんどう》な眷属化の手順を踏《ふ》んでまで人類は配下に欲しくない。というのが本音だ。

しかし、CPの消費がなかったら……？　人間関係や自由意志とも言える感情は厄介《やっかい》だが、創造した配下よりも柔軟性《じゅうなんせい》があるのも確かだ。聞けば、実験で眷属化して今では土いじりに夢中な人類が作る作物は、俺が錬成した食物よりも旨《うま》いらしい。また、カノンの元で情報収集をさせると、創造した配下では収集出来ない情報を集めてくる。

今や俺の支配領域は540㎢以上。国と言うには、心許《こころもと》ない領土だが……将来的には小さな国家程度の規模には拡大するだろう。そうなった時に、俺の支配する領土に生存するのは俺が創造した配下だけでいいのか？　……正確には、創造した配下だけで領土は成り立つのか？　強大な敵と相対した時に防衛出来るのか？　といった不安も生じる。

ならば、今から少しずつ国の形を創《つく》っていこう。

利己的で、どうしようもない愚者《ぐしゃ》が現れたら……処分すればいい。短絡的《たんらくてき》で、恐怖《きょうふ》支配と言われるかもしれないが、俺は魔王だ。

俺は魔王として、この地――石川県を発端《ほったん》に国を創ろうと決意し始めるのであった。

◆

10分後。

スマートフォンに表示された地図を確認。

ほぉ……。

一部の赤いドットが有効範囲の外を目指して移動を始め、一部の赤いドットが黄色いドットへと変化した。

黄色いドットは降参した証《あかし》なのか？

有効範囲内に残っている赤いドットの数は……78。多くは北東に集中している。

「タカハル、サラ。配下を１００体引き連れて北東を目指せ」

「あいよ」

「り」

俺《おれ》は北東の地を指差し、タカハルとサラに指示を出す。

「クロエ。部隊と50体の配下を引き連れて、西を目指せ」

「ハッ！」

俺は西に点在する赤いドットの方角を指差し、クロエに指示を出す。

「レイラ。部隊と50体の配下を引き連れて、東を目指せ」

「ハッ！」

俺は東に点在する赤いドットの方角を指差し、レイラに指示を出す。今回は対人戦なので、リナは俺の側で留守番となる。

「降伏《こうふく》の意を示したら、俺に連絡《れんらく》しろ」

連絡を受けて、赤色が黄色に変わっていたら助けよう。

「それでは、これより《統治》作戦を開始せよ！」

俺の指示を受け、配下たちは各地の侵略を始めたのであった。

◇（タカハル視点）

俺はシオンから命令を受け、騒《さわ》がしい女エルフ――サラと共に配下を引き連れて北東を目指した。

「んで、何すればいいんだ？　北東にいる人類をぶっ殺せばいいのか？」

「ハァ？　タカっちマジ？　シオンっちの話、聞いてた？」

「あん？　んじゃ、何すればいいんだよ！」

「《統治》っしょ！」

「だから、《統治》って何すればいいんだよ！」

「えっ？　アレよ！　シオンっちも言ってたじゃん？　……力ずくで対応しろ？」

「は？　要は人類をぶっ殺せばいいんだな？」

「……かな？」

――ちげーよ！　力を示せ！　そして、服従の意を示したら俺に連絡しろ！

シオンの声が頭の中に直接響く。

「お!?　聞こえたか？」

「うんうん。聞こえたー。ってか、シオンっちからしか話せないってズルくない？」

「勝者の特権だろ」

「タカっちって負《ま》けず嫌《ぎら》いの癖《くせ》して……そこは認めるんだ」

「負けたのは事実だからな……。チッ、つまんねーこと言ってないで行くぞ」

俺は不愉《ふゆ》快《かい》な話題を打ち切り、目的地を目指した。

ん？　あれは……？

シオンからの命令を受けながら進んだ先には、大きな建物——学校があった。

「あの学校にいる人類へ力を示せばいいんだよな？」

「じゃない？」

俺はサラと共に配下を引き連れて小学校の校門をくぐり抜《ぬ》ける。

「ば、化け物……」

「そ、そんな……数が多すぎる……」

「ヒ、ヒィ……だ、だから、お、俺は逃《に》げようって言ったんだ！」

玄関《げんかん》の前では貧相な装備を身に付けた30人ほどの人類が震《ふる》えていた。

こいつらに力を示せばいいのか……？　軽く撫《な》でるだけで死にそうだが？

「さてと、どうするよ？」

「えっ？　殺しちゃダメっぽ？」

「力を示すんだろ？　何人かはいいんじゃね？」

震える人類を前にサラと今後の行動を話し合っていると……

「ヒッ……あ、あ、あいつは……宇ノ気の獣王⁉」

人類の先頭で剣を構えていた1人の男が俺の姿を見て驚《おどろ》く。

「宇ノ気の獣王って……タカっちのこと？」

「じゃね？」

「うわっ⁉　タカっちって何気に有名人⁉」

「ハッ！　今更《いまさら》気付いたか」

「でも、タカっちを知ってるってことは……逃がしたんだよね？　……プププ」

「うるせぇ！　ぶっ殺すぞ！」

「キャー！　有名な宇ノ気の獣王が怒《おこ》ったぁ……あーしは怖《こわ》くて泣いちゃう的な？」

俺は泣《な》き真似《まね》をしながら性悪《しょうわる》な笑《え》みを浮かべるサラに苛つきを覚える。

「お、お、お前たちの目的はなんだ……！」

奥《おく》から姿を現した中年のオヤジが震える声で叫《さけ》ぶ。

「あん？」

「ヒ、ヒィ……」

俺は苛ついた状態のまま、中年のオヤジに視線を送る。

「ほらぁ……タカっちみたいな強面《こわもて》に睨《にら》まれると誰《だれ》でも震えるよ？」

「うっせー！」

性悪な笑みを浮かべるサラを恫喝《どうかつ》するが、サラは物怖《ものお》じすることなく笑みを浮かべる。

チッ……。このアホエルフと会話していても苛つくだけだ。さっさと用事を済ませるか。

「俺たちの目的は……シオンが言っていただろうが！　聞こえなかったのか？」

「お、俺たちに服従しろと言うのか……」

「そうだ！」

震える人類に俺は一喝《いっかつ》する。

「な、なぜ今更……お前たちが……魔王《まおう》が！　我々に服従を求めるのだ！」

なぜ今更……？　俺は人類が発した言葉の答えを考えるが……。

「知るか！　服従するのか、しねーのか、どっちかハッキリしろ！」

答えは俺も知らない。そもそも答える義理もない。俺は人類に選択を迫る。

「ちょ、タカっち、タカっち？」

「あん？」

緊迫《きんぱく》した空気の中、サラの緊張感《きんちょう》ゼロの声が俺の耳に届く。

「例の件確認っしょ？」

「例の件……？」

――――！

例の件か……。確かに重要な件だ。俺としたことがすっかり忘れていた。

「おい！　てめーらの中に料理が得意な奴《やつ》はいるか！」

例の件──俺たちの料理を作る人類の確保と言う大義を忘れていた。

「……」

「聞こえねーのか！　てめーらの中に料理が得意な奴はいねーのか！　いるなら手を挙げろ‼」

「ヒ、ヒィ……」

俺の言葉に押《お》されて数人の人類が、僅《わず》かに手を挙げる。俺は手を挙げた人類の顔を記憶《きおく》し、力を示す相手の候補からその人類を外す。

「よし……あいつら以外を殺して力を示せばいいな」

「タカっち、タカっち」

「あん？」

「とりま、強そうな奴を半殺しにして様子を見れば？」

「面倒だな……」

「殺したら、配下になった後に面倒じゃね？」

「──！　お前、そこそこ頭いいのか？」

「ハァ？　タカっちマジ卍《まんじ》！」

取るべき行動は決まった。人類どもは未《いま》だに俺の問いに対しての答えは出さない。癪《しゃく》だが、サラの案でいくしかないな。

「んじゃ、そこのお前とお前とお前……ついでにお前も含《ふく》めるか」

「──！」

「え？」

「わ、私も……」

「な、何……」

俺は装備が充実《じゅうじつ》している人類を４人ほど指名する。

「今から俺が１人で戦ってやる。力の差ってやつを教えてやるよ」

シンプルイズベスト。慣れない作業から解放された俺は極上《ごくじょう》の笑みを浮《う》かべる。

「オラッ！　俺が指名した奴以外は離れてろ！　てめーらは、全力で向かって来いや！」

「クッ……!?」

「や、やるしかないのか……」

俺の恫喝に応じて、指名された４人の周囲から人が遠ざかり、指名された４人は震える手で武器を構える。

「行くぞ！」

俺は地を蹴《け》り、剣を構えていた男との距離を一瞬《いっしゅん》にして詰《つ》める。

——《飛燕脚》！

素早《すばや》く、しなる鞭《むち》のように振《ふ》り回《まわ》した右足が男の持つ剣を蹴り飛《と》ばす。剣を蹴り飛ばされ、呆然《ぼうぜん》とする男の顔面を鷲掴《わしづか》みにして、そのまま地面へ押し倒《たお》した。

まずは、１人。……死んでねーよな？

残るは弓を構えた男と斧《おの》を手にした重装備の男、そして杖《つえ》を手にした女だ。

俺は弓を構えた男へと突進《とっしん》するかのように見せて、途中《とちゅう》で地を蹴り方向を転換《てんかん》し重装備の男の目の前に移動する。

「――な!?」

重装備の男は慌《あわ》てて盾《たて》を構えるが……

――《崩拳》!

突《つ》き出した右手の拳が構えた盾を容易《たやす》く貫《つらぬ》き、その奥にある重装備の鎧《よろい》にも穴を空ける。

身体は貫いてないし……生きているよな?

……っと!

風を切る音を捉《とら》えて上体を反らすと、俺の顔のあった位置を一本の矢が通り過ぎる。

俺は矢を放った男へと満面の笑みを返す。

「ヒッ……」

俺は再び地を蹴り、弓矢を構えた男へと突進する。途中数本の矢が放たれるも、シオンがくれた籠手《こて》で矢を弾きながら、男との距離をゼロにする。俺は恐怖に怯《おび》える男に会心の笑みを送ると、そのまま右手を振り抜き手の平で男の顔面を叩《たた》いた。

これで残った人類は1人――内股《うちまた》で震えながら杖を手にした女だ。

女へ向かって俺が再び地を蹴ろうとしたその時――

「タカっち! ちょい待ち!」

クソエルフの声が俺に待ったを掛《か》ける。

「あん？」

「シオンっちからみたいな？　ここにいる人類は全員服従したっぽ」

クソエルフはいつの間にかスマホを手にしていた。恐《おそ》らく、俺が人類に力を示し始めた段階で、シオンと電話で連絡を取り合っていたのだろう。

「んじゃ、終了か？」

「タカっち、お疲《つか》れちゃん」

俺は全く労《ねぎら》いを感じさせないサラの笑みに苛つきを覚えるのであった。

◇（シオン視点）

北東――タカハルとサラの部隊は勧告に成功したか。

俺はスマートフォンの画面に映し出された黄色いドットを確認して、笑みを浮かべる。

北東で赤色から黄色へと変化したドットの数は42。つまり、42人の人類を服従させたことを示していた。

一時はどうなるかと思ったが、成果は上々だ。今後のモチベーションを考えて、服従させた人類から数人を料理担当にしてやるか。

さてと、クロエとレイラの部隊はどうなっているかな……。

俺はスマートフォンを操作して、クロエとレイラの様子を確認する。

ってか、地味に右手を翳し続けるのは疲れるな……。

◇（クロエ視点）

「さぁ下等なる者どもよ……選ぶがよい！　死してシオン様の糧となるか……偉大《いだい》なる創造主シオン様に生涯《しょうがい》を捧《ささ》げるか……！　どっちだ！」

私は目の前に並ぶ愚《おろ》かな人類に、シオン様からの慈悲《じひ》に溢《あふ》れた選択を告げる。

「……」

愚かな人類共は震えるばかりで、一向に返事をしない。

「なぁ？　クロエの姉御《あねご》？」

「何だ？」

私は不躾《ぶしつけ》な声を掛けてきた巨躯《きょく》の黒鬼《くろおに》――ノワールに視線を送る。

「面倒だし殺っちまおうぜ？」

「フッ！　馬鹿者《ばかもの》め……。我らの使命はシオン様の意思を伝えることだ」

「でも、シオンの旦那《だんな》は力を示せとも言ってたじゃねーか」

……む？　確かに、言っていたな。

「よろしい！　ならば皆殺《みなごろ》――」

――よろしくねーよ！　可能な限り、人類を服従させろ！

ハッ……⁉　頭に直接響《ひび》くシオン様のお声に私は全身が震える。

「喜べ！　愚かなる者どもよ！　慈悲深きシオン様は……生を与えると仰《おっしゃ》った！」

「……」

「――？　どうした！　今すぐ服従の意を示さぬか‼」

「ふ、ふ、ふざけるな‼」

――⁉

ふざけるな……？　目の前の下等な生物は何を言っているのだろう？

慈悲深きシオン様が服従する機会を与えたと言うのに……？

ダメだ……目の前の下等な生き物は愚かすぎる。シオン様の下僕《げぼく》に相応《ふさわ》しくない……。

私は背負った弓を手にして、愚者共へと弦を引き始める。

「……殺――」

――待て！

ハッ⁉　私は頭の中に響いたシオン様の声で、我に返る。

――相手を殺さずに無力化しろ！　これはお前たちに課せられた試練だ！　――力を示せ！

啓示《けいじ》は下された。

「レッド！　ノワール！　ルージュ！　ブルー！　クレハ！　聞いたか！」

「「おうよ！」」

「聞いたっす！」

「ハッ！」

振り返《かえ》ると、配下たちは武器を手に取り獰猛《どうもう》な笑みを浮かべる。

「――我らの力を示すぞ！」

私は配下と共に、下等なる生物たちに力を示すのであった。

◇（シオン視点）

「シオンさん。皆さんの様子はどんな感じですかぁ？」

カノンが俺の肩《かた》に腰掛《こしか》け、スマートフォンの画面を覗《のぞ》き込む。

「タカハルとサラはいい感じだな」

「おぉ！　流石《さすが》は元魔王コンビ！」

「クロエとレイラはアレだな……忠実だが、人間の機微《きび》を理解していないな……」

「まぁ、それは仕方ないですよねぇ……」

クロエの様子を確認すると共に、ザッピングの要領でレイラの様子も確認していたが、状況《じょうきょう》は似たり寄ったりであった。

「私も行った方が良かったのではないか？」

俺とカノンの会話を聞いて、リナが心配そうに尋《たず》ねてくる。

「うーん……そうだな。リナであれば人間の機微は理解出来るだろう。但《ただ》し……」

「但し……？」

「状況に応じて適切な対応は取れるのか？」

適切な対応――つまり、人類を殺せるのか。

「……」

「今回の《統治》は容易な状況だった。しかし、いずれリナの力が必要になる状況は来るだろう。その時までに――覚悟《かくご》を決めておけ」

「……わかった」

リナは俯《うつむ》きながら小さな声で答えるのであった。


《統治》を開始してから2時間30分後。

《統治》の有効範囲内に存在する全《すべ》ての赤色のドット（敵対勢力）は黄色のドット（服従）へと変化。各方面に派遣《はけん》した眷属たちは人類の心変わりを防止するために、服従した人類たちを近くで監視《かんし》している。

今回の《統治》は言わば――チュートリアル的な《統治》だ。

《統治》の有効範囲内にいる人類の数は配下の数よりも少なく、レベルの高い人類も存在していなかった。

過疎地で初の《統治》を経験出来たのは幸いだった。

次回への改善点は山ほど見つかった。

例えば、今回は2時間弱で《統治》出来る条件を満たすことが出来たが……人類の数が多かったら？　多くの場所に点在していたら？　――条件は満たせなかっただろう。

《統治》する地域によっては、事前の準備が必要となるだろう。《統治》を開始すると、そこから問答無用に180分のカウントダウンが始まる。ならば、《統治》を開始する前に《統治》の有効範囲内にいる人類を追い出しておけば、《統治》の条件は容易に達成出来るだろう。

しかし、そうなると人類を配下に組み込めない？　ならば、それの解決策は――人類を1カ所に追《お》い詰めればいいのか？　或《ある》いは撤退《てったい》出来ないように事前に囲んでから《統治》を開始すればいいのか？

頭の中で今後の《統治》に関してのやり方を次々と思《おも》い浮かべる。

人類が赤色のドットから黄色のドットへ変化した一番多いタイミングは――配下と邂逅《かいこう》した瞬間《しゅんかん》だった。

それはなぜか……？　タカハルのように名の知れた魔王と邂逅したから？　ノワールやレッドのように強面の鬼と邂逅したから？　――答えは、否だ。

味方の数以上の魔物《まもの》と邂逅したからだろう。

そうなると、今後はより多くの配下を支配領域の外に出す必要性が生じる。仮に百人の人類が敵対していても、1000体の配下で包囲すれば……心は折れるだろう。

配下を支配領域の外に出すために必要なことは――眷属を増やすことだ。

眷属は1日に2人までしか増やせない。眷属が1人増えれば、外に連れ出せる配下が10体増える。しかし、毎日2人の眷属を増やすと、それだけでCPは枯渇《こかつ》してしまう。ならば、1日1人の眷属を増やす……と言うのが現実的だろう。10日で外に連れ出せる配下が100体増加し、100日で外に連れ出せる配下が1000体増加か……。眷属が成長すればLPも上がるから……それ以上の配下を外へ連れ出せるだろうが、先は長い。

アキラに鍛冶《かじ》をさせて装備を充実させたいし、防衛を指揮しているヤタロウへの報酬《ほうしゅう》（乱数創造）もある。

結局、どれだけ支配領域を拡大させても……CPで悩むのかよ……。

この先の展望を思考し、頭を悩ませていると……

――!?

目の前の黒い渦が光《ひか》り輝《かがや》き、光の収束と共に黒い渦は消滅《しょうめつ》。黒い渦が存在した空間には、白銀に輝く球体――【真核《しんかく》】が出現した。

『《統治》を完了《かんりょう》しました』

スマートフォンの画面には、シンプルな文章が表示された。

今回の《統治》を成功させた成果は――約28㎢の支配領域と、CPとDP上限値1000の増加。そして――89人の『領民』だった。

『領民』とは――服従した人類だ。

配下と呼称《こしょう》しても良いが……敢《あ》えて『領民』と表現した。

その理由は――

『魔王シオン支配領域
真核：91　DP：10000／10300　支配面積：582㎢

総人口：89人　階層：14階層　特殊効果《とくしゅこうか》：なし』

0から変動することがなかった総人口の数に変化が生じたからだった。

「カノン。『領民』と配下って何か違いはあるのか？」

「『領民』……？　って何ですかぁ？　ちょっと待って下さいねぇ……。えっとぉ、『領民』には個別の指示出しは不可能らしいですぅ。えっとぉ……何か全員に統一した命令なら出せるみたいですよぉ？」

統一した命令？　強制力100％の憲法みたいな認識でいいのか？

──『領民』に命じる。一つ、味方同士の争いを禁じる。一つ、外部への情報の漏洩《ろうえい》を禁じる。一つ、自害を禁じる。一つ、俺からの命令は絶対服従とする。

とりあえず、こんな感じでいいのか？　細かいルールは後日考えるか。

最後のルールを課せば、配下と同じ扱《あつか》いになると思ったが……大きな違いが一つあった。

配下には念じるだけで命令を下せるし、配下の視野はスマートフォンを通して確認することが出来る。しかし、『領民』には個別に念じることが出来ない。命令をするにしても、個別に対面で伝える必要があった。

人類ってだけでも面倒なのに、配下以上に使い勝手が悪いのかよ……。

想定外の『領民』の仕様に辟易《へきえき》していると……。

――！


1台の大型の電気バイクが、遠くから疾走《しっそう》してきた。

大型バイクの前方部分ではタカハルがハンドルを操作しており、後ろにはサラが楽しそうな笑《え》みを浮かべながら乗っていた。

「……おい。何それ？」

俺は目の前で停止したタカハルに声を掛ける。

「バイクだな」

「見れば分かる。どうした、と聞いているんだ」

「拾った」

「貰《もら》ったが正解っぽ？」

悪びれることなく答えるタカハルとサラ。

「ったく、好き勝手やりやがって……」

2人の態度に俺は思わずため息を吐くが……。

――！

待てよ……？

「そのバイク……動くのか？」

「ここまで乗ってきただろ」

俺が初めて魔王になった時……支配領域の内部は自室を除いて全てオブジェクトと化した。

そして、支配領域をダンジョンタイプへと変化させると全てが消失した。

――しかし、今回《統治》した支配領域に存在していたバイクは普通《ふつう》に駆動《くどう》している。

アキラが降参した時、支配領域内にあったアイテムは消失した。

――しかし、今回《統治》した地域からは何も消失していない……。

これらの二つの現象から推測されることは……！

「タカハル！　俺を乗せて服従させた人類の元へと急げ！」

「あん？　シオンも風を感じたい――」

「いいから、急げ！」

「あいよ」

俺はタカハルの乗るバイクの後ろに跨《また》がり、北東を目指した。

そして、タカハルたちが制圧した学校に到着《とうちゃく》すると、俺は残されていた人類の一人に詰め寄《よ》った。

「おい！　車！　車はあるか！」

「は、はい……！　あ、あります！」

「案内しろ！」

「は、はい！」

俺は人類に案内されて、小型の４人乗りの電気自動車に乗り込む。

「鍵《かぎ》！」

「は、はい！」

人類から鍵を受け取り、エンジンを掛けるスタートスイッチを押す。僅かな振動《しんどう》と共に、電気自動車のエンジンが静かに駆動する。

「動くのか……」

俺は思わぬ《統治》による成果物に笑みを浮かべる。

「次は……学校にパソコンはあるのか？」

「は、はい」

「案内しろ」

その後、校内の一室で30台以上のパソコンを発見。全てが起動することを確認。他にも、共同生活スペースとして利用されていた体育館に設置されたテレビなどの電化製品も使用可能なことを確認。

このまま支配領域創造をすると……どうなる？　恐らく、消失する。

しかし、既存《きそん》の支配領域に運び出せれば……？

アイテム錬成《れんせい》は便利だが、機械を錬成することは出来なかった。

魔王に与《あた》えられた現代機器は——スマートフォンと冷蔵庫のみであった。

火は魔法《まほう》や人類から奪ったライターで起こせた。水は錬成した川から汲《く》み上《あ》げることは出来た。支配領域創造で創造された空間は緑が溢れる、生きるだけなら十分な空間であったのだが
……。

――全ての配下と『領民』に命じる！　新たに《統治》した支配領域にある全ての物資を第九十支配領域へ運び入れろ！

俺は充実した支配領域を創造するために、配下たちに命令を下したのであった。

6時間後。

結果として、20台以上の自動車とバイク。100台を超えるパソコンと無数の炊飯器《すいはんき》や洗濯《せんたく》機《き》といった家電製品、生活雑貨や食料などを入手した。

全ての運搬《うんぱん》を確認後、支配領域創造にて《統治》した地域――第九十一支配領域をダンジョンタイプへと変化させると、予想通りに残された人類のモノは全て消失した。

支配領域創造は魔王しか行うことは出来ない。しかし、畑を耕す、小屋を作るなどの支配領域内部の改造は誰でも行うことが出来た。

大型トラックや建築機材の存在する地域を《統治》するのもありだな……。他にも、大規模なバイクショップが存在する地域を《統治》すれば、機動力に長《た》けたバイク部隊を編成することも可能となる。

日中の移動は虚脱《きょだつ》感が激しいが、キャンピングカーで移動したら……虚脱感から解放されるのか？

当面、住む家は支配領域創造で創造してもいいが……『領民』の数が増加し続けたらCPもバカにならない。『領民』に造らせるのもありだな。

国造りか……。今の俺には自動車を造る技術も知識もない。家電製品を使うことは出来ても、造ることは出来ない。必要な機械や部品があれば《統治》を繰《く》り返して集めてもいいが、出来るなら生産体制を整えたい。

新たに獲得《かくとく》した『領民』と現代機器の数々を見ながら、俺は漠然《ばくぜん》とした国造りを夢想するのであった。

◆

見慣れた……しかし、直接目にして、触《ふ》れるのは久しぶりとなる家電製品の数々に囲まれた空間の中——俺の前では数人の眷属《けんぞく》たちが正座をしていた。

「も、申し訳ございません……。かくなる上は私の命を——」

「却下《きやつか》」

「な、ならば……我らは如何《いか》にして、シオン様に此度《こたび》の愚行《ぐこう》を詫《わ》びれば……」

悲壮感《ひそうかん》に包まれながら正座する——クロエとレイラの部隊に配属されていた眷属たち。

クロエたちが悲壮感に包まれている理由は——俺の課した試練に失敗したからだ。

今回の《統治》で新たに獲得した『領民』は89人。

《統治》の有効範囲《はんい》となった地域には113人の人類が存在していた。10人が俺の勧告《かんこく》を受けて早々に《統治》の有効範囲外へと逃亡《とうぼう》し、8人はクロエたちの部隊に殺され、6人はレイラたちの部隊に殺されたのだ。

「で、でもよぉ……旦那。あの程度の攻撃《こうげき》で――」

「レッド！　黙《だま》らぬか！　我らはシオン様の御命を果たせなかった……。ならば、責任を取るのが道理だ！」

「ちょっ⁉　オイラは殺してないっすよ！」

「ブルー！　見苦しい言い訳はよせ！」

レッドが必死に言い訳をするもレイラに一喝され、ブルーは己の正当性を言い訳するもクロエに一喝される。

「シオン様……。彼女《かのじょ》たちの今までの功績に免《めん》じて、慈悲を与えられては？」

「どのような慈悲だ？」

面倒だなと悩む俺に、イザヨイが声を掛けてくる。

「当然、彼女たちが望む慈悲――死です」

「却下」

ほんの僅かでもイザヨイの助言に期待した俺がバカだった。クロエ、レイラ、イザヨイ……この３人――狂信者《きょうしんしゃ》トリオは碌《ろく》な意見を言わない。

これから一人でも多くの眷属を増やさないといけないのに、何が悲しくて眷属を減らさないといけないのだ。

面倒だな……。命令で強制的に問題を解決するか。と考えたとき――

「シオン！　細かいことは気にするなよ。成功したからいいじゃねーか。さっさと飯にしよーぜ！」

「貴様！」

「不敬だぞ！」

「貴様！　事と次第《しだい》によっては、このイザヨイが全力で――」

――黙れ！

タカハルの言葉に殺気立つ狂信者トリオの口を強制的に閉ざす。

――！

飯か……。悪くない。

「決めた。お前たちに罰《ばつ》を与える」

「「ハッ！」」」

「お前たちに与える罰は――飯抜きだ」

「「……はっ？」」」

「な!?　あ、あんまりっす!?」

与えた罰に呆然とするクロエたちと、絶望感に包まれるブルー。

「カッカッカ！　悲惨《ひさん》だな……ご愁傷様《しゅうしょうさま》」

「あーしたちはシオンっちの試練を達成したからね。あげあげ～」

大口を開けて笑うタカハルと、意地の悪い笑みを浮かべるサラ。

「タカハル、サラ。挑発《ちょうはつ》するな。お前たちにも同じ罰を与えてもいいのだぞ？」

「「──な⁉」」

俺がタカハルとサラに意地悪な笑みを向けると、二人はその場をそそくさと立ち去った。

◆

「料理は決まったのか？」

食材は先程《さきほど》の《統治》で調達したので充分《じゅうぶん》にある。

「カレーだろ！」

「海鮮丼《かいせんどん》っしょ！」

「オムライスかなぁ」

「今宵《こよい》も我《わ》が輩《はい》の喉《のど》は血を求めている……ステーキ、レアで！」

「白米と味噌汁《みそしる》じゃな……焼き魚があれば最高じゃ」

料理を楽しみにしている元魔王の意見は見事にバラバラだ。その後も元魔王たちによる不毛な言い争いが続く。

「金沢《かなざわ》ならカレーだろ！」

「タカハルさん。ここは金沢市じゃないですよぉ」

「こまけーことはいいんだよ！」

「海鮮丼は鮮度《せんど》が命っしょ！」

「ならば、白米に味噌汁……刺身《さしみ》！　これでどうじゃ？」

「ヤタロウ殿《どの》。白米ならシオン様が錬成したモノで充分ではないか？」

「儂《わし》は人の手で作った白米と味噌汁が食べたいのじゃ」

「サブロウもヤタジイも《統治》に参加してないっしょ。意見言うとかありえんてぃ！」

ってか、こいつらは何で俺の部屋で言い争ってるんだ？　そもそも飯の話なら俺は関係ないだろ……。

「で、シオンはどれがいいと思う？」

「……は？」

不毛な言い争いが、俺へと飛び火する。

「だから、カレーと海鮮丼とオムライスとステーキと焼き魚……どれがいいんだ？」

「レアが抜けてますぞ！」

「白米と味噌汁も抜けておるな」

呆《ほう》ける俺にタカハルが更《さら》に言葉を重ね、サブロウとヤタロウが意味不明な抗議《こうぎ》の声をあげる。

「俺《おれ》に飯は必要ない。俺の意見は不要だろ」

「……は？　必要はないかも知れないが、飯は食えるだろ？　それに、味覚はあるだろ？」

呆ける俺にタカハルは呆《あき》れた口調で言葉を重ねる。

……食事？　味覚？

俺は、魔王になってから食事は疎《おろ》か水……睡眠《すいみん》までもが不要となった。

俺は、自然と食事も睡眠も必要がない生活に慣れてしまっていた。食事をする暇《ひま》があるなら鍛錬《たんれん》をする。寝《ね》る暇があったら思考を張《は》り巡《めぐ》らせる。

――日々の時間を全て生き残る為《ため》に割り当ててきた。

この生き方は間違《まちが》っていないと思う。俺が現在生き延びていること。石川県で最大勢力の魔王になっていることが、それを証明している。

だからこそ、俺が食事をするというタカハルの言葉を上手《うま》く呑《の》み込めなかった。

「……オン！　シオン！　聞いているのか？」

思考の海に溺《おぼ》れた俺の意識をタカハルの声が呼び戻す。

「あ、あぁ……。聞いている」

「で、シオンは何がいいんだ？」

「そうだな……」

カレー、海鮮丼、オムライス、ステーキ、焼き魚……正直、どれでも良かった。

「……カレーライスだな」

俺は何となく、どこか懐《なつ》かしい気持ちのする料理名を口に出したのであった。


2時間後。

「シオンさん。準備出来ましたよぉ」

カノンに呼び出され、俺は元魔王の連中が率先《そっせん》して準備した食事の場へと向かった。

「おい……」

食事の場へと到着した俺は思わず絶句する。

俺の居住区である洞窟《どうくつ》を抜けて歩いて15分ほどの場所。太陽の光が囲まれた木々の間から漏《も》れる川辺に、大きな長机と人数分の椅子《いす》が用意されていた。

空から差し込む太陽の光に、流れる川のせせらぎ……全てが不快に感じる吸血鬼殺《きゅうけつき》しのロケーションだ。

「……帰るわ」

太陽の下も慣れてきたとは言え、虚脱感は否《いな》めない。俺は、即座《そくざ》に自宅である洞窟に踵《きびす》を返そうとするが……。

「わわわっ！　ちょ……シオンさん！」

「シオン……。部下との友好関係を築く……これも上に立つ者の使命じゃないのかのぉ？」

カノンが慌てて帰る俺を制止し、ヤタロウが穏《おだ》やかな声で俺に問《と》い掛ける。

部下——言《い》い換《か》えるなら配下。俺と配下の関係は絶対的な命令権によって縛《しば》られている。無理に顔色を窺《うかが》う必要はないのだが……。

友好関係、忠義心——スマートフォンの画面では確認出来ない、不確実な要素は確かに存在する。

一緒《いっしょ》に飯を食う。これだけで、配下との関係性が良くなるのなら……ＣＰも消費しないし、コスパはいいのか？

「次回からは屋内にしろよ……」

俺は不機嫌《ふきげん》に呟《つぶや》き、用意された椅子に腰掛けた。

今回の食事会に参加したメンバーは８人。カノン、ヤタロウ、サブロウ、タカハル、サラ、アキラの元魔王メンバー６人と、人類のリナ。そして魔王である俺だ。

クロエやレイラといった古参の眷属たちは、今回は飯抜《ぬ》きという形式上の罰を与えているので不参加だ。クロエたちの忠誠心が揺《ゆ》らぐ可能性はないとは思うが、次回の《統治》が成功したときに何らかの形で労いは示したいと思う。

「あ、あの……始めてもよろしいでしょうか？」

給仕《きゅうじ》なのだろうか？　一人の女性が震《ふる》える声でヤタロウに声を掛ける。

「うむ。よろしく頼《たの》む。乾杯《かんぱい》はビールでいいかのぉ？」

「おう！」

「むむ……我《わ》が輩《はい》は赤ワインを所望《しょもう》する」

「あーしはカシオレ！」

「私は烏龍茶《ウーロンちゃ》でお願いしますぅ」

「わたしはオレンジ……じゃなくてぇ、うーろんちゃ」

「私も烏龍茶を頼む」

配下たちが好き勝手に飲み物を頼んだ後に、俺も「烏龍茶」と飲み物を伝えた。

給仕の女性が震える手で要求された飲み物を用意する。

「揃《そろ》ったのぉ。それでは、シオン。乾杯の音頭《おんど》を頼む」

「は？」

「乾杯の音頭じゃ。せっかく元魔王の配下が一堂に会したのじゃ」

ヤタロウは柔和《にゅうわ》な笑《え》みを浮かべながら、俺へと無茶《むちゃ》振りをする。

乾杯の音頭だと……？　何と言えばいいのだ……？

頭を悩《なや》ませるが、俺の引き出しの中には『乾杯の音頭』は存在しない。

シンプルイズベスト……。冗長《じょうちょう》な挨拶《あいさつ》は敬遠されるのが世の常。

ならば――

「かんぱ――」

「乾杯の一言だけってのは無粋《ぶすい》だぜ？」

俺の導き出した最適解の『乾杯の音頭』はタカハルの一言により打《う》ち砕《くだ》かれた。

ここで余計な一言を放ったタカハルを折檻《せっかん》するのは容易だ――ただ、一言命令すればいい。

配下であるタカハルは魔王である俺の命令には抗《あらが》えない。

しかし、俺は周囲を見渡《みわた》して思考する。

周囲には畏怖《いふ》と興味の視線を送る人類――『領民』が存在する。

選択肢《せんたくし》は二つ――タカハルを折檻して恐慌《きょうこう》政治の礎《いしずえ》とすべきか、タカハルの一言を許容し懐《ふところ》の深さを見せるべきか。

恐怖を示すことはいつでも出来る。懐の深さを示すには限られた状況が必要となる。ならば

——

俺は咳払《せきばら》いをして、タカハルを許容することを選択した。

「今後、我が勢力は羽咋郡《はくいぐん》、七尾市《ななおし》、鳳珠郡《ほうすぐん》、鹿島郡《かしまぐん》、輪島市、珠洲市《すずし》——県北を統一し、地盤《じばん》の強化を図《はか》る。その過程で様々な優《すぐ》れた者を配下として迎《むか》え、盤石《ばんじゃく》な体制を築き上げる予定だ」

「真面目《まじめ》——」

「政治家——」

「黙れ」

羽目を外しすぎたタカハルとサラに視線を送り、二人の口を強制的に閉ざす。

懐の深さを見せるのは大切だ。しかし、全てを許容するのは——魔王としては愚行と言えよう。

「その為には、ここにいる眷属の力。ここにはいない眷属の力。創造された配下の力。そして『領民』となった人類——全ての力が必要となる。俺の……いや、俺たちの輝かしい未来のために——乾杯！」

「乾杯！」

「「乾杯！」」

静まり返った空間で俺が告げた『乾杯の音頭』に、ヤタロウが真っ先に笑みを浮かべてグラ

スを差し出して発声すると、遅《おく》れて他の眷属たちもグラスを差し出して発声した。

「いい乾杯の音頭じゃったな。それでは、料理の用意を頼むかのぉ」

ヤタロウが給仕に目配せをすると、給仕として控《ひか》えていた『領民』が慌てて配膳《はいぜん》の準備を始めた。

給仕の女性が緊張《きんちょう》した面持《おもも》ちで俺の目の前に、コーンスープとサラダとカレーライスを配膳する。

「し、失礼します……」

久しぶりに嗅《か》ぐカレーライスの匂《にお》いは空腹とは無縁《むえん》になったはずの俺の食欲を刺激《しげき》した。

俺は配膳された料理を前に、無意識に両手を合わせた。

「いただきます」

そして、無意識に出た人間だった頃《ころ》に習慣化された言葉を発する。

「「「いただきます！」」」

すると、集まった元魔王の面々も俺の言葉に釣《つ》られたかのように手を合わせて、同じ言葉を発するのであった。

俺は用意されたお箸《はし》を手に取り、サラダから口に運ぶ。久しぶりに口にした食べ物は拒絶《きょぜつ》されることなく、新鮮《しんせん》な野菜は口の中で咀嚼《そしゃく》するとシャキシャキと音を立てる。

「……新鮮だな」

「このレタスは、彼《かれ》らが育てた野菜なのですよぉ」

「あぁ……奴《やつ》らか」

眷属にしたはいいが、戦力としてはあまりにも役立たないので放置していたら土いじりを始めた人類たちだ。

「かぁ〜！　うめーな！　おかわり！」

異常なまでの速さで一杯目のカレーライスを平らげたタカハルが、追加のカレーライスを要求する。

「あ、ありえんてぃ……」

「あん？　食わねーのなら、俺が食うぞ？」

そして呆然《ぼうぜん》とカレーライスを見つめるサラに、タカハルは粗暴《そぼう》な口調で声を掛ける。

「マジ卍《まんじ》！　ってか、タカっち食うのチョッパヤ！　マジありえんてぃ！」

「あん？　お前は何で食わねーんだよ？　ひょっとして、アレか？　人参《にんじん》が食えないのか？」

「食えるし！　めっちゃ食えるし！」

「なるほど……！　サラは猫舌《ねこじた》なのですな。ならば我が輩がフ〜フ〜しても――」

「マジ卍！」

「死ねばいいのに……」

サラに対して誰《だれ》が聞いてもアウトな発言をしたサブロウへ、カノンが気持ちを乗せた呟きを漏らす。

「ったく、飯ぐらい静かに食えよ……。んで、サラは何で食べないんだ？」

俺はため息を吐くと、騒《さわ》ぎの発端《ほったん》となったサラへと質問を投げかける。

「金沢のカレーってもっとドロッとして、カツとキャベツが乗ってて……フォークで食べるのが常識っしょ！」

「ひ、ひぃ……す、すいません……」

激昂《げきこう》するサラを見て、給仕の女性が悲鳴を上げる。

「は？　一般的《いっぱんてき》なカレーはこっちだろ？」

「そもそも、ここは金沢市じゃないですよぉ」

「サラ嬢の言うカレーは俗《ぞく》に言う金沢カレーじゃな。仮に金沢市民じゃったとしても、家で作るカレーはこっちが普通じゃよ」

「ありえんてぃ⁉　こっちのカレーって全部金沢カレーっしょ⁉」

「どんな偏見《へんけん》だよ……」

「ですから、ここは金沢市じゃないですよぉ」

「我が輩の記憶《きおく》にあるカレーは目玉焼きが乗ってましたな」

「……ちょっとからい」

サラの言葉に口々に反論を唱える元魔王の配下たち。

――――！

知らなかった……。仙台《せんだい》出身の俺は……実はサラと同じ考えであったが、口にせず静観を決め込む。

今回用意されたカレーライスは一般的なカレーライス。市販《しはん》のルーを溶《と》かして、少し大きめに切られた野菜と豚肉《ぶたにく》が煮込《にこ》まれた、ほんの少し辛《から》い一般的なカレーライス。

不毛な言い争いに加わる気のない俺は、用意されたスプーンを手に取りカレーライスをすくって口へと運ぶ。

――――！

……美味《うま》い。魔王になったときに両親の顔も名前も……全ての記憶を失ったのに、口にしたカレーライスは懐かしい味がした。

食事も睡眠も魔王である俺には必要は無い。

しかし、偶《たま》には食事をするのもいいのかもな……と俺は思うのであった。

第八話

episode
008

初めて《統治》を成功させた翌日。

俺は様々な媒体《ばいたい》から情報を集めて分析《ぶんせき》する。

数多《あまた》の情報が書き込まれた石川県内の地図。カエデが収集した情報とネットで集めた情報を元に作成された地図によると、現在の俺の支配領域よりも北側には脅威《きょうい》となる魔王は存在していない。一番強大でも七尾市を中心に13の支配領域を支配する魔王だ。

楽勝とまでは言わないが、脅威と評価するにも至らない。

個の力であっても、数の力であっても……負ける要素は見当たらない。

県北に点在する支配領域を支配する魔王も蹂躙《じゅうりん》することは容易だろう。あわよくば、優秀《ゆうしゅう》な魔王を配下に迎え入《い》れることが出来れば御《おん》の字《じ》。と言うのが、俺の見立てだ。

むしろ脅威となるのは――人類の存在だった。

目下侵略《しんりゃく》中の羽咋郡は問題ない。鹿島郡、七尾市、鳳珠郡、輪島市も問題はない。

問題は――珠洲市だ。

ネットで調べた情報によると、珠洲市に存在する支配領域の数は――0だった。

珠洲市には【カオス】と適性された人類が存在しなかった――訳もなく、全ての支配領域が人類の手によって解放されていたのだ。

全世界の人類が一通のメールを受信したあの日。世界中に【カオス】と適性された魔王が出現。人類の保有する土地の一部は不可侵地帯《ふかしんちたい》――支配領域へと変貌《へんぼう》した。支配領域は『世界救済プロジェクト』の仕様上、人口密度の高い地域に多く出現。

結果として、多くの人類は人口密度の低い地域へと疎開《そかい》。

石川県にスポットを当てると、多くの人類が疎開した地域は――珠洲市であった。

多くの人類が存在すると言うことは――才能をもった人類が存在する可能性も高くなる。珠洲市は石川県民にとっての中心地へと発展を遂げ《と》ていた。

困ったな……。

支配領域が存在しないと言うことは、支配する方法は《統治》のみだ。

珠洲市には多くの旅館や民宿が存在しており、今は人類たちの仮設住宅となっていた。ネットから収集した情報から推測する限り、珠洲市に存在する人類の数は10万人以上。

10万人以上の人類を服従させるか、葬る《ほうむ》のか……県北の統一は困難の道のりであった。

「険しい表情をしてどうしたのですかぁ？」

地図を見ながら思考を重ねる俺にカノンが声を掛ける《か》。

「珠洲市を《統治》するのは、厳しい戦いになりそうだと思ってな」

「わっ⁉　シオンさんの頭の中では、すでに珠洲市へと照準を合わせているのですねぇ」

「まぁ、七尾市と輪島市を支配するのも容易ではないが……脅威となるのは珠洲市だな」

俺はカノンに先程思考していたことを話して聞かせる。

「なるほどぉ……。10万人を服従させるのは厳しいですねぇ。珠洲市を後回しにして、能美市を侵略するのはダメなのですかぁ？」

「そうなると、南——能美市を侵略しながら、東——富山県と、北——珠洲市からの防衛にも戦力を割《さ》く必要が生まれる。県北を統一すれば、安全地帯となる支配領域が広がるから、県北の統一は最優先だな」

「そうなると……今の状態ではお外に出られる戦力が心許《こころもと》ないので、眷属の増員が急務になりますねぇ」

「そうだな。しかし、眷属の増員は1日2人までが限界。CPを全て眷属化に消費する訳にもいかないから……」

「眷属の増員は1日1人が妥当《だとう》でしょうねぇ」

俺との会話にも慣れたカノンが、俺の考えを先読みして答える。

「と言うことは……ここは、侵略のペースを落としてインフラを整えるのもいいかもしれませんねぇ」

カノンは首を傾《かし》げながら、自分の考えを俺に告げる。

「カノンの考えも悪くはない……と言いたいが、却下だな」

「——な!?」

《統治》をしたことにより『領民』と人類の保有していた文明の利器を獲得する手段も得たの

で、インフラを整えるという案も悪くはないが――

俺は目の前に広げた地図の南側――小松市を指差す。

「小松市の魔王が急速に支配領域を拡大している」

小松市の魔王は小松市全域と加賀市全域を支配下に治め……現在進行形で白山市へと支配領域を拡大している。

小松市の魔王は俺の状況《じょうきょう》を把握《はあく》しているのか、北側――金沢市の半分以上を支配している俺を刺激しないように支配領域を拡大させていた。とは言え、小松市の魔王と同盟関係である訳でもなく、友好関係にある訳でもないので――衝突《しょうとつ》する日は必ず訪《おとず》れる。

更には――

俺はスマートフォンを操作して、日本全国の地図を画面に表示させる。

この地図には人類の有志によってリアルタイムで編集、作成された、全国の支配領域の分布図が記載《きさい》されていた。

「おぉ……兵庫県の魔王が支配領域を更に拡大させていますねぇ」

「他にも、広島、愛知、新潟《にいがた》、宮城、青森、北海道、福岡《ふくおか》の魔王が支配する範囲は確実に俺よりも広い」

「東京と大阪《おおさか》の魔王も、激しい戦いを繰り広《ひろ》げているのでレベルはかなり高いらしいですよぉ」

「英雄《えいゆう》や勇者と呼ばれる人類が集結している横浜《よこはま》の存在も怖《こわ》いな」

「京都の学生による集団もかなり強いってネットで見ましたぁ」

俺が日本地図に表示された地域を指差しながら話すと、カノンも同様に日本地図に表示された地域を指差しながら話し始める。

「つまり、敵となる勢力はリアルタイムで成長している。成長が遅れた者――弱者は強者に呑み込まれるのが世の常だ」

「悠長《ゆうちょう》にインフラを整えている暇はないですねぇ」

「インフラの重要性は理解している。しかし、インフラを整えるのは県北を統一した後だな」

優先順位を間違ってはいけない。

インフラを整える前にすべきことは――地盤を固めることだ。

俺の考える地盤とは――広大な安全地帯の確保だ。

県北を統一すれば、珠洲市、輪島市、羽咋郡（志賀町）、鳳珠郡は完全な安全地帯となり、他にも多くの土地が安全地帯となる。

インフラを整えるのは、その後だ。

優秀な配下に、広大且《か》つ安全な土地と、膨大《ぼうだい》なＣＰ。まずはこれらを確保し、次に確保した資源を最大化すべくインフラに取り組む。

俺はカノンと会話を続けながら、未来予想図を描《えが》くのであった。

あとがき（本文の後に読んで下さい）

読者の皆様、お久しぶりです。ガチャ空《そら》です。

ダンジョンバトルロワイヤル～魔王になったので世界統一を目指します～の二巻が発売されてからおよそ1年。皆様の支えもあり、無事に三巻を発売することが出来ました。一巻、二巻に引き続き、三巻をご購入して頂いた皆様には、感謝の気持ちでいっぱいです。

私事となりますが、このあとがきを書いている時（八月某日）にスマートフォンがクラッシュしてしまい、データが全て飛んでしまいました。バックアップはマジで大切です！　面倒だとは思いますが、定期的なバックアップをお勧めします！（涙）

（ここから本文のネタバレあり）

三巻のダンバトの見どころは――戦力の拡大です。私はゲームをこよなく愛し、ゲームをプレイしている時に創作のアイディアが舞い降りてくるのですが、ダンバトのアイディアが舞い降りた時にプレイしていたゲームは信長の野望でした。信長の野望の最大の魅力は配下を増やすことだと、私は感じています。今回はそんな私の想い（欲望？）を忠実に描いた話となっております（笑）

三巻だけで新たな登場人物は……ヤタロウ、カエデ、タカハル、サラ、アキラ、イザヨイと盛り沢山になっております。イラストを担当して頂いたペコー様にはこんなにも多くのキャラクターを魅力的にデザインして頂き、心より感謝しております。

読者の皆様はどのキャラクターがお気に入りでしょうか？　私はアキラのデザインを最高に気に入っております！

ウェブ版ではもう一人人気の（変態）キャラがいるのですが……残念ながらお披露目はお預けとなりました。いつかお披露目が出来る日が来ると嬉しいですね。

末筆ながら改めて謝辞を。

ホビージャパン様並びに担当N様、本作品を続刊してくださりありがとうございました。再び、シオンたちを世に送り出せて、ホッとしております。

イラストを担当していただいたペコー様、今回も魅力的なイラストありがとうございます！最後の晩餐のシーンは特に最高で、心温まる素敵な宝物になりました。

別件となりますが、２０２０年3月30日よりマンガＢＡＮＧ！様にてコミカライズもスタートしております。コミック版のダンバトも本作同様に応援の程宜しくお願い致します。

最後に、この作品を手に取っていただいた読者の皆様に、心から御礼申し上げます。

HJ NOVELS
HJN38-03

ダンジョンバトルロワイヤル3
～魔王になったので世界統一を目指します～

2020年9月19日　初版発行

著者――ガチャ空

発行者―松下大介
発行所―株式会社ホビージャパン
〒151-0053
東京都渋谷区代々木2-15-8
電話　03(5304)7604（編集）
　　　03(5304)9112（営業）

印刷所――大日本印刷株式会社

装丁――AFTERGLOW／株式会社エストール

Printed in Japan

ISBN978-4-7986-2293-4　C0076

Anytime I can!
いつでも自宅に帰れる俺は、異世界で行商人《ぎょうしょうにん》をはじめました
霜月緋色 著
Hiiro_shimotsuKI
ill. いわさきたかし
①～②巻 好評発売中!
③巻 今冬発売予定!

「小説家になろう」
四半期
第1位
異世界転生・転移
ファンタジー部門
（2019年8月19日時点）
コミカライズも
大好評連載中!!
漫画：明地雫
原作：霜月緋色
キャラクター原案：いわさきたかし